JN037964

下町やぶさか診療所
いのちの約束

池永　陽

集英社文庫

目次

下町やぶさか診療所

いのちの約束

第一章　疑　惑

正月休みが終った。

長期の休みのあとだったため、診療所のなかは朝から患者でごった返していた。

真野麟太郎《まのりんたろう》は、胃の異常を訴える今日最後の患者の体に聴診器をざっと当ててから、

「ただの食いすぎだよ、親方。正月休みで、ろくに動きもしないで、食っちゃ寝を繰り返していたため、胃腸がストライキをおこしたんですよ。年寄りは年寄りらしい地道な毎日を送らないとね、徳三《とくぞう》さん」

いかにも楽しそうな声で言葉をかける。

六十四歳の麟太郎より年はずいぶん上だが、徳三は若いころからの喧嘩《けんか》友達で江戸風鈴の職人である。

「年寄りが年寄りらしい毎日を送ってたら気が滅入っちまって、三途《さんず》の川《かわ》がすぐそこに見えてくらあ。だから俺は無理をして大飯を食らってんだよ。それが道理というもんじゃねえですかい」

伝法な口調で徳三はまくしたてる。

「大飯は駄目だよ、親方。昔から腹八分目に医者いらずってよくいうけど、俺は八分目じゃなく、七分目ぐれえがちょうどいいと思ってるよ。ましてや、親方のように年寄りで、なおかつ鳥ガラのような体なら六分目。それで充分に生きていけるはずだけどね」

今度は嬉《うれ》しそうな顔で、徳三の肋《あばら》の浮いた体を見つめる。

「六分目って、おめえさん。そんなんじゃあ、イザってときに男が立たなくなるんじゃねえのか。下町育ちの俺っちにしたら、そんな不様なことはよ」

慌ててまくりあげていたシャツを元に戻し、吼《ほ》えるような口調で徳三はいった。

「イザというときねえ……」

麟太郎はぼそっといい、今日の勝負は自分の勝ちだと誇示するような笑みを浮べて後をつづける。

「医学的にいえば、腹がくちくなった状態よりも多少の飢餓状態のほうが――」

といったところで、

「実をいうと、俺は前から気になっていたことがひとつあってね」

突然徳三から待ったがかかった。どうやら医者を相手に健康談議を繰り広げても勝てるはずがないのを悟ったようだ。

「ここの表にかけてある、真野浅草診療所と書かれた看板だがよ。あれが長年の風雨に晒《さら》されて、ほとんど読めなくなっている。人の命を預かる医院としては、あれはちょっとまずいんじゃねえですかい。看板を目当てに訪ねてくる患者がいねえとも限らねえしよ」

しごく真っ当なことを徳三は口にした。

大正ロマン風とでもいうのか、診療所の入口には丸い灯《あか》りをのせた石造りの門柱が二本立っている。その上に『真野浅草診療所』と書かれた看板がかけてあるのだが、長い年月のために文字はほとんど消えかかっていて、よほど目を凝らさないと判読は不能になっていた。

「あれは俺も気にかかってんだけど、何しろ面倒――」

といいかけて、口に出すつもりだった面倒くさくてという言葉の代りに、

「なかなか忙しくて、そこまで手が回らなくてよ」

こんなことをいってごまかした。

「しかしよ。何たってここは人の命を預かるところだからよ。ここはやっぱり、きちんと書き直すのが筋ってもんでござんしょう」

勝ち誇ったように徳三は口にして、

「ちょっと離れたところから見ると、真野って文字が俺には阿呆ってい う字に見えてしようがねえんだがよ」

とんでもないことをいい出した。

「いや、いくら何でも真野が阿呆《あほ》に見えるわけがないでしょう。それは徳三さんの偏見以外の何物でもないような気がしますが」

唇を尖《とが》らせていう麟太郎に、

「偏見じゃなくて感性っていってもらいてえな。長年江戸風鈴を守りつづけてきた、下町職人のよ」

分別くさい顔で徳三はいう。

「そんなところに感性っていう言葉を持ち出されてもなあ……」

困惑の表情を顔一杯に浮べて、さてどういい返したらいいものかと麟太郎が考えをめぐらせていると、

「大先生《おおせんせい》、先ほど若先生が急にいらして、母屋のほうに行ってるからと、おっしゃってましたよ」

傍らに立っていた看護師の八重子《やえこ》が助け船を出すようにいった。

富山生まれの八重子は麟太郎が物心のついたころから、この診療所にいるという古参兵である。

「潤一《じゅんいち》がきてるのか。それならすぐに行ってやらねえとな——そういうことだから、徳三さん、今日はこれで」

ほっとした面持ちで徳三を窺《うかが》うと、満足げな表情が顔に浮んでいる。

「なら、今日も俺の勝ちということで」

ゆっくりと丸イスから腰をあげ、

「じゃあな、やぶさか先生」

掌《てのひら》をひらひらさせて背を向けた。

「あの野郎、本人を前にしてぬけぬけと、やぶさかなどと」

口のなかだけで呟《つぶや》くようにいう。

「相変らず、大先生も徳三さんも意地っ張りですねえ。いくら下町育ちだといっても、これでは子供同然ですね」

呆《あき》れたように八重子がいった。

母屋に行くと、潤一はテーブルの上に紙袋から出した下町名物の稲荷鮨《いなりずし》を広げて口に運んでいた。

「診療所始めの今日は忙しくて、飯を食う暇もないだろうと思って買ってきた」

稲荷鮨を勧める潤一の顔から壁にかかっている時計に目を移すと、なんと三時近くになっている。あと三十分もすれば、午後の診療が始まる時間だ。

「そう思っているのなら、お前。もっと早くにきてくれれば手助けになって俺も楽ができたのに」

非難めいた言葉を口に出して、麟太郎も稲荷鮨に手を伸ばす。

「大学病院勤務の俺に、そんな時間の余裕はないよ。今日もあと三十分もしたら病院に帰らなくちゃならない。ゆっくりこられるのは非番のときぐらいだよ」

稲荷鮨を喉に押しこみながら潤一はいう。

「そうか、そうだな――いや、今まで徳三さんとやりあってて、それでちょっと頭に血が上ってというか。いや、悪かった」

そういって麟太郎は、表の看板に始まる徳三とのやりとりの一部始終を潤一にざっと話して聞かす。

「ああ、あれはそろそろ書きかえたほうがいいですね。今回ばかりは徳三さんのほうに理があるようですね。やぶさか云々《うんぬん》の件は別にして」

「それはまあな」

仏頂面をする麟太郎に、

「そうだ。いっそ徳三さんが口にしたように、下町やぶさか診療所っていうのはどうですか。かなり親近感が湧くような気がしますが」

潤一が思いきったことをいった。

やぶさかとは、どういった加減か診療所の前だけ緩やかな坂になっているため、それを近所の連中が親しみをこめて、やぶと坂を合せて呼び始めたものだった。

「お前なあ……」

　麟太郎が情けない声を出すと、

「悪い、単なる冗談だから。深い意味はまったくないから、聞かなかったことにしてくれ、親父《おやじ》」

　潤一はすまなさそうにいって、顔の前で手を振った。

「単なる冗談か……」

　ぽつりと麟太郎は呟いてから、

「あの真面目一方だったお前が、こういう冗談がいえるようになったんだな」

　しみじみとした調子でいった。

「いろいろあったから。俺もかなりの勉強をさせてもらって、少しは大人になってるはずだから、実年齢ぐらいの」

　潤一は二十九歳である。

「実年齢なあ――」

　疑わしい目を向けながら、

「その大人になったお前は、あんなことがあってもまだ、麻世《まよ》が好きか。お前とはひと回りも年の違う、高校二年生の麻世のことが」

詰問するようにいった。

「何があろうと俺は、あの問題児が好きだ。その思いに変りはない。といっても振り向いてもらうのは至難の業だろうけど」

はっきりといったが、語尾だけは掠《かす》れていた。

「大人の分別とはほど遠いが、立派な心がけだと思う。下町の男はそうでなければいかんと俺も思う」

正直麟太郎は嬉しかった。潤一の選ぶ道は茨《いばら》の道になるだろうが、大きな筋が一本通っている。にしても、肝心の麻世が潤一を選ぶかどうかだが。どう贔屓目《ひいきめ》に見ても可能性はゼロに近い。今までだって潤一は麻世にまったく相手にされなかった。しかし、男と女のあれこれなど、どこでどうひっくり返って、どうなるのかは……。

そんな思いで潤一を見ると両肩を大きく落して、情けなさそうな顔で麟太郎を見ていた。まるで打ちすてられた子犬の顔だ。やっぱり無理かと思ったところで潤一が声をあげた。

「ところで麻世ちゃんの様子は、相変らずなのか、親父」

子犬の顔にほんの少し覇気が宿った。

「相変らずだな。普段のふるまいは、あの事件の前とまったく同じで何の変化もない。麻世という女の子は、よほどの精神力の持主だという他はない。ただ――」

「ただ、何だ、親父」

　潤一が身を乗り出した。

「近頃外出が多くなった。前のようにどこかで喧嘩でもしているのか、しょっちゅう顔に痣《あざ》をつくって帰ってくる」

「元のヤンキーに、戻ったということなのか」

　叫ぶような声を潤一はあげる。

「どこへ行ってるのか今は遠慮して訊《き》いてねえから、それはわからねえが、要するにあの事件で麻世は何か大きな問題を抱えこんだ。しかし、その問題の答えがなかなか見つからなくて、麻世は苛立《いらだ》っている。そういうことだ」

「大きな問題って、それは何なんだ。それを麻世ちゃんに質《ただ》してみたのか、親父は」

　潤一はさらに身を乗り出した。

「訊いた——しかし、あの頑固者は、今はまだ話せないと。それだけいって首を左右に振った。こうなったらもう駄目だ。誰が何をいおうが麻世は金輪際口を開かねえ。それぐらいのことはお前もわかってるだろう」

　嗄《しわが》れた声を出す麟太郎に、

「わかっている。しかし、今はまだ話せないということは、いずれ親父には話すってことだろう。聞いたらすぐに俺に教えてほしい。何の力にもなれないかもしれないけど、聞いたらすぐに」

潤一は麟太郎に向かって頭を下げ、額をテーブルにこすりつけた。

「わかった」

と麟太郎が強い口調でいったとき、玄関の扉が開く音が聞こえた。どうやら、麻世が帰ってきたようだ。潤一の体に緊張が走って硬くなるのがわかった。

「あっ、おじさん、きてたんだ」

居間に入ってきた麻世は何の屈託もないような声をあげた。

「診療所始めの今日は患者でごった返して飯も食えないだろうと思って、片手でつまめるオイナリさんを買って陣中見舞いにね」

硬い顔を何とか綻《ほころ》ばせて、潤一はそれでもよく通る声でいう。

「そういうことか。悪い、じいさん。それならそうで朝のうちにいってくれれば、握り飯ぐらいはつくったのに」

麻世はぺこっと頭を下げて、

「駄目だな私は、気配りがまったく利かないから、男同然だから、がさつだから」

はっとするほど可愛《かわい》い顔を顰《しか》めた。が、どんな顔をしようが可愛さは隠しようがない。正真正銘の美少女――世間での麻世の評価はそうなっているらしいが、麟太郎は違う。可愛らしさより、正統な美しさ、しゅっとした美人顔が麟太郎は好きだった。たとえば

『田園』の夏希ママのような。

そう思いつつ麻世を見上げる潤一を見ると、何となく顔が弛緩しているようだ。駄目だこいつは、麟太郎は小さな吐息をもらす。

「麻世ちゃんは男同然なんかじゃない、立派な女の子だ。それもとびっきり可愛らしい女の子だ。だから、握り飯をつくるという言葉だけで充分だよ。その言葉だけで、少なくとも俺は充分に嬉しいよ」

麟太郎はまた吐息をもらす。今度はかなり大きい。

「駄目だよ、おじさん。女子にそんなふうにいえば、つけ上がるだけで何にもいいことはないよ。駄目なことは駄目って、びしっといわないと。もっとも私は男同然だから、そんなことをいわれてもちっとも嬉しくはないけどね」

潤一の言葉は一刀両断された。

「じゃあ、びしっといわせてもらうけど」

珍しく潤一が麻世に反発した。

とたんに麻世の顔に喜色が走る。

この麻世という娘――変に誉《ほ》めあげられるより、本当のことをいってもらったほうが喜ぶという妙な性格の持主だった。

「親父の話では、麻世ちゃんは近頃外出が多く、しかも、しょっちゅう顔に痣をつくって帰ってくるということらしいけど、また前のようにヤンキーに戻ったんじゃないだろうね」

麻世は元ヤンキーだった。

それもバリバリのヤンキーで、喧嘩のほうも相当な強さを誇っていたらしく、仲間うちではボッケン麻世と呼ばれていた。

「喧嘩はしてないよ。喧嘩はよほどのことがない限りしないときめたから。だから、そのための外出じゃないよ」

抑揚のない声でいった。

「じゃあ、どこへ行ってるんだよ。顔に痣までつくって」

声を荒げる潤一に、

「林田《はやしだ》道場だよ」

ぼそっと麻世はいった。

この一言で麟太郎はすべてに納得した。

喧嘩をしてストレス解消をする代りに、麻世は道場へ行って門弟たちを相手に打ち合い、殴り合いをしていたのだ。

林田道場の流派は柳剛流《りゅうごうりゅう》——古来より伝わる実戦剣法で、剣術の他に組打技《くみうちわざ》も伝わっていた。当て身、蹴り、投げ、関節……何でもありの喧嘩技が特徴の総合武術だった。

しかも、この道場は林田という老人が道楽のためにやっていたようなところで月謝はタダ。麻世はこの今戸《いまど》神社裏にある林田道場に小学五年のときから、林田が病いで臥《ふ》せる高校一年まで毎日のように通っていた。

道場に通おうと思った理由は苛《いじ》めだった。

麻世は小学校の四年生頃から、毎日苛められるようになった。原因は麻世の美しさに対する嫉妬と貧しさ。麻世は母親と二人きりの安アパート暮しだった。

麻世は柳剛流の荒稽古に、歯を食いしばって耐えた。かなりの素質があったようで腕はめきめき上達し、校内で麻世を苛める者はいなくなった。その代り、まともな連中は麻世の前から去り、寄ってくるのはヤンキーたちばかりになった。

そんな生活が去年の初夏までつづいた。

「しかし、麻世」

と麟太郎は首を傾《かし》げた。

「以前は道場に行っても顔に痣などをつくってくるのは稀《まれ》だったが、近頃はしょっちゅう痣をつくってくるような気がするが。現に今日もよ」

よく見ると左目の周りが、うっすらと黒っぽくなっているのがわかる。

「前は道場でいちばん強かったのは、私だったから。もちろん、林田先生を除いての話だけどね」

嬉しそうに麻世は薄い胸を張った。

「ええっ！」

潤一が素頓狂な声を出した。

「麻世ちゃん、林田道場でいちばん強かったのか。だけど道場の門弟といったら、ほとんど男なんだろう」

まくしたてるような声を出した。

「ほとんどじゃなくて、全部男。さすがにガタイのでかいマッチョな男と、関節の逆の取り合い、投げの打ち合いをやるときは分が悪くなるけど、手に木刀を持てば」

弾《はじ》けるような笑顔を見せた。

「木刀を手にすれば、いちばん強いのか」

潤一の声は裏返っていた。

「そうだよ、高校一年のころから、そうなったみたいだな」

また薄い胸を張る麻世を見ながら、麟太郎も胸の奥で唸《うな》る。しかし、その麻世がしょっちゅう痣をつくって帰ってくるということは、ひょっとしたら。

「その麻世が痣をつくってくるということは、もっと強い男が……」

低すぎるほどの声で麟太郎はいう。

「そう、現れたんだよ。米倉彰吾《よねくらしようご》という人で、私が中学二年のときまで、あの道場にいたんだけど、仕事の都合で関西のほうに行ってしまって。でも、その人が先月からまた戻ってきて、私の相手をしてくれるようになったんだ。といっても」

麻世の表情に悔しさのようなものが混じる。

「組打技でも打撃技でも、そしてメインとなる剣のほうでも、私より断然強い――まあ、ゆくゆくはあの道場を継ぐ人だから、仕方がないといえばそうなんだけど」

「ということは、その米倉さんていう人は林田先生のお身内ということなのか」

麟太郎が口を挟むと、

「身内じゃないよ。本物の武術の道場は身内とか血縁じゃなくて、いちばん強い者が跡を継ぐ。ヤクザの世界と同じだよ――だから私の夢は米倉さんに三本のうち一本でもいいから勝ちを取ること。まあ、無理かもしれないけどね」

いいながら麻世の顔は嬉しそうだった。

「あの麻世ちゃん。ひとつだけ教えてほしいんだけど、その米倉さんという人の年はいくつなんだろうね」

恐る恐る潤一が訊いた。

「確か……」

麻世は宙を睨《にら》みつけてから、

「二十九歳。おじさんと同い年だよ。タイプはまったく違うけどね」

この一言で潤一の体から力が抜けた。どうやら潤一はこの米倉という男をライバル視しているようだ。しかし麻世の話を聞く限り、どこからどう見てもその男のほうが有利ということになる。

小さな沈黙が流れた。

「もう、やけくそで、麻世ちゃんに重要な質問があるんだけど」

沈黙を破って潤一が奇声をあげた。

ぽかんとした表情で、麻世が潤一を見た。

麻世は色恋の話にはまったく興味がないというか鈍感というか、むろん潤一の気持に気づいているという兆候などは爪の垢《あか》ほども見当たらない。

「例の事件で麻世ちゃんは、何か途方もない大きな問題を抱えてしまったと親父はいってたけど、それがいったい何なのか教えてくれないだろうか」

まさに、やけくその質問だった。これに対して麻世はいったい、どう答えるのか。麟太郎は凝視するように麻世の顔を見る。

「無理――」

麻世は短く一言で答えた。

「なぜ無理なんだ。教えてくれれば麻世ちゃんだけでなく、俺や親父も加わってその問題に立ち向かうことができる。いい考えが浮ぶかもしれない」

珍しく潤一は食い下がる。

「これは私の個人的な問題だから。その結果、私が出す答えもすごく個人的なものだから。そして私はその疑惑に対する答えをまだ出してないから。私なりの答えが出たら必ずじいさんに話す。これだけは、はっきり約束するから」

そういって麻世は唇をぎゅっと引き結んだ。

「じゃあ、私、夕食をつくる時間まで二階にいるから」

麻世は力なくいって、麟太郎と潤一の前から離れていった。

「麻世ちゃん、確か疑惑っていいましたよね。あの事件に疑惑を覚えなきゃいけないことってありますか。かなり単純な事件で、俺には疑惑という言葉が入りこむ隙など見当たらないような気がしますが」

溜息《ためいき》まじりにいう潤一の言葉に、

「同感だ。麻世がいったい何を考えているのか。俺にもまったく見当がつかない」

こう答えるより、麟太郎には術《すべ》がなかった。

あの事件とは、ひと月半ほど前に今戸神社の境内で繰り広げられた、麻世と梅村《うめむら》という男の生き死にを懸けた勝負のことだった。

梅村は麻世の母親である満代《みつよ》の情夫だったが、麻世の美貌に目がくらみ、何とか自分のものにしようと隙を窺《うかが》った。母親の満代もその動きを察してはいたが、梅村の過剰な暴力を恐れ、じっと耐えるだけで見て見ぬふりを決めこんだ。

そして麻世はふいをつかれ、梅村に失神させられて体を奪われた。麻世はその場で母親のアパートを飛び出し、あちこちを転々としたのちに麟太郎の診療所にやってきた。

「自殺に失敗した」

と麻世は手首の傷を見せ、そしてこれまでの顚末《てんまつ》を麟太郎に話した。

「居場所がないんだ」

麻世のこの言葉を聞き、麟太郎はお手伝いさん代りという名目をつくって麻世を診療所に引き取った。

この後、『やぶさか診療所』では平穏な日々がつづいたが、梅村はまだ麻世を諦めてはいなかった。麻世は麻世で、梅村との一件が精神的外傷《トラウマ》になり、切羽つまったぎりぎりのところまで追いこまれていた。

「あいつの前に立つと心も体も竦《すく》んでしまう。動けなくなる。普段の力を出そうとしても出なくなる。あいつが怖くて怖くて、どうしていいかわからなくなる」

麻世は顔色を蒼白《そうはく》にして、こんなことをいうようになった。そして、

「あいつを殺さないと、私の心が壊れてしまう」

こんなことも口にした。

そして麻世は、決着をつけようという手紙を梅村に出し、二人は深夜今戸神社の境内で対峙《たいじ》した。

麻世に殺人を犯させるわけにはいかない。麻世を説得して、手出しはしないという約束で麟太郎も勝負の場に同行した。

勝負は一瞬できまった。

梅村の木刀は麻世の特殊警棒で弾き飛ばされ、次の瞬間、梅村の脳天に向かって特殊警棒が振りおろされた。この渾身《こんしん》の一撃を食い止めるため、麟太郎は梅村の体をかばうように飛びついた。が、麻世の一撃は、梅村の脳天三センチのところでぴたりと止まった。麻世は梅村を殺さなかった。

変事がおきたのはこの直後だった。

麻世からの手紙を盗み見て、その場には母親の満代もかけつけていた。満代はもつれあった麟太郎と梅村に向かって突進した。手にしているのは出刃包丁だ。梅村の脇腹に刃《やいば》の半分ほどが埋まった。

必死に血止めの処理をしながら麟太郎は救急車の到着を待った。

麻世は放心状態の満代の体を抱きしめた。

梅村は潤一の勤める大学病院に運ばれ、満代は殺人未遂の現行犯で浅草署に連行されていった。

これが、あの夜の事件のすべてといえた。

この事件のどこに疑惑があるのか。

次の日の午後二時頃。

麟太郎は潤一の勤める大学病院のホールにいた。

昨日潤一が帰るとき、

「梅村の様子はどうだ。良好という話は聞いていたが大丈夫なのか」

こんなことを訊いた。

「良好だよ。警察関係者も病院にきて、おおよその事情聴取はすんでいるはずだよ」

すらすらと潤一は答えた。

「それは俺も懇意にしている浅草署の刑事たちから聞いた。あの野郎、麻世に対する強《ごう》姦罪《かんざい》の他は大体本当のことを喋《しゃべ》っていたそうじゃねえか」

商売柄、麟太郎は浅草界隈《かいわい》の警察と、ヤクザには顔が利いた。

「そこがあの梅村という男の狡賢《ずるがしこ》いところだよ。あの事件から強姦を除いて、何とかクリアしてしまったら、あいつは麻世ちゃんに横恋慕はしていたものの、単なる善良な被害者——そういうことになってしまう。腸《はらわた》が煮えくり返る結果だけど、刺したのは満代さんで刺されたのは、あのクソ野郎だから何ともしようがない」

悔しそうにいう潤一に、

「そうなると、また麻世にちょっかいを出すということも充分に考えられるな」

絞り出すような声を麟太郎は出した。

「それだけは阻止しないとな、親父」

潤一が、両の拳《こぶし》を握りしめるのがわかった。

「そのためには、あのクソ野郎をちょっと脅してやらねえとよ。そうなると、あのクソ野郎に会わなきゃいけねえ。どうだ会うことはできるか」

「本人が拒否しない限り大丈夫だと思うけど、多分拒否するだろうな」

「じゃあ、こういってやれ」

じろりと潤一の顔を睨んだ。

「強姦致傷の罪は重いぞ。しかも相手は未成年。いつ娑婆《しゃば》に出てこられるかわからねえぞ。こっちは、その証拠をしっかり握ってるからな。これを穏便にすませたかったら、拒否せずに会うことだとな」

凄《すご》みのある声を麟太郎は出した。

「証拠って、そんなもの本当に親父は持ってるのか」

潤一の問いに麟太郎は無言でうなずき、梅村との面会を強引に取りつけて今日ここにきたのだ。

しばらくホールにいると、潤一がやってきて麟太郎の前に立った。

「犯罪被害者ということで、梅村は生意気にも個室に入っているから」

「わかった」

とうなずく麟太郎に、

「それから、これはまだ確定はしてないんだけど、梅村の胆嚢《たんのう》の具合がおかしい。十二指腸に排出する、胆汁の数値にばらつきが出ているような気がする」

耳打ちするように潤一はいった。

「それって、お前」

麟太郎が潤一の顔を真直《まっす》ぐ見た。

「親父の推察する通り、ひょっとしたら胆汁瘻《たんじゅうろう》の恐れが……」

「そうか。医者がこんなことを口にするのは絶対にいかんが、ひょっとしたら神様はどこかにいるのかもしれんな」

麟太郎はこういってから、

「じゃあ、行くか」

ぽんと潤一の肩を叩《たた》いた。

ようやく午前の診療が終って時計を見ると、すでに一時五十分。しかしこれならまだ、

『田園』のランチに間に合う。

大きく伸びをしてから、看護師の八重子に「それならよ」と声をかけて麟太郎は白衣を脱ぐ。受付まで歩いて、

「知《とも》ちゃん、一緒にランチに行くかい」

と窓口に向かって声をかける。

「残念ですけど、私はお弁当でえす」

いつも通りの声が返ってくるが、今日は、そのつづきがあった。

「それに一緒に行くと、大先生は夏希さんの顔に集中できなくなって不機嫌になり、午後の診察に影響が出てきますから」

ずばりといい放って、窓口の向こうで小さく手を振るのが見えた。

事務員兼看護師見習いの湯浅知子《ゆあさともこ》は、まだ二十二歳である。

「どいつも、こいつも」

口のなかだけで呟きながら、麟太郎は診療所の玄関を出て『田園』に向かう。といっても『田園』は診療所のすぐ隣。昼は喫茶店で夜になると『スナック・田園』に変身するという変った店だった。

扉を開けてなかに入ると席は九割方埋まっていた。

「いらっしゃい、大先生」

夏希の愛想のいい声が響いて、ちらりと両目が店の壁にかかっている時計を見る。時間は、ちょうど二時——これが麟太郎には気にいらない。昼にしても夜にしても、麟太郎はこの店にとっての常連客。その常連客がランチタイムに少々遅れてきたとしても、それはそれで大目に見てもらわないと……。

そんな言葉を胸の奥で転がしながら奥を見ると、よく知った顔がいた。麟太郎の幼馴《おさな》染《じ》みで同級生の瀬尾章介《せおしょうすけ》だ。麟太郎は一人で食事をしている章介の前に行って腰をおろす。

「おい章介、元気か」

覗《のぞ》きこむように顔を見ると、すぐに章介も麟太郎に視線を向ける。

「幸い麟ちゃんの世話になるほど、老いぼれてはいないな」

端整な表情を崩してふわっと笑い、左手で麟太郎と同じように長く伸ばした白髪まじりの髪をかきあげた。気障《きざ》な仕草だったが、章介がやると、どういう加減なのかそうは見えない。

「景気はどうだ、いいのか」

当たり障りのない話題を口にすると、

「何とか食ってはいけてるが、世間ではどうなんだ。悪いのか。確かに仕事は減ってはいるが、よくわからないな」

これもよくわからない言葉が返ってきた。

　章介は町内では変った人間で通っていた。

　家業は父親の代からの手描きの看板屋だったが、一人息子の章介は芸大に入り油絵学科を出ていた。卒業後は十年ほど油絵のほうに専念していたが芽は出ず、結局家業の看板屋を継ぐことになった。両親は十年ほど前に相次いでこの世を去り、今は一人でこつこつと看板製作に励んでいる。章介はまだ独り身だった。

「相変らず、絵の入った看板は描いてないのか」

　さりげなく麟太郎は訊いてみた。

「描いてないな。あれ以来、俺は絵は描かないと決めているから。決めたことを破るわけにはいかないからな」

　あれ以来とは、油絵を描くことを断念したときのことで、その後は筆を折って章介が絵を描くことはなかった。だから、章介の手がける看板は文字をメインにした図柄だけだったが、丁寧な仕事ぶりと斬新なデザインが客から称讃《しょうさん》されているという噂《うわさ》は麟太郎もよく耳にしていた。

「油じゃなくて、ペンキ画でも駄目なのか」

「油だろうがペンキだろうが、描いてできあがれば絵そのもので、変りはないから」

淡々とした口調でいった。

「義理堅いというか、今どき珍しく律義なんだな、章介は」

感心したように麟太郎がいうと、

「そんなんじゃないよ。莫迦《ばか》で頑固なクソじじいなだけだよ」

即座に章介は否定して薄く笑った。

そんな様子を見ながら、これは下町っ子特有の痩せ我慢なのかとも思ってみたが、どうもそうではないような気が麟太郎にはした。もう少し崇高なもの——何だか負けたような気分になって麟太郎は少し、しょげた。

「大先生、今日は何にしますか」

耳許《みみもと》で声が聞こえて顔を向けると、すぐ前に夏希の笑顔があった。

「ランチをよ……」

と遠慮ぎみにいうと、

「毎度ありがとうございます、今日は大先生ご贔屓の、腕によりをかけたチキンカツですからね」

笑顔がさらに輝いて、この上ない上等の顔になった。しょげた麟太郎の心が一気に明るくなった。現金なものである。

「じゃあ、すぐに持ってきますから」

軽く頭を下げて夏希はその場を離れる。

「大分、夏希さんにご執心なようだな」

二人のやりとりを見ていた章介が、真顔でいった。

「それはまあ、何といったらいいのか」

図星を指されて、むにゃむにゃと麟太郎は言葉を濁すが、このとき妙な思いが胸の奥に湧いた。

「芸術家の章介に、俺はちょっと訊きてえことがあるんだがよ」

神妙な顔をしていうと、

「俺は芸術家じゃなくて看板屋だけど、俺にわかることなら何でも答えるよ」

真顔で章介は答えた。

「夏希ママの顔のことなんだけどよ、芸術家のお前さんの目から見てどう思う。率直なところを聞かせてくれねえかな」

「というと、形として素材を見たときに、どう感じるかということなのか」

何でもないことのように章介はいう。

「そうそう。その素材としての形だよ」

思わず麟太郎は身を乗り出す。

「綺麗《きれい》だな、一言でいって」

ぽつりと章介はいい、

「両目と鼻を結ぶ三角形は黄金比そのものだし、両頬から落ちこむ三角形もいうことはない。これだけ完璧だと見る者に冷たい印象を与えるんだけど、夏希さんの場合、顎にかかる両頬の角度に柔らかさがあって、うまい具合にそれを緩和している。まさに絶妙の顔という他はない」

そう章介がいったとき、席の横に誰かが立った。ウェイトレスの理香子《りかこ》だ。

「誰の顔が絶妙なんですか」

興味津々の表情で訊いてきた。

「それは、グレース・ケリーだよ。モナコの王妃様になった昔の映画俳優だよ」

とっさに女優の名前を出してごまかすと、「何だ」といって理香子は食後のコーヒーを章介の前に置き「大先生はコーヒー、どうしますか」と訊いてきた。

「食べ終ったころに持ってきてくれ」

というと「はあい」と大声でいって理香子は離れていった。

ランチだけならワンコイン——つまり五百円で、これに食後のコーヒーをつけると七百円。とにかく『田園』のランチは安かった。

「そうか。夏希ママは綺麗で美しいのか。芸術家がそういうのなら、そういうことなんだろうな」

上機嫌でさかんにうなずくと、

「綺麗ではあるけど、美しさには欠ける」

妙なことをいい出して「あん」と麟太郎は口を開ける。

「問題なのは夏希さんの、唇。この厚くて大きめの唇が美しさという言葉の足を引っ張っている。だから美しいのではなく、綺麗。そういうことになるな」

美しさと綺麗の違いは正直よくわからないが、確かに夏希の厚くて大きめの唇は顔全体のバランスからいって、少し外れている気がするのも確かだった。

「あれは卑猥《ひわい》だ、卑猥そのものの唇といっていい」

ぼそっと章介がいった。

麟太郎にとって衝撃的な言葉だった。艶っぽいとは思っても、まさか卑猥とは……。

「でも、美しさのなかに、その卑猥な唇が乱入してきた夏希さんの綺麗さが、俺は大好きなんだ。あの唇は突出している」

さらに妙なことをいい出した。

「大好きって、章介。お前、夏希ママが好きなのか」

恐る恐る口に出してみると、

「半年ほど前に、初めてこの店を訪れて夏希さんを見たとき、精神のすべてを吸いとられた。つまり、一目惚《ぼ》れというやつだ。その時点で俺は恋に落ちたようだ」

何でもない口調で章介はいい、テーブルの上のカップに手を伸ばして、コーヒーをごくりと飲んだ。

そんな様子を眺めながら、それならこいつは正真正銘の恋敵じゃないかと、麟太郎は自分に発破をかける。

「それで章介。お前の気持を夏希ママは知っているのか、くどいてみたのか」

心配していることを口に出す。

「いい寄ってはいないから知らないと思う。しかし、そんなことはどうでもいい。肝心なのは、俺が夏希ママに惚れているということで、あとのことはすべて瑣末《さまつ》なことだから」

あとのことはすべて瑣末なこと……麟太郎には、どうにも章介のいうことがよく理解できない。これだから芸術家というのは始末が悪い。それとも――。

「章介。お前、女に惚れるのは初めてか。今まで女を好きになったことはないのか」

失礼だとは思ったが、胸をよぎった疑念を素直に口にした。

「ずっと若いころ、それこそ命を懸けた恋をしたことがある。相思相愛で死ぬほど好きあっていたが俺たちには結婚できない、ある事情があった。だから」

すっと口を閉じる章介に、

「結婚できない、ある事情って何なんだ」

できる限り優しく訊いた。

「それはいえない、相手に迷惑がかかることでもあるし。とにかく俺はその女と別れ、そして二度と恋はすまいと密《ひそ》かに決心した。そういうことだよ」

章介の話が一区切りしたところで、夏希がようやく麟太郎の料理を運んできた。

「ごめんなさい、大先生。ちょっとランチのお客がたてこんでいて、大先生のは一番最後になってしまいました。常連中の常連の大先生なら、笑って許してくれるだろうと思って」

いいわけの言葉を右から左へと聞き流し、麟太郎の目は夏希の唇を凝視する。章介が卑猥だといった厚くて大きめの唇だ。だが、麟太郎には卑猥さよりは魅力的という言葉のほうが似合うような。芸術家と凡人の違いというより仕方がなかった。

「じゃあ、大先生。終るころにコーヒーを持ってきますから」

夏希は食べ終えた章介の食器をトレイに移し、さっさとその場を離れていった。その後ろ姿を見ながら麟太郎は、面白いことを思いついた。

「章介、うちの診療所にいる麻世という女の子を見たことがあるか」

「麟ちゃんの遠縁にあたる、かなりの美形だといわれている若い子だな――遠くから道行く姿を一、二度見たことはあるが、すぐ近くではまったくないな」

怪訝《けげん》な面持ちで章介は答えた。

「それなら一度、すぐ近くでその麻世の顔をじっくり見てみねえか。芸術家の立場から夏希ママと較《くら》べて、どっちが綺麗なのか、どっちが美しいのか正確な判断を下してくれねえかな」

子供じみた発想だったが、夏希の唇を卑猥だといいきった章介が麻世の容姿をどう見るか、麟太郎はむしょうに知りたかった。

「それは無理だ」

すぐさま章介は言葉を返した。

「俺は病院というところが性に合わない。病院のあの独特の臭いを嗅ぐと気持が落ちこんで、胸が悪くなってくる。だから俺は、大人になってから病院というところへは一度も行ったことがない」

なぜか叫ぶようにいう章介を見ながら、そういえばこいつは一度も自分の診療所に顔を見せたことがないことに麟太郎は気づく。

「別にうちの診療所にこいとはいわねえ。とにかくどこかで、うちの麻世に会ってくれれば、それで事はすむし、時間もかからねえ」

宥《なだ》めるようにいうと、

「それなら、可能かもしれないが」

と曖昧な返事をして、カップに残っているコーヒーを一気に飲んだ。

「じゃあ、麟ちゃん。俺はそろそろ帰って仕事をするから」

それだけいい、伝票をつかんで立ちあがった。

「章介、夜のほうも、ここに顔を出すのか」

背中に声をかけると「たまに」という言葉が返ってきた。後ろ姿ではあったが章介は長身で、すらりとした体型をしていた。恋敵《こいがたき》として侮れないものを覚えたが、あの変人ぶりでは――。

麟太郎は大きな手で膝をとんと叩き、箸を手にしてチキンカツと向き合う。口のなかに放りこんで素早く咀嚼《そしゃく》しながら、昨日の一件を反芻《はんすう》する。梅村とのことだ。

潤一と一緒に病室に入ると、梅村はベッドの上半分を起こして背中をもたせかけていた。

「久しぶりだな、梅村さん」

麟太郎が声をかけて近づくと、睨むような目を梅村は向けた。

「どうやら退院も近づいてきたようなので、今日はあんたと話し合いをするつもりでここにきた」

「話し合いだと。俺とてめえが何を話し合うっていうんだ。ふざけたことをいうんじゃねえぞ。よってたかって、みんなで俺をこけにしやがって」

吼えるような調子でいうが、さすがに大声は出さない。ここは病院のなかだという最低限度の分別は、いくら梅村でも持ち合せているようだ。

「よってたかってとは、いったい誰のことをいってるんだ」

麟太郎が凛《りん》とした声を出す。

「てめえと麻世と、俺をこんな目にあわせた、クソババアの満代にきまってるだろうが」

憎々しげにいう梅村に、

「その満代さんだが、諸々《もろもろ》のことを考えてみると、不起訴になる公算が大きいようだな」

麟太郎はさらりといった。

浅草警察署に殺人未遂の現行犯で逮捕された満代は精神的な打撃が大きく、とても正常な尋問には耐えられないということで、都内の精神科の病院に収容され治療を受けていた。

症状が改善の方向に進めば、検察官の命令によって精神鑑定が行われることになり、犯行時の責任能力の有無が詳細に調べられる。その結果、心神喪失、または心神耗弱と認定されれば不起訴処分、あるいは裁判になったとしても刑は軽減され、満代は適切な治療を受けて社会復帰を目指すことになるはずだ。

「満代が不起訴だと。あの女は俺を殺そうとしたんだぞ。そんな莫迦げた話があってたまるか」

唸り声を梅村はあげた。

「そうはいっても刑法の第三十九条には、心神喪失者の行為は、罰しない。また、心神耗弱者の行為は、その刑を減軽すると、ちゃんと記されているから仕方がない」

「何をいいやがる、満代は心神喪失者なんかじゃねえ。あいつは確実な殺意を持って俺に包丁を突き立てたんだ」

麟太郎を睨みつける目の光が強くなった。

「満代さんにそうさせたのは、あんたの暴力的な支配と恫喝《どうかつ》——ここで、ぎゃあぎゃあ騒ぎ立てると、あんたのほうが傷害罪で起訴されることになりかねんぞ」

麟太郎のこの言葉に、梅村は口をつぐんで黙りこんだ。

「とにかく」

よく通る声を麟太郎は出してから、

「その件は司直の手に任せておけば、何らかの結論は出る。我々はそれに従えば、それでいい。問題は警察からも病院からも解放された後の、あんたの身の振り方だ。その話し合いに俺たちは今日きたんだ」

厳かな声で梅村にいった。

「身の振り方とは、どういう意味だ。俺はこれからもあのアパートに居据《いすわ》って、麻世を狙いつづける、完全に自分の物にするためにな。それに、強姦致傷の証拠というのは何だ。そんなものがあるはずねえだろうが」

獣のような目で麟太郎を見た。梅村はこんな状況に陥っても、まだ麻世の体に執着しているのだ。隣に立っている潤一をちらっと見ると、青ざめているのがわかった。

「証拠の件は後だ――」

麟太郎は投げつけるようにいってから、

「麻世は強いぞ。また以前のように不意打ちを食らわせるつもりか」

低すぎるほどの声を出した。

「そうだな、あの方法がいちばんいいな。不意打ちを食らわせて気絶させ、体を奪う。あれは実にうまくいった。どうだ、悔しいか老いぼれ。そうやって何度も抱いてやれば、いくら麻世だって屈伏する。女なんて、みんなそんなもんだ。そうだ、クスリ漬けにしてやってもいいな。そのほうが、手っとり早いかもしれん」

梅村のせせら笑いが響いた。

「悪いことはいわん。おとなしく浅草から出ていけ。どこか知らない町にでも行って、ひっそりと暮せ」

麟太郎は抑揚のない声でいう。

「ひっそりと暮せだと、てめえにそんな指図を受けるいわれはねえよ」

「麻世は――」

凛とした声を麟太郎は出した。

「あんたに無理やり体を奪われたあと、俺の診療所にきた。そのときの傷の状態はカルテにしっかり記載されている」

これは嘘《うそ》だった。麻世が診療所を訪れたのは、それからずっと後のことだった。

「それを警察に提出して、強姦致傷罪であんたを訴えれば」

「ほざけ、老いぼれ」

梅村が吼えた。

「いくらカルテが残っていたとしても、相手は俺じゃねえとシラを切れば――もし俺だとわかったとしても、あれは合意の上だといい張れば何とかなるだろうが」

梅村の顔が醜く歪《ゆが》んだ。

「何ともならん。警察が丹念に調査をすれば、あんたが麻世を狙ってたことの裏づけはすぐとれるだろう。それに満代さんが回復すれば、その詳細も明らかになるはずだ」

麟太郎はじろりと梅村を睨み、

「ついでにいえば俺は商売柄、あの界隈のヤクザと警察には顔が利く。両方とも俺の主張は親身になって聞いてくれるはずだ」

とたんに梅村の両肩が、すとんと落ちた。

「それに、イザという時の証拠としてこんなものもある」

鱗太郎はポケットから小さな機械のようなものを取り出した。ボイスレコーダーだ。

「今までのあんたとのやりとりは、すべてこれに録音されている。これが決定的な証拠になるだろう」

梅村の体から力が抜けきり、無言のままうつむいた。

「あんたに浅草から出て行けというのは俺の温情だ。そこのところをよく考えろ。本来ならすべてを明らかにして、あんたを刑務所にぶちこみたいというのが俺の本音だ。いいか、麻世はまだ未成年だ。それを無理やり犯したとなれば重罪だ。二十年は刑務所暮しということになるぞ」

鱗太郎は小さな吐息をもらし、

「しかし裁判になれば、麻世も法廷に出なければならん。あんたとのあの忌《いま》わしい出来事を、根掘り葉掘り詳細に訊かれることになる。これは麻世にとって辛《つら》すぎることだ。それを避けるための、苦肉の策であり温情だ。そういうことだ、わかったか」

大声ではなかったものの、怒鳴りつけるような口調だった。

梅村は無言だ。

「わかったかと、俺は訊いている」

鱗太郎が催促の言葉を出した。

「わかった……」

蚊の鳴くような声で梅村はいった。

「もしあんたが約束を破って浅草に舞い戻ってきたときは、そのときは麻世には気の毒だが、すべてを公にしてあんたを刑務所にぶちこむ。覚悟しておくといい」

短い沈黙のあと、今度は潤一が声を出した。

「傷の推移は順調なようだが、ひとつ懸念のある数字が出ている。十二指腸に排出する胆汁の数値に、ばらつきがあるような気がする。もしこれが常態ということになれば、胆汁瘻の恐れがあるとして手術をしなければならない。俺の診立てではその可能性は強いと思っている」

梅村が恐る恐るといった調子で潤一を見た。

「漏れ出た胆汁を排出するための、ドレナージチューブを取りつけるための手術だ。もしこれでも駄目な場合は、残念ながら胆嚢を半分ほど切り取ることになる。大変な手術で体力も落ちることになるが仕方がない――満代さんの切っ先が思いの外、深かったということだな。以上だ」

これだけのやりとりをして、麟太郎と潤一は梅村の前を離れた。扉の閉めぎわ、ちらっと梅村の様子を窺うと泣き出しそうな表情をして、ぼんやり宙を見つめていた。

これでこの件は、ほとんど落着だった。

麟太郎が一番心配したのが、この事件に関するマスコミの扱いだった。

事件の直後、麟太郎は馴染みの刑事部長に会い、何とか麻世の名前が出ないように頼みこんだ。事件の全貌をすべて話し、麻世がまだ未成年であることを考慮して、簡単な警察発表ですましてくれるように懇願した。名前を出せば麻世の気性からいって、命を絶つことも考えられるとまでいった。

その甲斐《かい》あって、新聞各紙の見出しはおおむね『痴情の果ての刃傷沙汰《にんじようざた》――』こんな表現にとどめられた。

記事の内容も深夜今戸神社の境内で、内縁の妻らしき女が男を刺して重傷を負わす。動機は痴情のもつれと見られ、浅草警察署が詳細を捜査中といった簡単なもので、満代の名前と梅村の名前は出たものの麻世はもちろん、麟太郎の名前も出なかった。

同じ夜、都内で十軒以上の民家に火をつけて回り、死者も出ているという連続放火犯が逮捕されたという大きなニュースがあったのも幸いしたようだった。

その後、満代の事件の続報もなく、この一件は周囲の誰にも知られずにすみ、麟太郎は胸をなでおろした。

あとは満代の処分がどうなるか。

それだけが残された。

麻世は台所で何やらつくっている。

「おお麻世、今夜のお菜は何だ。ちゃんと食えるものか」

食堂兼居間のテーブルから、麟太郎の大声が響く。

「じいさんたち男どもの大好きな、肉ジャガとかいう名前らしき料理だ」

麻世のややこしい説明が台所から飛ぶ。

肉ジャガといえば、『田園』の夏希の得意な料理でもある。さてそれを麻世がつくるとなると、どんな物が。

「それは嬉しいな。それで、あとどれぐらいで、その肉ジャガとかいう物はできあがるんだ」

「あと二十分ぐらいだから、ごちゃごちゃいわずに、おとなしく待っててくれ。年寄りは、せっかちだといわれないように」

有無をいわせぬ麻世の声に、麟太郎は口をつぐんでおとなしく待つことを決める。

二十分ほどあと。

麻世の手で味噌汁《みそしる》やら漬物やら佃煮《つくだに》やら――それにメイン料理の肉ジャガがテーブルの上に運ばれてきた。なぜか麻世は仏頂面ではあったけれど。

「つぶれた……だけど味のほうはまああだから、食べることはできると思う」

蚊の鳴くような声でいった。

確かに皿のなかの料理は、ジャガ芋がつぶれてぐちゃぐちゃ状態だった。

「そうか、つぶれたけれど、味はまあまあか」

嬉しそうに麟太郎は呟き、つぶれたジャガ芋を何とか箸ですくって口のなかにいれた。ゆっくりと噛《か》みしめた。緊張した表情で、麻世がその様子を見ている。

「ふむ」と麟太郎は短く声を出してから、

「麻世のいう通り、形はぐちゃぐちゃだが、味のほうはまあまあいける」

本当だった。醤油《しょうゆ》と砂糖の加減が絶妙で、肉汁も素材に塩梅《あんばい》よく染みこんでいる。少しではあるけれど、麻世の料理の腕が上達したという証《あかし》のように思えた。

「本当か、じいさん。今いったことは」

麻世がはしゃいだような声をあげた。

「俺が嘘やお世辞をいわねえのは、お前が一番よく知ってるだろう。しかし」

といって麻世の顔を睨むように見た。

「箸で食べるのは、くたびれる。ここはやっぱり、スプーンだな」

いってから顔中で笑った。

「そうか、そうだな。じゃあ、スプーン持ってくるから」

台所にスプーンを取りに走り、麻世も麟太郎と一緒に食事を始める。しばらく食べることに専念したあと、

「食事が終ったら、お前に少し話がある」

　麟太郎は真面目な口調で麻世にいった。

「話か。そうだろうな。そろそろ、そういうことになると思っていた」

　二人は無言で箸を使い、残りの夕食を食べ終えた。

「話というのは、あの事件のことだ」

　こう前置きして、麟太郎は潤一と二人で梅村に会って引導を渡してきたことから、母親の満代の様子を詳細に麻世に話して聞かせた。麻世は麟太郎が話し終えるまで一言も口を挟まず、無言のまま耳を傾けた。

「そしてな。今日の昼に、懇意にしていた浅草署の刑事から電話があって、検察のほうの感触から満代さんの不起訴がほぼ決定したようだと連絡があった」

　事実だった。

「不起訴……」

　ぽつりと麻世は口にする。

「そうだ。精神科医の治療を受け、心の病いが治ればお母さんは出てくることになる。それまでに、どれぐらいの時間がかかるのかはわからないが、そういうことだ。つまり、今回の事件はただ一点のみを除いてすべて落着したことになる。その一点というのは」

　ぷつりと麟太郎は言葉を切る。

「私の持っている、疑惑……」

絞り出すような声を麻世はあげた。

「そうだ。こうなったからには、そろそろ、その疑惑というのを話してくれてもいいころじゃないかとな」

麟太郎は正面に座っている麻世の顔を、真直ぐ見つめた。

どれほどの時間が過ぎたのか。

「いいよ、話しても」

低すぎるほどの声で麻世はいった。

苦しそうな声を麻世はあげた。

「あのとき……」

「お母さんが包丁を突き立てたかったのは、本当に梅村のクソ野郎だったのか。実際に狙ったのは、じいさんのほうじゃなかったのか。この疑いが、どうしても私の頭から離れようとしなくて」

麻世の言葉に麟太郎は胸の奥で「あっ」と叫んだ。あの瞬間、麻世と同じような疑念をわずかではあったけれど、麟太郎が持ったのも確かだった。

あの瞬間――。

打ちおろされる麻世の特殊警棒を防ぐために、麟太郎は梅村に飛びつき、二人はもつれあって転がった。そのとき、包丁を握りしめた満代が突進してきた。麟太郎の背筋が凍りついた。満代はひょっとしたら自分を……そう思ったのは事実だった。

だが包丁は梅村の脇腹に半分ほど埋まり、麟太郎は無傷で事無きを得た。しかし、満代は本当に自分ではなく梅村を狙ったのか。この疑問は胸の奥にくすぶりつづけた。

満代が突進してきたとき麟太郎と梅村はもつれあっていたのだ。と、なると――いくら考えても答えの出ない問いだった。満代から、直接本心を聞き出さない限り……。

「実をいえば」

嗄れた声を麟太郎は出した。

「俺の胸にもその疑念は、ずっとくすぶりつづけていた。むろん、麻世ほどではないが」

麻世は嘘の嫌いな娘だった。

どんなに辛くても悲しくても、本当のことを知りたがる娘だった。だから麻世に嘘は通じない。麟太郎は腹を括《くく》って、事実をありのまま麻世に話した。

「じいさんも、そう思ったのか」

話を聞いた麻世が叫んだ。

「思ったのは事実だが、あの状況でそんなことを満代さんが」

低い声でいう麟太郎に、

「あの人は梅村のクソ野郎に、のぼせあがっていた。それを考えれば、じいさんを狙ったというのも充分に納得できる」

満代の呼び方がお母さんから、あの人に変っていた。

「いずれにしても、満代さんの症状がよくならない限り、事実は闇のなかでわからない。そして俺は、事実が麻世のいう通りだったとしても水に流して——何といっても満代さんは暴力と恫喝で梅村に洗脳されていたはずだから。そこのところをよく考えてだな」

できる限り優しい口調でいった。

「いくら洗脳されていたとしても、やっていいことと悪いことがある。人間であるのなら、そこのところだけはわかるはず」

人間であるのならと麻世はいった。

「じゃあ、麻世は」

喉につまった声を麟太郎はあげた。

「もしあれが、じいさんを狙った包丁だとしたら、私は絶対にあの人を許さない。法律が許したとしても、私はあの人を」

麻世が吼えた。

吼えながら麻世の目は潤んでいた。

麟太郎は大きな吐息をもらした。

放心状態だった満代の顔が胸に蘇《よみがえ》った。

そして満代は、ふわっと笑ったのだ。

第二章　女を見たら

表情に一瞬、翳《かげ》りが走ったような。

ささいなことだとすませてしまえば、それで片づくことだったが妙に気になった。今までに一度も見せたことのない、恭子《きょうこ》の表情だった。

「恭子さん、本当に薬だけでいいのか。俺には何だか心配事がありそうな様子に見えるんだけどよ」

思いきって口に出して訊いてみた。

「いえ、何でもありませんから。いつもの偏頭痛ですから、お薬の処方箋だけ書いてもらえれば」

恭子はさらりといって、顔に笑みを浮べる。いつもの愛想のいい顔だ。笑うと丸顔の両頰にエクボができ、恭子の年齢を五つほど若く見せた。佐原《さはら》恭子は今年、ちょうど四十歳である。

「前にもいったように頭痛というのは内臓のほうからきていることもあるし、脳のほうからきていることもあるからな。大事にならないうちに、一度じっくり検査をしてみるのもいいんじゃないか」

　できる限り優しい声でいうと、

「あら、大先生」

　恭子は顔中で笑った。両頰にエクボがくっきりと刻まれて華やぎ、なかなか可愛い顔に見えた。

「私の偏頭痛の原因は、ちゃんと自分でわかっていますから」

　どちらが医者だかわからないようなことを口にした。

「原因がわかってるって、そりゃあ――」

　麟太郎は座っているイスから、思わず身を乗り出す。

「更年期」

　はっきりした口調で恭子はいった。

「それはちょっと早過ぎるんじゃねえか。確かに三十代の後半から始まる女性もいるが、今までの俺の診立てでは恭子さんが更年期とはとても思えねえ」

　首をひねりながらいう麟太郎に、

「生意気なことをいうようですけど、自分の体は自分がいちばんよく知ってます。悲しいことですけど、仕方がありません」

恭子は両目を伏せて肩を落した。

生意気な発言も、恭子のこの仕草によって帳消しになり、不思議に腹立たしさは湧いてこない。恭子の人徳のようなものだ。

「それなら、今後は更年期障害を見越しての対応を考えねえといかんな」

首を振りながら麟太郎がいうと、

「今のところ、偏頭痛だけですから、大丈夫ですけどね」

恭子はイスから立ちあがり「どうもありがとうございました」と、丁寧に頭を下げて診察室を出ていった。

「更年期なあ。だから、表情に翳りが……そういうことか」

誰にいうでもなく、独り言のように口に出す麟太郎に、

「何をいってるんですか、大先生」

傍らに立っていた看護師の八重子が凛とした声をあげた。

「大先生はちょっと見かけのいい女の人を前にすると、すぐ丸めこまれてしまうんですから。普段は的確な診断をしていらっしゃるのに」

今度は呆れたような声だ。

「えっ、俺は何か間違ったことをいったか」

八重子の顔を麟太郎は見上げる。

「恭子さんは、詐病。それに間違いありませんよ」

　とんでもないことを口にした。

「詐病って——病気にかこつけてやってきて俺に愚痴をいいまくり、日頃の鬱憤を晴らしていく、じいさんやばあさんたちと一緒だって八重さんはいうのか」

　呆気《あっけ》にとられた口調でいうと、

「そう、そういうことです」

　平然と八重子はいう。

「しかし、恭子さんは俺に愚痴や泣きごとをいったことは一度もないぞ。いつでも静かに頭痛薬を要求していくだけで」

「大先生に愚痴や泣きごとをいうだけのために、みんなが詐病を口にするわけじゃありませんよ。他の理由だって考えられますよ。たとえば……」

　といって八重子は、やけに真面目な表情を麟太郎に向けた。

「誰かに逢《あ》うために」

　ぽつりといった。

「誰かに逢うためにって……まさか」

　麟太郎の声が裏返った。

「残念ながら、大先生ではありませんので、念のため」

「じゃあ、誰だよ」

ふてたような声を麟太郎は出した。

「甘味処《かんみどころ》、笹屋《ささや》のご主人の横井《よこい》さん」

八重子はきっぱりといいきった。

同じ町内に店を構える『笹屋』の主人の横井照夫《てるお》は今年五十二歳。二十五年ほど前に、『笹屋』の一人娘である厚子《あつこ》と恋愛関係になり入り婿となって入籍し、夫婦二人で店をきりもりしていた。子供は二人で長男は大学を出て旅行会社に昨年就職し、長女はまだ高校生だった。

「あの横井さんと恭子さんが」

ぼそっという麟太郎の脳裏に横井の顔が浮びあがる。のっぺりとした特徴のない顔立ちで、強いていえば優しさだけが目立つような男だった。小さいころから消化器系が弱くて虚弱体質だったようで、厚子と結婚してからは、この診療所にもしょっちゅう顔を見せていた。

「店をやっている以上、医院を別にすればそう外に出るわけにもいかないでしょうし、かといって、夜出ていくのも入り婿という立場から簡単ではないはず。そこで二人が考えたのが、この診療所での逢い引き。ということじゃないかと私は睨んでおります」

教科書を読むように八重子はいった。

「確か恭子さんが頭痛だといって、ここへくるようになったのが十カ月ほど前。ということは、そのあたりで二人は恋に落ちたという訳か。横井さんは入り婿ということで日頃のストレスがたまっていたせいもあるだろうし、恭子さんのほうは……」

ちょっと麟太郎は口をつぐむ。

「バツイチです。私と同じ……」

あとの言葉を八重子は掠れた声でいい、そのまま話をつづけた。

「確か実家は八王子のほうだったはずですけど、十五年ほど前に結婚してご主人の仕事場に近いこの町内の中古マンションを購入して結婚生活を始めたものの、五年ほどで別れることに。そのとき、その中古マンションは恭子さんがもらって、ご主人のほうが家を出ていって今に至っている。そういうことですね」

さすがにこの診療所の主《ぬし》ともいえる八重子は、町内のことに精通している。

「恭子さんに子供はいなかったよな」

「いませんね。ですから、離婚してからはずっと、一人暮し……仕事は確か保険の外交をしているはずです」

身につまされるのか、八重子はしみじみとした口調でいった。八重子も一人暮しで子供はいなかった。

「一人ぼっちの女性と入り婿の男性が何かの拍子で知り合って意気投合し、やがて恋に落ちた。そんなところか」

「女性ですから甘味処に出入りしていても不思議じゃありませんし、保険の勧誘で知り合ったという可能性もありますね。何といっても、同じ町内に住んでいる二人ですから」

「そして、わずかな時間でもいいので相手の顔が見たいという、中学生のような恋を展開中ということか。微笑《ほほえ》ましいといえば、そうともいえるがな」

感心したようにいう麟太郎に、

「何を気楽なことを」

ほんの少し、八重子は声を荒げた。

「二人はそんな気楽な中学生のような恋をしてるわけじゃないですよ。ちゃんとした大人の男と女の関係ですよ」

嚙んで含めるようにいった。

「大人の男と女って――それじゃあ、恭子さんと横井さんは」

「正真正銘、不倫の間柄ですよ」

はっきり、いいきった。

「何といったらいいのか、わからんが。そんなことが断定できるとは」

喉につまった声をあげた。

「待合室で隣り同士で座っているところを見たことがあるんですが、醸し出す空気が濃厚なんですよ。あれは絶対に普通の関係じゃありません」

「見ただけで、そんなことがわかるのか」

　首を傾げる麟太郎に、

「わかりますよ、私も女ですから」

　怒ったような声を八重子は出した。

「大先生も一度、待合室を覗いてみたらいいんじゃないですか。それでもわからなかったら、麻世さんに訊いてみるといいですよ。あの子はよく待合室に座ってますから」

　ぴしゃりといった。

　麻世になあと、胸のなかで呟いたとき恭子の顔が浮んだ。あの翳りのある顔だ。あれは不倫に対する罪悪感の表れなのか、それとも別の……あれこれ考えていると、八重子の声が耳に響いた。

「次の患者さん、入れますよ。次は話題の主の横井さんですから、余計なことは絶対にいわないでくださいよ。医者にはいろんな意味での守秘義務がありますからね、大先生」

　諭すような、柔らかな口調だった。

台所で麻世が何やらつくっている。

夕食の仕度なのだが、どうやら献立は肉ジャガらしい。以前、麻世のつくった肉ジャガを、形は崩れているが味はまあまあだと誉めたのに気分をよくしたらしく、近頃肉ジャガの出る頻度が多くなっている。

漬物やら佃煮やら味噌汁やらを、麻世がテーブルに並べ出した。肉ジャガはまだ出てこない。最後に運んでくるようだ。

「私にしたら、まあまあの肉ジャガだ」

麟太郎の前に肉ジャガの入った皿が、無雑作に置かれ、自分の分も持ってくると麻世もテーブルにつく。

「なるほど、まあまあだ」

麟太郎は機嫌よく答える。

つぶれてはいたが、前のようにぐちゃぐちゃ状態ではない。かろうじて形は維持している。そうなるとあとは味のほうだが。麟太郎は箸でつまんで、ゆっくりと口に入れ咀嚼する。けっこううまかった。

「腕をあげたな、麻世。あとは、どう形を維持するかだけだな」

満足そうにいう麟太郎の顔を見て、麻世の表情がぱっと輝く。

「そうだろ。ひょっとしたら私には、料理の才能があるかもしれないな」

麻世の軽口に「それはない」と麟太郎がいいかけたところで、玄関の扉が開く音が聞こえた。多分、潤一だ。

「おっ、いいところへきたようだな。それなら俺も、お相伴にあずかろうかな」

愛想笑いを浮べながら入ってきた潤一はこういって、台所に向かった。

待っていても麻世が料理を運んでくれないことは、潤一もよく知っている。自分のことは自分でやるのがいちばんだ。

料理をテーブルに並べ終えて、

「いただきます」

と両手を合せて潤一は箸を取る。

何とかつまんで口に入れる。

麻世が潤一の様子を凝視している。

「うまいな、これは」

顔を綻ばせていった。

麻世がわずかにうなずく。

「ただ、夏希さんのつくる肉ジャガに較べると――」

余計な一言を口にした。

「較べると、何だよ」

ドスの利いた声を麻世が出した。

「あっ、つまり何というか、若い子の味かなと、ふと思ったり……」

しどろもどろにいった。

やはり麻世と潤一は相性が悪い。

一事が万事、この調子で話がなかなか噛み合わない。この二人、前世で敵《かたき》同士でもあったのかと麟太郎はつくづく思う。

「何だよ、その若い子の味というのは」

麻世の追及が、さらにつづく。

「それはつまり、年寄りがつくる味、中年がつくる味、それに若い人がつくる味は微妙に違ってくるのが当然のことで、それぞれが異ったうまさを持っているというか、それは無数にある一流レストランの味が、素材は同じでも」

といったところで、麻世から待ったがかかった。

「もういいよ。私は理屈っぽいのが嫌いだから。簡単明瞭なのが好きだから。おじさんとはやっぱり、波長が合わないから、時間の無駄だと思う」

ばっさりと斬りすてた。

とたんに潤一がしょげた。

無言での食事がつづいた。

「ところで麻世。俺はお前に訊きたいことがあるんだがよ」

食事を終え、お茶をひとくち飲んでから麟太郎が声をあげた。あの八重子から聞いた件だ。あれを麻世に質してみるつもりだった。

麻世はこの診療所に転がりこんできたときから、待合室に座りこんでいることがよくあった。麻世にその理由を質すと、

「みんなの話を聞いてるだけだよ……暇だから」

こんな答えが返ってきた。

さらに、みんなの話は面白いかと訊いてみると、

「面白いよ、そして悲しいよ」

と麻世はいった。

麻世はこの診療所を通して、世の中のあれこれに興味を抱きはじめた――麟太郎はこのときそう理解し、とにかく頑張れと麻世を励ました。その麻世に訊けば。

「待合室に横井さんという五十代の男性と、四十歳ほどの佐原さんという女性がよくきているはずなんだが、麻世はその二人を見たことがあるか」

名前も出して率直に訊いた。

「あるよ。何度も見てるから名前も知ってるよ」

即答だった。

「じゃあ、その二人なんだが」

鱗太郎は少し口ごもってから、

「どんな関係に、麻世には見えた？」

恐る恐る口に出した。

「あの二人は恋人同士だよ。よく見てれば、すぐにわかるよ」

素気なく答える麻世の判断は、八重子と同じだった。

「横井さんと佐原さんが恋人同士って、それじゃあ二人は不倫をしてるのか」

潤一が口を挟んできた。潤一も二人のことはよく知っているはずだ。

「お前も医者の端くれだから、よくわかってるだろうが、このことは口外禁止だ。肝に銘じておけよ」

釘《くぎ》をさすことを鱗太郎は忘れない。

「そんなことはわかってる。しかし、あの横井さんと佐原さんが……横井さんの奥さんにばれたら大変なことになるな。横井さんは入り婿だし、奥さんは甘やかされて育った一人娘だし。それで親父はいったいこれを、どうするつもりなんだ」

鱗太郎のお節介好きは、潤一もよく知っている。

「こればっかりは何ともできねえよ。周りに知れる前に別れたほうがいいって、忠告するぐらいが関の山でよ。まったく男と女というのは面倒な生き物だ」

溜息まじりに口にすると、潤一がちらりと麻世の顔を見るのがわかった。そしてすぐに視線を外して、うつむいた。今までイケメンぶりを発揮してきた潤一が、麻世の前に出るとこの有様。正真正銘の中学生状態に戻っている。

「男と女というより」

ふいに麻世が声をあげた。

「ろくでなしの男が多すぎるんだよ。まったく男っていうやつは」

吐きすてるようにいった。

「あっ、麻世ちゃん。ろくでなしの男が多いのはそうだろうけど、なかにはちゃんとした男もね」

また余計なことを潤一が口にした。こういうときは黙って時間が過ぎるのを待っていればいいものを。案の定、その言葉が終ったとたん、麻世がじろりと潤一を睨んできた。

「ああ、そういえば、麻世ちゃんにひとつ報告が」

潤一は慌てて口を開き、梅村が胆汁瘻を発症してドレナージチューブの手術をしたことを麻世に話した。

「もしこれでも駄目な場合は胆嚢を半分ほど切除することになる。いずれにしてもこれでもう、梅村もおとなしくなるはずだ。体力も落ちることになるし」

そんなことを説明すると、

「その話はじいさんから聞いて、知ってる」

にべもない答えが返ってきた。

「それにもう、あのクソ野郎が現れたとしても私は怯《ひる》まない。三十秒もあれば、あのクソ野郎を地に這《は》わせることができる。そのために、米倉さんと道場で猛稽古をしてきたんだから。残念ながら、まだ米倉さんには歯が立たないけどいつかは……」

闘志満々で麻世はいった。

「米倉さんか。いい人が現れてよかったね。本当によかったね」

投げやりな口調で潤一はいう。

米倉は潤一が恋敵の最有力候補ときめている、同い年の男だ。

「あっ、それから、お母さんのほうはまだ症状に改善が見られないということで、治癒するまでには時間がかかりそうだから」

何気ない口調だったが、聞いたとたん、麻世の表情が強張《こわば》るのがわかった。どうやらこのことは、初耳だったらしい。

「待つから私、あの人が治るまで。よくなったら私は、あの人を」

低すぎるほどの声でいって、麻世は視線をそっと落した。

午後の患者があと数人という診察の合間に、八重子が麟太郎の耳にささやくように声をかけた。

「恭子さん、きてますよ。どうやら、いちばん最後に診てもらうつもりですよ」

「えっ、薬を処方してまだ四日しかたってないぜ。いつもだったら、早くても一週間は過ぎてから顔を見せるはずだが。横井さんとの間で何かあったんだろうか。そういえば横井さんは今日？」

「午前も午後も、いらっしゃっていません。今日は恭子さん単独です。それに今日は、かなり顔色が悪そうですよ」

早口でいう八重子に、

「となると、やっぱり何かがあって、それを話そうということになるのか――しかしいったい何を」

麟太郎は太い腕をくんで考える。

「あの、大先生」

八重子が上ずった声を出した。

「私たち、大きな勘違いをしているんじゃないでしょうか」

遠慮ぎみにいった。

「大きな勘違いって、八重さんはいったい何のことをいってるんだ」

怪訝な目を八重子に向けると、

「私たちは恭子さんが横井さんとの不倫に対して悩んでいるときめつけていますが、本当はもっと」

いい辛そうに八重子は言葉を切る。

「もっと何だい」

「もちろん、不倫に対する罪の意識はあるでしょうけど、それよりも、もっと差し迫った現実的なことを」

八重子はじろりと麟太郎を睨みつけるような目で見てから、

「医学界に昔からある格言ですよ。あの、女を見たらという——」

声をほんの少し荒げた。

「あっ……妊娠と思えか」

喉につまった声を麟太郎はあげた。

女を見たら妊娠と思え——。

医者の世界で古くからいわれている格言のようなもので、確かに一理はある言葉といえた。それを麟太郎はすっかり忘れていた。もし訳のわからない女性患者がきたら、この言葉をまず思い出すべきだった。

「恭子さんは、妊娠してるんだろうか」

立っている八重子の顔を見る。

「その可能性は充分あると思います。単に不倫だけなら切迫感はありませんけど、これが妊娠ということになると、ほっておけばお腹《なか》はどんどん大きくなっていきます。これにどう対処したらいいのか。といっても、産むか産まないか、対処の仕方はふた通りしかありませんけど」

切羽つまった声を八重子はあげた。

「そうだな、ふた通りだな。それでいったい恭子さんには、どっちを勧めたほうがいいんだろうな。俺にはさっぱりわからんが、八重さんはどっちのほうが」

おろおろ声をあげる麟太郎に、

「私にもわかりませんよ、そんなこと。ただひとついえることは、大先生には恭子さんの味方になってほしい、どんな状況になっても恭子さんの側についてほしい。それだけは守ってほしいんです」

声は潜めているものの、叫ぶような言葉を八重子は麟太郎にぶつけた。

「それはもちろん、そうだ。俺はどんな状況になっても恭子さんの側だ。それはきちんとここで約束するよ」

「ありがとうございます」

八重子は深く頭を下げ、

「女にとって堕胎は辛いものです。自分の身が砕けちるほど悲しいことです。辛くて辛くて、悲しくて悲しくて。よほどの事情がない限り、子供を堕《お》ろすということは」

洟《はな》をすすりながら八重子はいった。

八重子は泣いていた。

声を出さずに号泣していた。

「八重さん、ひょっとして、あんた」

掠れた声を麟太郎は出した。

「はい。私も一度だけ、子供を堕ろしたことが。どうしても産むことのできない事情があって。でも、どんな事情があろうと、あれは。いえ、やっぱり産んではいけないときも。わかりません。何がよくて何が悪いのか、私にはわかりません」

八重子は何度も首を振った。

この診療所の主ともいえる八重子にも、そんな時代があったのだ。そして八重子は今でもそれを、引きずっているのだ。

「八重さん、まず落ちつこう。俺たちが取り乱していてもしようがねえ。ここは落ちついて恭子さんを迎えいれよう。あるいは俺たちの取りこし苦労かもしれねえし」

「そうですね。私たちが落ちつかないと、恭子さん自身がパニックに陥ってしまいますからね」

宥《なだ》めるようにいう麟太郎の言葉に八重子は素直に従って、急いで涙をふく。ポケットからコンパクトを取り出し、麟太郎に背を向けて顔を整える。

「じゃあ、次の患者さん入れますよ。急いですませて、きちんと恭子さんと向きあいましょう」

八重子は自分に発破をかけるようにいい、

「それから大先生、今日はためらいなど見せずに訊かなければいけないことは、はっきり訊いてくださいよ。優柔不断は駄目ですよ。残りの時間は限られてますからね」

凛とした声をあげた。

三人の患者を手際よくすますと、いちばん最後に恭子が診察室に入ってきた。

八重子がいうように顔色が悪かった。

おずおずと麟太郎の前のイスに座った。

「今日はどうしました。また、偏頭痛がひどくなったのかな」

できる限り優しい言葉で麟太郎は訊く。

「いえ、そういうことでは」

と恭子はいってから、

「そういえば、いつもの偏頭痛が急にひどくなって。でも、それだけじゃないといいますか」

つじつまの合わないことを口にした。

「恭子さん。まず深呼吸しましょうかね。そうすれば、心のほうもどんどん落ちついてくるはずだから」

　麟太郎の言葉に従い、恭子は何度も深呼吸を繰り返す。その様子を目の端に置きながら、ちらっと八重子のほうを見ると、早く喋れというように顎をしゃくっている。

「なら、心が落ちついたところで俺のほうから恭子さんに質問をするけど、いいかな。大丈夫かな」

　遠慮ぎみに麟太郎は口に出す。

「はい、それはもう大丈夫ですけど。大先生は私にいったい何を」

　怪訝そうな目を向けてきた。

その視線を避けながら八重子を見ると、両目が吊《つ》りあがっているのがわかった。麟太郎は慌てて姿勢を正す。

「間違ってたら謝るけど。恭子さんはひょっとして、笹屋の横井さんとつきあってるというか深い関係にあるというか。そういったことで悩んでいるというか」

　思いきって、まずこれを質してみた。

とたんに恭子の悪かった顔色が、さらに悪くなった。

「どうして、それを」

叫ぶような声をあげた。

「それはまあ、ちょっと待合室にいる二人の姿を見れば、そんな雰囲気がな。俺だってそれぐらいの男女の機微はわかるというか、察しがつくというか」

告げ口されたように聞こえるとまずいと思い、八重子の名前はあえて出さなかったが、これでは信憑性《しんぴょうせい》に欠けるかもしれない気がして、

「それに、うちの麻世がよ」

とつけ加えた。

「うちの麻世は待合室で座っているのが癖のようなものなんだけど。その麻世が、恭子さんと横井さんは恋人同士に違いないっていっていたから、それでね」

「麻世さんて、大先生の親戚筋の預かりものという、あの綺麗な子ですよね」

恭子は独り言のようにいい、

「大先生や麻世さんに気づかれたということは、他の人にも気づかれているということも考えられますね」

力なく口にした。

「麻世という娘は余人と違って勘の鋭い子でな。だから、他の人もといわれると、まず大丈夫だろうとしかいえねえが。まあ、でも何ともいえねえというのが正直なところだな。そんなことより、もっと大事な話があるんだけどね」

真直ぐ視線を向ける麟太郎に、恭子はうなだれて伏目がちだ。

「恭子さん。あんた、ひょっとして妊娠してるんじゃねえのかな。横井さんの子供を」

はっきりした口調でいった。

恭子の視線が上に動いた。

麟太郎の顔をまともに見た。

沈黙がしばらくつづき、

「はい、妊娠しています。もうすぐ四カ月になろうとしています」

くぐもった声で恭子はいった。

大きな目が潤んでいた。

大粒の涙が頰を伝った。

両肩を震わせた。

「私、いったいどうしたら……」

絞り出すような声を恭子はあげた。


麻世の機嫌が悪い。

夕食時にまた潤一がやってきたので、今日診療所を訪れた恭子との一部始終を麟太郎は話して聞かせた。麻世は台所で料理をつくりながらその話を聞いていたらしく、それから機嫌が悪くなって無口になった。

「いったいどうしたらいいのか、俺にもさっぱり見当がつかなくってよ」

溜息をつきながら麟太郎がいうと、

「それは難しいな。方法は二つしかないんだけど、どっちを選んだとしても誰かが傷つくことになる」

潤一は宙を睨みつける。

「人命を守る医者の立場として堕ろしたほうがいいとは、口が裂けてもいえることじゃねえしよ。それに横井さんの出方次第では、後の展開が大きく違ってくるしな」

と麟太郎が口にしたところで今夜のメイン料理を麻世が運んできた。どんと荒っぽい仕草で皿がテーブルに置かれた。むろん麻世は一言も口を開かない。

「おう、これは久々に、まともな食い物にありつけそうだな」

麟太郎が軽口を飛ばすが、麻世はその言葉にも反応しない。

テーブルに置かれたのは、カレーライスだ。麻世の数少ないレパートリーのなかで、まあまあ、まっとうな味の出せる料理といえる。

麻世は無言のまま台所に戻り、自分用の皿を持ってきてテーブルに置き、乱暴に腰をかける。

じろりと麟太郎と潤一の顔を見て、

「食べるよ」

ようやく一言だけ口にして、スプーンを手にした。

今日の夕方、診療所で妊娠を指摘された恭子は横井とのこれまでを、ぽつりぽつりと麟太郎と八重子に語った。

二人が最初に知りあったのは、恭子が偏頭痛でこの診療所にやってきた十カ月ほど前のこと。偶然、隣同士で待合室の古い長イスに座ったのが始まりだという。

互いに顔は見知っていたのでごく普通に言葉を交したが、恭子の番になって立ちあがろうとしたとき、

「恭子さんはあの……今度はいつ、ここにきますか」

おどおどした声でいって、横井はすがるような目を恭子に向けてきた。

「偏頭痛が治まればもうきませんが、また痛みが出てくれれば、今日のように木曜日の午後の診察時間にくるつもりです。今のところ、木曜日がいちばん暇ですから」

説明するようにこういうと、

「また痛みが出たらですか。そうですか、木曜日ですか」

ちょっと落胆したように横井はいって、両肩を落した。

幸いというか何というか、偏頭痛はその後治まり、恭子が再度診療所を訪れたのはそれから一カ月以上たってからだった。

待合室に入ると、いちばん奥の長イスに横井が座っていた。

「横井さん、またお会いしましたね、相変らずの胃痛ですか」

屈託なく声をかけて隣に座ると、

「入り婿は何かと気苦労が多いですから、すぐに胃腸のほうに響いてきます……ですから毎週木曜日には必ずここへ」

横井は一気にいってから、最後の言葉だけを恥ずかしそうにつけ加えた。

毎週木曜日には必ずここへ……。

この言葉に恭子の心のなかの何かが反応した。忘れていた何かが。そっと横井の顔を窺うと、やっぱりすがるような目をしていたが、そのなかに熱っぽいものが感じられた。

横井は以前いった自分の言葉に合せて、あれから一カ月以上毎週木曜日にここへ……。

ストーカーという言葉が脳裏に浮んだが、そんなものはすぐに消え去って心地よさだけがあとに残った。それから二人は急速に親しくなり、毎週木曜日には極力恭子も診療所に顔を出した。

入り婿の横井は時間の融通がきかず、唯一やぶさか診療所の古ぼけた長イスが気兼ねなく二人が会って話ができる場所だった。横井は、ケータイも持たせてもらえないといっていた。

二人は長イスに座って他愛のない話を交した。まるでひと昔前の中学生同士の逢い引きだった。やぶさか診療所の古ぼけた長イスは二人にとって正真正銘、初デートの場所だった。

そんな状況がしばらくつづいた後、横井がこんなことをいった。冬の寒いさなかで雪が舞っており、待合室のなかも患者の数がまばらで、さすがにがらんとしていた。

横井は周囲を見回してから、

「二十六年前に、恭子さんに出逢いたかった。そうすれば」

低すぎるほどの声でこういった。

最初は二十六年という中途半端な数字が、わからなかった。が、少し考えてみて、それが横井が入り婿になる前の年だということに気がついた。恭子はそのときまだ中学生ほどだったが、具体的すぎる数字ともいえた。それだけに重みがあるような気がした。

「でも、今からだって……」

ぽつりと横井がいった。

恭子の胸がざわっと騒いだ。

実質的な告白だと思った。いや、ひょっとしたら、それ以上の意味も。

むろん恭子にしたって、そんなことが容易に叶《かな》うとは思っていない。しかし、横井の熱い気持は伝わってきたような気がした。このとき、恭子はひと回り違う年の差も、相手が既婚者であることも忘れた。気にならなかった。素朴に嬉しかった。

「私は恭子さんが大好きです。いや、愛しています。この言葉に嘘はありません」

たたみかけるような横井の言葉に、

「私も横井さんが好きです」

思わず口走った。

「こんな甲斐性なしに、ありがとうございます。でも甲斐性なしであっても、人を好きになることは、人を愛することは」

小さな声だが、きっぱりした調子で横井はいった。

その夜、恭子と横井は結ばれた。

横井は商店街の友人から相談事があって呼び出されたと妻の厚子にいって、家を出てきたという。

「そんな嘘をいって、あとでバレることになるんじゃ」

という恭子の心配そうな声に、

「そいつとは口裏を合せて、とにかく今夜は外に飲みに行ってくれといってあるから。もちろん、私と一緒にということで」

大きくうなずいて横井は、恭子の柔らかな体を抱きしめた。隣町のラブホテルだった。

そんな状況がしばらくつづき、そして恭子は妊娠した。まだ横井にはそのことは話していないということだった。

「産婦人科にはまだ行ってません。市販の検査薬で何度も調べて、そのたびに陽性反応が出て、それで私」

恭子は泣きながらこういった。

「それで、ここにきたか、ありがとうよ」

麟太郎は優しく声をかけ、

「検査薬で何度も陽性反応が出ているのなら、妊娠はまず間違いねえだろうな。だから、恭子さんがまずやらなければいけないことは、きちんと専門医に診てもらうことだ」

凛とした表情でいった。

「そして現在の赤ん坊の状態を、しっかり調べてもらうこと。この界隈じゃねえ専門医に紹介状を書くから、それを持って行けば親身になってくれるはずだ」

「はい、すみません」

蚊の鳴くような声で恭子がいった。

「そして次にやることは横井さんに会って、この状況を話すことだ。といっても、あの男はケータイも持っていないというから、連絡を取るのも大変か。まったく、このご時世に何という生活を送ってるんだ」

最後のほうは独り言のようにいい、

「今週の木曜日でもいいけど、とにかく会う日をきめたら俺に教えてくれ。俺のほうから笹屋に電話して、とにかくまず、ここにきてもらうようにするから」

宥めるようにいう麟太郎に、

「すみません。会うのは来週ですけど、助かります。ありがとうございます」

恭子は両手を合せた。

「この二つを迅速に行うことだな。その結果を踏まえて、後のことは考えようじゃないか。なあ、恭子さん」

こうして麟太郎は話を締め括ろうとしたのだが、このとき恭子が慌てて口を開いた。

「あのう、もし横井さんがこのことを聞いて、それなら家を出て私と一緒になるといったら、どうしたらいいんでしょうか」

いい辛そうに口にした。

まったく考えていなかった。

そういわれれば、そういう可能性がないとはいいきれない。

目の前の妊娠という事実にとらわれて、そこまで気が回らなかった。「女を見たら、妊娠と思え」のときと同じ状態だ。しかし、優しさだけが取柄といった気弱な中年男が、そんな大それたまねをするなどとは到底――そう思いこんでいたのも事実だった。

「そのときはそのときで、またじっくり考えましょう」

こんなことしか、口から出てこなかった。ちらりと八重子のほうを見ると、そっぽを向いて天井を見つめていた。

カレーライスの無言の食事が終った。

「さっきじいさんがいった、横井さんの出方次第という話なんだけど」

麻世が乾いた声をあげた。

「もし、あの男が家を出て恭子さんと一緒になるようだったら、ぎりぎりセーフ。でも、一緒になるといったのは口先だけで、恭子さんに赤ちゃんを堕ろすことを迫るような態度をとったら」

麻世は、ぷつんと言葉を切った。

「堕ろすことを迫ったら、どうなるんだ、麻世」

麟太郎は思わず強い口調でいった。

「私があの男を、シメてやってもいい」

とんでもないことを口にした。

「そんなことをしたら、麻世ちゃんは――」

テーブルの上に潤一が身を乗り出した。

「そうだよ。私は警察につかまって大変なことになる。以前の私だったら躊躇《ちゅうちょ》せずに相手をぼこぼこにしたんだけど、今はそれができなくなって悔しい。悔しくて悔しくてたまらない気持だ」

　泣き出しそうな口調でいった。

「麻世、それはお前が成長した証拠だ。まっとうに生きるってことは、悔しさや悲しさを背負うということなんだ。世の中にはどうしようもできないことがあるってことに、気がついた証だ」

　噛んで含めるように麟太郎はいう。

「じゃあ、そんな場合は黙って泣き寝入りするのか。それとも、あの男の奥さんのところに行って何もかも、ぶちまければいいっていうのか。それでいいっていうのなら、恭子さんの代りに私が行ってもいいけど」

「それは駄目だ。恭子さんがそれをするっていうのなら止める術はないが、お前がやってもいいっていうことじゃねえ」

　そういいながら、なぜ麻世はこの件にこれほど真剣になるのか麟太郎には不思議だった。そんな思いで麻世の顔を凝視すると、目の奥が潤んでいた。麻世は歯を食いしばって涙を流さずに泣いているのだ。

「麻世ちゃん、ひょっとして泣いてるのか」

　また潤一が、余計なことを口にした。

「泣いてなんかいねえよ。男は人前で涙なんか流さねえよ」

男のような口調でやり返して、潤一をじろりと睨んだ。

ようやく思い当たった。

麻世は恭子の境遇に自分の過去を重ねているのだ。あの梅村との悲惨な出来事を。あのあと麻世は自分の腹のなかに梅村の子供が、と恐れ戦《おのの》いた時期があったはずなのだ。幸いそれだけは回避できたが、心の奥にはそのときの恐怖と不安がいまだに……。

「いずれにしても」

麟太郎は声を張りあげた。

「恭子さんが横井さんに会って話をするまで、俺たちにできることは何もねえ。かといって、恭子さんが横井さんに会ってその本心を確かめたとしても、やっぱりできることはほとんどねえ。わずかにできることは、常に恭子さんと赤ん坊の側に立ってやるということだ。できる限り優しく、できる限り恭子さんと赤ん坊に寄り添うような思いでな。麻世の言葉を借りれば悔しくて悔しくて仕方がねえが、これが俺たちの限界だな」

いい終えて麟太郎は洟をちゅんとすすり、

「何だか偉そうなことをいってしまったな――ところで潤一、お前いやにおとなしいが、今日は飯のお代りはいいのか」

話を潤一に振った。

「何だかお代りをする雰囲気じゃないから、やめておいたほうが無難なような気がしてさ」

　潤一がきまり悪そうにいうと、とたんに麻世が吼えた。

「食べたかったら、イジイジしないで食べればいいんだよ。まったくおじさんは優しいだけというか何というか、男としては軟弱そのものの性格なんだから」

「あっ、俺は決して軟弱というんじゃなくて、ただ単に波風を立てないようにしているというか、大人の分別というか、それが軟弱に見えてしまうというか――」

　潤一が言葉を並べていると、

「訳のわからない理屈をこねてないで、さっさとお代りをしに行ったらどうなんだ。まったく面倒臭いおじさんだな」

　ばっさりと麻世に斬りすてられた。


「恭子さん、きてますよ」

　と麟太郎が八重子から耳打ちされたのは、前回から三日が過ぎた木曜日の夕方だった。

「それはよかった。ということは、産科に行って診てもらってきたということだよな」

　顔を綻ばせる麟太郎に、

「今日は横井さんとは会う約束はないと先日いってましたから、多分そうだとは思いますが。ひとつ問題があるような」

気になることを八重子はいった。

「一段落したら、ちょっと待合室を覗いてみてください。一目瞭然ですから、大先生」

不審げな表情を浮べる麟太郎に、八重子は首を左右に振りながら答える。

麟太郎は患者を一人すませてから、すぐに待合室を覗きに立った。いつものように恭子はいちばん奥の長イスに座っていたが、その隣にはなんと、麻世がいた。ううんと唸りながら麟太郎は診察室に戻り、

「あいつは一体、何の話を恭子さんにしてるんだろう」

八重子に疑念をぶつける。

「さあ、何でしょうか、私にはさっぱり見当もつきかねます」

困ったように八重子は首を横にふる。

「それから、順番はいちばん最後でいいとおっしゃっていましたと、さっき受付の知ちゃんから伝言がありました」

八重子はそういって、次の患者を診察室に招き入れた。

恭子が診察室に姿を見せたのは、それから四十分ほどしてからだった。丁寧に頭を下げて診察用のイスに座り、先日の礼をいってから、

「前回診てもらった次の日に、紹介していただいた産婦人科の医院に行って詳しく検査をしてもらってきました。やっぱり四カ月目に入っているということです」

と報告して母子共に健康であるという結果が出たと、その様子を詳細に恭子は麟太郎に話した。

「このままいけば、元気な赤ちゃんが生まれるはずだと先生が……」

最後に恭子は、こんな言葉を掠れた声でつけ加えた。

「そうか、それはよかった。とりあえず、お腹のなかの赤ちゃんの様子だけは落着ということになるな」

ほっとしたようにいう麟太郎に、

「妙なもんですね、大先生」

恭子は、ほんの少し笑みを浮べた。

「検査薬で陽性反応が出ていたころは、不安と苛立ちが体全部をおおっていたのに、専門医の先生に実際に診てもらって、母子共に健康ですと伝えられたとたん、それが全部消え去って平穏な気持になったんです。それが私にはとても不思議で」

「具体的な診察を受けて恭子さんは現実をきちんと把握し、素直にそれを受け入れたんだよ。つまり――」

麟太郎は一呼吸入れ、

「お母さんの気持になれたんだと、俺は思うよ」

しみじみとした口調でいった。

「そうかもしれませんね。他のことは何も考えず、お腹のなかの赤ちゃんのことだけを考えれば、何となく幸せというか穏やかというか、そんな気持になれることは確かですから」

恭子もしみじみとした口調で答えると、

「穏やかな気持で、落ちついてもらっていては困りますよ。何といっても時間がないんですから。人工妊娠中絶の手術が可能なのは、二十二週未満までですから。それ以上になると、よほどの事情がない限り強制堕胎になって罪に問われることもあります。本当にもう、時間がないんです」

傍らに立っている八重子が、急《せ》かせるような口調でいった。

「わかっています。ですから今日は大先生にあの人の家に電話を入れてもらって、会う段取りをしてもらおうと思ってきたんです。できれば明日、会えるように」

はっきりした口調でいった。

「そうか明日か、それはいい。早いにこしたことはないからな。じゃあ、あとで電話を入れておくよ。恭子さんから何もかも話は聞いてるといえば、横井さんもこないわけにはいかねえだろうからな。それで、どこに呼び出せばいいのかな」

麟太郎はできる限り優しく訊く。

「できればここで――迷惑でなければ、ここの待合室の長イスで話がしたいんです。全部の診察が終ったあとで」

「迷惑なんぞ、何にもねえよ。というより、ここで話し合いをしてくれれば、いざというときには恭子さんの味方になることもできるから大賛成だ。むろん、呼ばれるまで座は外しているから心配はいらねえ。思う存分、話しあえばいい」

麟太郎が鷹揚《おうよう》にうなずくと、

「あの、大先生に差障りがなければ、同席してもらって立会人というか証人というか——そのほうが双方感情的にならずに、話ができそうな気がして」

遠慮ぎみに恭子はいった。

「俺が立会人か。そういうことなら、喜んで引き受けるよ。俺たちはいつでも恭子さんというか、お腹の子供というか、二人の味方だからよ。なあ、八重さん」

麟太郎は八重子に声をかける。

すぐに「はい」という返事が聞こえ、八重子の笑い顔を目の端がとらえた。

「ところで俺は、恭子さんにひとつ教えてほしいことがあるんだがよ」

少し困った顔をして麟太郎は恭子を見た。

「さっき待合室で恭子さんはうちの麻世と隣り合って座っていたけど、いったい麻世はどんな話を恭子さんにしたんだろうか」

単刀直入に麟太郎は訊いた。

「それは……」

恭子はちょっといい淀んでから、

「大先生も知ってらっしゃる、麻世さんが受けた、あの忌わしい事件です。あのあと麻世さんも、子供ができてるんじゃないかと夜も眠れない思いだったと」

低すぎるほどの声でいった。

麟太郎の胸が、ざわっと騒いだ。

あの事件を麻世が恭子に話した。

いちばん忘れたい、あの事件を。

「麻世さんの場合はいちばん嫌な男が相手だったけど、私の場合はいちばん好きな人が相手だったから……と麻世さんは私にいいました。そこのところが根本的に違うと。私はそれを聞いて」

恭子はふいに口を閉ざしてから、

「嫌な人間です、私は……世の中には下には下がいる。麻世さんに較べて私は幸せ者、落ちこんでいたら罰があたる。そんな気持になりました。本当に嫌な人間です、私は」

消え入りそうな声でいった。

「恭子さんは嫌な人間じゃねえよ。麻世からそんな話を聞けば誰だってそう思う。そう思ってもらいたくて麻世は恭子さんに、あの忌わしい事件を話したんだと思うよ。あいつはそういう娘なんだ」

　掠れた声で麟太郎はいった。

「あんなに綺麗で可愛いのに、あんな悲惨な事件にあって、本当に何といったらいいのか」

　目を伏せながらいう恭子に、

「何でも過ぎるっていうのは、よくねえのかもしれねえな。余分な摩擦が多くなってよ。あいつは可愛すぎるからよ」

　麟太郎は大きな吐息をもらした。

　朝から麟太郎は落ちつかなかった。

『笹屋』の横井には昨夜電話を入れ、夕方の五時半に診療所のほうにきてもらうことになっていた。

「なあ、八重さん。いったいどんな結果になるんだろうな。横井さんは何と答えるんだろうな」

　昼休みにこんな質問を八重子に投げかけると、

「わかりません、私には男の人の気持は。男の人とは、あまり縁のない生活を送ってきましたから」

バツイチの八重子はこういい、

「でも、横井さんが子供を堕ろせと迫ろうが、恭子さんと一緒になろうと決心しようが、一波乱あることは確かです。だから私は、いっそ……」

口を少し引き結んだ。

「いっそ、何だい」

たたみかけるように麟太郎は訊く。

「横井さんがどう答えようと、恭子さんは一人で子供を産んで、どこか知らない町に行って親子二人で静かに暮すのがいちばんいいような気がします」

八重子はゆっくりとこういった。

「なるほどなあ、どこか知らない町に行って親子二人で静かに暮すか。そうだな、よく考えてみれば、それが最良の答えかもしれねえなあ」

麟太郎は太い腕をくむ。

「女は――」

八重子は睨むように宙を見据えてから、

「亭主なんかいなくても子供さえいれば、夢を持って淋《さび》しくない人生を送ることができます。幸い、シングルマザーが珍しくない世の中になっていますし、恭子さんにはちゃんとした仕事もありますから」

こんなことをいって話を締め括った。

八重子は一人暮しだった。結婚して五年で別れた亭主との間に子供はいなかった。

最後の患者の診察が五時前に終り、麟太郎は診察室のイスに座りこんで約束の時間がくるのをじっと待つ。傍らにはやはり八重子が立っていて、そして少し前に学校から帰ってきた麻世もいた。

「麻世、お前。どんな結果が出ても暴れるんじゃねえぞ」

いちおう釘だけはさしておく。

「暴れないよ。私も少しは大人になってるから。それに」

麻世はちらっと八重子の顔を見る。

「どこか知らない町に行って、親子二人で静かに暮すという八重子さんの意見に私も賛成だよ。女は男なんかいなくても、何かの拠《よ》り所《どころ》さえあれば、きちんと生きていけるはずだから」

強い口調でいった。

「そうだな、そういうことなんだろうな。とにかく時間がきたら俺は待合室に行って恭子さんと二人で横井さんの話を聞く。話の内容はあとで二人にきちんと報告するから」

麟太郎が断りを入れると、

「報告はいらないよ。診察室のドアを少し開けて耳を澄ませば、待合室の会話はちゃんと聞こえてくるから」

麻世が即座に反応した。

「ドアを少し開けて、耳を澄ますのか」

情けない声を麟太郎は出す。

「もちろん」

と八重子が大きくうなずいたとき、恭子がやってきた。診察室に入ってみんなに挨拶をし、麟太郎に深々と頭を下げた。

「面倒なお願いをして、どうもすみません」

顔をあげると表情が穏やかだった。

「すっかり、お母さんの顔になってるな」

麟太郎が言葉をかけると、

「えっ、そうですか」

ほんの少しだったが、恭子は笑みを浮べた。

恭子は腹を括った。

麟太郎はそう感じた。これなら大丈夫だ。どんな結果になっても決して恭子は取り乱すことはない。そして、必ずいい答えを出してくれるはずだ。

時計を見ると五時二十分。

「じゃあ、行ってくるからよ」

麟太郎は呟くようにいって、恭子と二人で診察室を出て待合室へ。いちばん奥の長イスに恭子を座らせ、麟太郎は少し離れた席に腰をおろす。

十分ほどして横井が顔を見せた。

麟太郎の顔を見て、ぎょっとした表情を浮べた。

「大先生も、ご一緒ということなんですか」

恐る恐る訊いてきた。

「大先生は、立会人というか証人というか。そういう存在だから気にしないで、思った通りのことを話せばいいから」

恭子がこう説明して、横井を自分の隣に座らせる。

「立会人とか証人とかって……いったい何があったっていうんだ、恭子ちゃん」

どこといって特徴のない、おっとりとした顔に怯《おび》えの色が浮ぶ。恭子の目が、その顔を凝視した。

「子供ができました。もう、四カ月です」

はっきりいった。

横井の顔がすうっと青くなった。

無言の時が流れた。

「堕ろすんだろうね」

喉につまった声を横井が出した。

「堕ろしたほうがいいの？」

低い声だった。

「産んだって誰の得にもならないから。私にとっても恭子ちゃんにとっても。だからここはやっぱり、堕ろしたほうが」

上ずった声でいった。

「やはり、そういうことですか」

恭子は独り言のようにいい、

「私は産むつもりでいるわ」

ぶつけるような声を出した。

「産むってそんな。そんなことをしたら、私の立場は……」

横井の体は震えていた。顔は真っ青だ。

「私と横井さんは待合室の、この長イスの上でデートを重ねた。そう、私たちが今座っているこの場所です。ここで私たちは幸せな時間を共有し、そのとき横井さんは私に、こんなことをいった。私はそれを今でもはっきり覚えているわ」

「えっ、俺が何を――」

　どうやら横井は忘れているようだ。

「二十六年前に私と出逢いたかった。そして、でも今からだってとも——あの言葉はやはり嘘だったのね」

　噛みしめるようにして、恭子は言葉を出した。

「嘘じゃない、あれは嘘じゃない」

　横井が叫んだ。

「あのときは本当に、そう思ったんだ。でも、今は——男にとっていちばん責任を持たなければならないのは、家庭であり妻子であるってことに気がついて。だから決して嘘なんかじゃない。あのときは本当にそう思ったんだ。信じてほしい、恭子ちゃん」

　横井の口調が哀願調に変った。

「あのときはって、便利な言葉ですよね。どんな嘘も引っくり返してしまう。本当に便利な言葉。でもよくわかったわ。横井さんの自分勝手な心が。わかった上でいうけれど、私は赤ちゃんを産みます。横井さんが何といおうと産みます」

　恭子の言葉に横井が思いがけない行動に出た。イスから飛びおりて、床に額をこすりつけた。土下座だ。

「頼む、恭子ちゃん。お願いだから子供は堕ろしてくれ。そうでないと私は家を追い出される。行き場がなくなってしまう。独りになってしまう」

それでも横井は、恭子と一緒に暮そうという言葉は口にしなかった。ひたすら哀願して床に額をこすりつけるだけだった。

「心配しなくていいわ、横井さん」

凜とした声を恭子が出した。

「私の年を考えれば、これが子供を産める最後のチャンスのようなもの。だから、私は一人でこの子を産んで、一人で育てていくつもり。横井さんの世話になろうなんて爪の先ほども考えていないから」

とたんに横井が、がばっと顔をあげた。

「本当なのか今の言葉は。本当にそうなのか、恭子ちゃん」

叫ぶような声をあげた。

「本当よ。私は横井さんの世話になるつもりはない。シングルマザーとして、この子と二人で静かに暮していくつもり。私にはちゃんとした仕事もあるし、心配なんかいらない。もう横井さんに会うこともないと思うし」

はっきりと恭子はいった。

「大先生――」

横井が怒鳴った。

「今の言葉、ちゃんと証人になってくれますよね。そのための立会人なんだから。ちゃんと証人になってくれますよね」

「そりゃあ、まあな」

こういうより仕方がなかった。

「じゃあ、そういうことで。とにかくそういうことで。力になってやりたいのは山々だけど私は入り婿の身だから、なかなか」

横井はさっと立ちあがり、

「じゃあ、恭子ちゃん、これで解決ということで——くどいようだけど、あのときは本当にそう思っていたから、本当に。嘘じゃないから」

嗄れた声をあげたとき、何かの音が響いた。

これはケータイの着信音だ。

麟太郎が恭子の顔を見ると、首を左右に振っている。そうなると……麟太郎と恭子の視線が横井に注がれた。

「あやっ」という奇妙な声をあげて横井の手が懐に入り、おずおずとケータイを取り出して耳にあてた。

「大した用事じゃないよ。もう終ったから、すぐに帰るよ」

奥さんからの電話らしく掠れた声を出して、ケータイを懐にねじこんだ。

「持ってたんだ、ケータイ。持ってたけど、私に電話されるのが嫌で黙ってたんですね」

低すぎるほどの声を恭子があげた。

「ケータイから恭子ちゃんとの関係を疑われたら、ややこしいことになると思って。ただそれだけで悪気はないから、悪気は」

顔を歪めて横井はいい、軽く頭を下げて早足で二人の前から離れていった。

すぐに診察室から麻世と八重子がやってきて、二人の前に立った。

「あの野郎、最低。やっぱり少しはシメてやったほうが」

絞り出すような声を出す麻世に、

「麻世、そういうことは」

麟太郎は、たしなめの言葉をかける。

「わかってるよ、私も大人だから、そんなことは」

そんな麻世の言葉にかぶせるように、

「恭子さん。本当にあれでよかったのかな」

麟太郎は落ちついた声を出す。

「はい。この子は一人で産んで、一人で育てます。あの人の世話にはなりません。あんな最低の人の世話には」

ほんの少し語尾が震えた。

「そうか。実をいうと俺も八重さんも、それがいちばんいい方法だと思っていた。子供がいれば最初は大変かもしれんが、淋しいことは決してない。あんな無慈悲な男は放っておいて、どこか遠くで静かに暮せばそれがいちばん幸せだと思うよ」

「えっ……」

　麟太郎の言葉に恭子が、妙な反応をした。

「私は遠くで暮すなんて一言もいってませんよ、大先生。私は今まで通り、笹屋とは目と鼻の先の、あの中古マンションでこの子と一緒に暮すつもりです」

　びっくりするようなことを、口にした。

「そうなると横井さんには……」

　八重子がくぐもった声を出した。

「針の筵《むしろ》だと思います」

　恭子はぽつりといい、

「あの人が男の身勝手さを押し通した以上、私も女の意地を貫きます——もう少し優しい対応をしてくれたら引っ越してもいいと思っていたんですが、さっきのあの人の態度を見てやめました。あの人には針の筵に座ってもらいます」

　淡々とした口調で恭子はいって、ふわっと笑った。が、目だけは吊りあがっていた。

　麟太郎にはその笑いが鬼の顔に見えた。

「あいつの家にも押しかければいいんだよ。あのときはそう思ったけど今はって……あいつがいったように、便利な言葉を使って」

珍しく麻世が理屈っぽいことをいった。

「そうね。ありがとう、麻世さん。本当に麻世さんには助けてもらって」

恭子は子供を抱くように下腹に両手をそえた。三人に向かってぺこりと頭を下げた。

頭をあげた顔は笑っていた。

今度は柔らかな母親の顔だった。

第三章　カレーの味

玄関の時計を見ると四時を回っていた。

仲之《のぶゆき》の胸に、ほっとするような安堵感《あんどかん》が広がる。

そろそろ、大先生がくるはずだった。

往診日は毎週水曜日、麟太郎と看護師の八重子はそれぞれ自転車に乗って、井上《いのうえ》畳店までできてくれる。

畳店といっても若者の畳離れで、ここ二十年ほどの間に需要は激減し、そのあおりを受けて仲之のところも五年前に店をたたんだ。今はわずかな年金と預金を取り崩しての生活だったが、それもいつまでもつのか……。

子供は男の子が二人いたが、当然のことながら所帯持ちで孫もいて、わずかな助けはあるものの、それ以上甘えることはできない状態だった。

問題は妻の頼子《よりこ》だった。

三年前に脳梗塞を発症して倒れ、現在は寝たきりの生活を送っていた。

仲之は奥の寝間に入る。

介護ベッドの上で頼子は両目を閉じている。どうやら眠っているようだ。

「頼子、もうすぐ大先生がくるから……」

ベッド脇のイスに腰をおろし優しく声をかけるが、後の言葉がつづかない。麟太郎がきたとしても打つ手はないのだ。全身状態を診て、世間話をしていくくらいしか術はない。それでも、麟太郎がくるというだけで、何となく安心感を得ることができるから不思議だった。

玄関の戸を開ける音がして、

「井上さん、おじゃまするよ」

という麟太郎のよく通る声が聞こえた。

仲之が腰をあげるまでもなく、麟太郎と八重子が寝間に入ってきた。勝手知ったる他人の何とかである。

「どうかな、頼子さんの容体は」

気さくに麟太郎が声をかけてくる。

「これといって、変りは……」

わずかに首を振りながら答えると、

「そうだな。そういうことだよな」

恐縮したような麟太郎の声が返ってきた。

「何か変りが出るような、特効薬とか治療法が見つかればいちばんいいんだが、すまねえな、井上さん。俺たちの力不足で本当に申しわけない」

麟太郎は伸之に頭を下げた。

「そんな、大先生、そんなことをされたら。頼子がよくならないのは、決して大先生のせいじゃありませんから」

伸之の言葉遣いはいつも丁寧だ。そのあたりが同じ職人でありながら、風鈴屋の徳三とは大違いといえる。

「そういってもらえると、ほっとするけど。しかしまあ、情けねえことに変りはないなあ。とにかく、診させてもらうよ」

麟太郎はこういって八重子に合図をして、寝ている頼子に向かい、

「頼子さん、体の状態を診させてもらうからね」

優しく声をかけて、まず脈を取る。

眠りから覚めたようで、頼子の目がゆっくり開くが目のなかに生気は見られない。ぼんやりした目の光だ。

麟太郎は三十分ほどかけて、頼子の全身状態を丁寧に診る。

「異常はないいな」

診察を終えてから一言こういい、

「病人に対して異常なしというのも変だが、そうとしかいいようがねえから」

麟太郎は頭を掻《か》いた。

「井上さん、小水の出具合の数値を教えてもらえますか」

八重子が口を開いて、伸之はベッド脇の小テーブルの引出しに入れてある書きこみ表を取り出す。

寝たきりの頼子は尿道に管を通され、そこを通った尿はベッド下のビニール袋にたまることになっていた。ビニール袋には目盛が印刷されていて、毎日の量を計って記載するのも伸之の役目だった。

手渡された書きこみ表に目を通しながら、

「二日目の記載がもれてますね。今後はしっかりと記入を……」

八重子がやんわりと、たしなめの言葉を出すと、

「まあ、いいじゃねえか。三年も介護をしていれば、ついうっかりということもあるだろうから。老人介護の秘訣《ひけつ》は、適宜、手を抜いてほどほどに、この一言だからよ。あんまり一生懸命やりすぎると、介護者の身がもたなくなっちまうからよ。それに……」

といって麟太郎が助け船を出したが「それに」につづく後の言葉は口から出なかった。

「そうでした。井上さんが倒れでもしたら、それこそ大変ですから。失礼しました」

八重子は素直に謝りの言葉を出した。

伸之には持病があった。軽い狭心症で、時折ではあったが心臓部に疼痛《とうつう》が走った。店をたたんだ原因のひとつにはこれもあった。

「ところで頼子さんは、いつもこんな状態なのかな」

心配げな口調で麟太郎がいった。

「そうですね。認知症が大分進んでいるようで、はっきり受け答えをしてくれることもありますが、大体はこうしたぼんやりした状態が多いですね」

苦しそうに伸之は答えた。

頼子の場合、脳動脈の左側に血栓が生じて意識不明となり救急車で病院に搬送されて一命は取りとめたものの、体の右半分に麻痺《まひ》が残った。

そのために動くことが困難になり、機能回復のリハビリをつづけたが一年ほどしても元にはほとんど戻らず、頼子は気力を失った。何もしないでベッドに横たわるだけの毎日が多くなり、その結果、認知症の顕著な症状が見受けられるようになって、今に至っている。頼子は今年七十二歳、伸之は七十六歳になった。

「いちばん辛いのは頼子さん、そしていちばん苦しいのは井上さん。ここは何とか我慢をしてもらって、気長にほどほどに、行こうじゃないですか」

しんみりした口調で麟太郎がいった。

「はい。それしか方法はないと、肝に銘じて頑張るつもりです」

細い声でいう伸之に、

「長つづきさせるためには、気晴らしがいちばんなんだが、井上さんは何か――」

励ますような言葉を麟太郎はかけた。

「そんなことは何も。贅沢《ぜいたく》できるような身分でもないですし」

ゆっくりと首を振った。

「そりゃあ、いけねえな。じゃあ、今夜一緒に飲みに行こうじゃないか。幸いというと怒られるけど、頼子さんは動けない体だから徘徊《はいかい》する心配はねえし、ここは今夜だけ、ちょっと留守番ということで我慢をしてもらって」

気合を入れるように麟太郎はいい、

「井上さん、近頃飲み会には？」

覗きこむように顔を見た。

「いいえ、こいつが倒れてからは一度も」

首を大きく横に振る。

「そいつはいけねえ。人間引きこもりがつづくと気力も体力も駄目になり、ひいては病人の介護もなおざりになっちまう。そんなことになったら、いちばん迷惑をこうむるのは頼子さんだ。ということで、きまり」

そっと仲之の肩を叩いた。

「また、田園ですか。夏希さんの顔を見に」

呆れたような声を八重子があげた。

「そう、あそこには夏希ママという、絶世の美女がいるからよ。ママの顔を見るだけで、男なら元気が湧いてくること間違いなしだ。といっても……」

麟太郎は寝ている頼子の顔をちらっと眺め、

「すまんな、頼子さん」

ぼそっというが、頼子は目を閉じていて何の反応も示さない。

「それに田園は飲み代も安い。つまり恩に着る必要はまったくねえ。だからよ、井上さん。ここは一番」

おどけたようにいって、ふわっと笑った。

その顔を見ながら、仲之は行ってもいいような気になった。たまにはこういうことがあっても罰は当たらないだろうと思った。

「いいですよ、お供しますよ」

はっきりした口調でいい、

「ですが、今夜は頼子の大好きなカレーをつくるつもりでいますので、その仕度に少し時間がかかります。それを食べさせてからということになりますが」

ほんの少し困った表情を浮べる。

「何時なら」という麟太郎に「八時半ぐらいなら」と仲之は答え、その時間に『田園』に集合ということになった。

「ところで、頼子さんはカレーが好物なのかね」

麟太郎の問いに、

「大好きですね。ちょっと変ったカレーですけどね」

仲之は両頰に、ほんの少し笑みを浮べる。

「ちょっと変ったカレーって、いったいどんなカレーなんだね」

興味津々の表情を麟太郎が浮べた。

「長くなりますので今は。今夜また、ゆっくりと話しますから」

仲之は笑みを浮べたままいう。

「今夜話してくれるのか。そいつは楽しみだな。夏希ママの顔を見るより楽しみだな」

麟太郎は、顔をくしゃっと崩して嬉しそうにいってから、

「じゃあ、ついでといっちゃあ何だけど、井上さんの心臓のほうを診てみようかいね」

真顔になって小さくうなずいた。

八時半ちょうどに『田園』に行くと店はかなり混んでいたが、麟太郎はすでにきてい

て、奥の席で手を振っていた。

奥まで歩いて麟太郎の前に座ると、すぐに店の女の子がオシボリを持ってやってきた。ビールとオツマミの追加を麟太郎が頼む。

運ばれてきたビールで、まず乾杯。

「毎日の介護、本当にご苦労さんです」

こんなことを麟太郎がいって、二人はコップを合せた。しばらく雑談をしていると、中年の女性がやってきた。これが麟太郎のいっていた、夏希だ。

「大先生から介護の話は聞いています。大変なことで頭が下がります」

夏希は本当に頭を下げてから、仲之のコップにビールを満たす。

「井上さん、厄除《やくよ》けのつもりで一気に」

夏希の言葉に仲之はコップのなかのビールを、一気に喉の奥に流しこんだ。久々のビールだった。うまかった。

「うんまいなあ」

思わず言葉が飛び出した。

「そう、たらふく飲んで、今夜だけは苦労を忘れて」

小さく拍手をしながら、夏希が微笑んだ。

麟太郎がいった通り、綺麗だった。

華があった。

人を惹《ひ》きつける何かがあった。

でもと伸之は思う。可愛らしさは頼子のほうが上。綺麗さには負けるけれど、可愛らしさなら——伸之は頼子が大好きだった。

そんなことを考えていると扉が開いて、新しい客が入ってきた。

「あらっ」

と夏希が小さく声をあげ、

「すみません。またあとで、こさせてもらいますから」

二人に頭を下げてその場を離れ、新しい客のほうに歩いていった。

麟太郎を見ると、苦虫を嚙みつぶしたような顔だ。新しい客が麟太郎を見つけて、ひょいと手を挙げて近よってきた。

「麟ちゃん、久しぶり」

低いが、よく通る声でいった。

「やっぱり、お前。ここに通ってきてるんだな」

麟太郎は、ぼそっと答える。

「麟ちゃんほどじゃないから、まあ、大目に見てほしいな——じゃあ連れがいるようだから、また今度ゆっくり」

二人に頭を下げて、新しい客は離れていった。

「大先生、あの人は確か看板屋の……」

伸之も知っている顔だった。

「そうだよ。看板屋の瀬尾章介だよ。俺の同級生でもあり、ここの夏希ママをめぐる俺の恋敵でもある」

悔しそうな顔で麟太郎がいった。

「恋敵ですか！」

「先日、俺に堂々と宣言しやがった。ここの夏希ママに惚れていると……しかしなあ」

麟太郎は小さな吐息をもらし、

「あいつは体が細くて背が高いし。顔のほうも苦み走っているというか、男前だし。どこからどう見ても俺に勝目はなあ」

それが本音かどうかわからないが、麟太郎は情けなさそうな顔でこういった。そんなわかりやすい様子を見ながら、この人はやっぱり、やぶさか先生で、庶民派だ。伸之は、そう思った。

「でも大先生、恋というのは、姿形できまるものじゃないですから」

慰めるようにいうと、

「おう、違いねえ。で、井上さんは、恋というものは何できまるもんだと思っているのかね。そこのところを教えてほしいんだがよ」

鱗太郎が身を乗り出してきた。

「それは……」

といって伸之は考えこむ。

「すみません、私は恋の経験というのがあまりなくて、具体的なことを訊かれると困ってしまうんですが」

頭を掻きながら伸之はいう。

「井上さんは昔も今も、頼子さん一筋ですか。いや、羨ましい限りです。というか、立派です」

本当に羨ましそうな表情を、鱗太郎は浮べた。

「いえ、単に不器用なだけですから、そういうことには。それにもう、こんな年寄りですから……ただ」

言葉を濁した。

「ただ、何ですか。密かに心に思っている人でもいると」

すぐに訝《いぶか》しげな口調で鱗太郎が訊いてきた。

「実はいます……」

思いきって肯定の言葉を出した。

「えっ、いるんですか。そんな人が。真面目一方の井上さんでも」

感嘆の声を麟太郎があげた。

「いや、そんなんでは――」

という言葉にかぶせるように、

「相手はどこの誰なんだろうね」

麟太郎の興味津々の声が飛んだ。

「キッチン・タマイの――」

すぐに麟太郎が反応した。

「キッチン・タマイって、あの浅草署裏にある洋食屋の……すると井上さんの思い人っていうのは、あそこの若奥さんの玉井理恵《たまいりえ》さん、そういうことなのか」

また身を乗り出してきた。

「いや、大先生。話は最後まで聞いてもらわないと、誤解を生じますから」

伸之は両手を出して広げ、麟太郎を制するような仕草をしてから話をつづけた。

「私が気になっているのは、若奥さんの理恵さん一人ではなく、ご主人の重信《しげのぶ》さんも含めた夫婦の二人です」

ぽつぽつと話し始めた。

『キッチン・タマイ』は戦前からある店で、今の主人の玉井重信はその三代目にあたり、カツレツやクリームコロッケ、それにオムライスなどをメインにした下町の洋食屋として腕を振るい、この界隈では人気の高い店だった。

値段を安く抑えて庶民派の店として盛りあげたのは先代の忠信《ただのぶ》だったが、忠信夫婦は五年ほど前に相次いで亡くなり、今は重信、理恵の夫婦が跡を引き継いで切り盛りしている。二人ともまだ三十代なかばの若さだった。

「私は重信さん、理恵さん夫婦の働きっぷりを見るのが好きで、時々、唯一の贅沢としてあの店に行くんですが。あの二人は実によく働くというか、気持がいいというか。私のような年寄りをいつも微笑ませてくれます」

こんな話を嬉しそうに伸之は麟太郎にした。

「そういうことか。いわれてみれば、あの夫婦の働きっぷりは気持が良くて、見ていて爽やかに感じる。井上さんのいう通りのような気がする。それに重信さんはともかく、理恵さんは丸顔で目が大きくて、かなり可愛い。人気の秘密は、そのあたりにもあるんじゃねえのかな」

麟太郎の言葉に伸之の胸が、ざわっと音をたてて騒いだ。

「実は、その点も大切で――」

いい辛そうに伸之は言葉を切ってから、

「あの、理恵さんなんですが、うちの頼子の若いころに似ているというか、何というか。

だから余計に」

恥ずかしそうだったが、一気にいった。

「あっ」と麟太郎が声をあげた。

「そういわれれば、似ているな。頼子さんも大きな目で丸顔で——確か井上畳店に嫁いできたときは、周りから美女と野獣と陰口を叩かれて」

「そうですよ。同年代の男たちから、散々苛められたものです——実をいえば、苛められるたびに嬉しさと幸福感は増していきましたけどね。ここだけの話ですけど」

顔を綻ばせて伸之はいう。

「井上さんは頼子さんに、べた惚れなんだな。だから余計に、あの二人に入れこんで」

「私なんかが入れこんでも、あの二人には何の得もないでしょうけど。私のほうは、あの二人を見ていると、若いころの自分と頼子を見ているようで。頼子も理恵さん同様、働き者でしたから」

伸之は視線を宙に漂わす。

「その、頼子さんの大好きなカレーの話はどうなってるんだい——いや、そもそも、井上さんと頼子さんの馴初《なれそ》めは、どんなふうだったのか。そのあたりも聞きてえよな」

麟太郎の言葉に、伸之の心が明るくなった。灯《ひ》がともった。

カレーの話はともかく、こんな年寄りの馴初めに興味を持つ人間など、そうそうはいない。優しさだと思った。麟太郎は何とか話を盛りあげて、自分を元気づけようとしている。老老介護の毎日を送る自分を。有難いと思った。嬉しかった。

「カビの生えたようなつまらない話ですけど、大先生、聞いてくれますか」

申しわけなさそうにいうと、

「もちろん、お聞きします」

麟太郎は力強く首を縦に振った。

仲之と頼子が初めて出逢ったのは新宿の歌声喫茶で、五十年ほど前のことだという。

仲之は歌声喫茶などには興味はなかったが、客の一人から只券《ただけん》をもらい、後学のためにと出かけて行ったのだが、そこに頼子がきていた。仲之も一人、頼子も一人だった。

店内はかなり混んでいて、いくつも置かれた丸テーブルの周囲には客があふれていた。

頼子は仲之の隣に座っていた。

その夜はロシア民謡の特集で、仲之と頼子は肩をくみながら『カチューシャ』や『黒い瞳』、『ともしび』などを熱唱した。誰もが知っているような歌ばかりなので仲之にも何とか歌うことができた。

その回は一時間半ほどで終り、そのあと仲之が頼子を誘ったのは、一緒に肩をくんで歌った連帯感からではなかった。一目惚れだった。頼子を一目見て、仲之の胸は喘《あえ》ぎ声《ごえ》をあげた。丸顔で大きな目——とにかく可愛かった。この女性と一緒にいたい。仲之の胸はそう訴えて、騒いでいた。

「どこかで、お茶でも飲みませんか」

と恐る恐るいう仲之に、

「歌声喫茶から出て、普通喫茶に移動するって。変といえば、変な話ですね」

こんな妙な理屈を口にしたが、それでも頼子は仲之についてきた。

近くの喫茶店に入り、

「ロシア民謡はいいですね」

と仲之がコーヒーを前にしていうと、

「トロイカや、ともしびの歌はいいけど、ロシア民謡は嫌い」

頼子は訳のわからないことをいった。

仲之が困った表情を浮べると、

「ロシアは、この前の戦争のとき、日本との約束を破って酷《ひど》いことをしたから」

怒ったような顔をしていった。

どうやら、この頼子という女性、かなりの臍曲《へそまが》りのように思えた。そして、女性には珍しく理屈好きなようだったが、仲之にとってそんなことはどうでもよかった。何がどうあろうと、一緒にいるだけで幸せだった。

それから二人はつきあい始めたのだが、頼子の臍曲りはなかなか直らなかった。

頼子は茨城県の水戸市出身だった。

あるとき仲之が当時人気のあった『水戸黄門』のドラマを面白いというと、

「あれは嫌みなじいさんが権力を笠《かさ》に着て、弱い者苛めをしているだけ」

頼子は、ばっさりと斬ってすてた。

一事が万事こんな調子だったが、仲之は頼子のそんな面が嫌いではなかった。臍曲りなことをいうとき、頼子はかなり無理をしているように見えた。それが逆に可愛く思え、仲之はますます、頼子が好きになった。

水戸の高校を卒業した頼子は上野のアパレル関連の問屋に勤めていて、仲之の住んでいる浅草とは目と鼻の先の寮から通っていた。そんな地の利もあって二人は急速に親しくなり、やがて結婚した。仲之が二十九歳、頼子は二十五歳だった。

「水戸黄門様は権力を笠に着た、嫌みなじいさんとは――それはいい、実にいい、頼子さんという人は、かなり面白い」

話を聞き終えた麟太郎は、手を叩いて喜んだ。心から嬉しそうだった。

「それで、結婚してから頼子さんの性格は穏やかになったのかな」

「少しは穏やかになりましたが、頼子と私は性格が正反対というか何というか――まあ、だから、お互い飽きもしないで面白おかしく、仲よくやってこられたような気もしますね」

仲之がこういうと、

「性格が正反対というのは？」

と麟太郎が訊いてきた。

「ざっくりいえば、私は気弱で優しくて、頼子は気が強くて芯も強い——でも頼子の良さは、どんな臍曲りのことをいっても、その後はさっと水に流して笑っていましたから。たまに喧嘩をしても、次の日はこれもニコニコしていましたね」

仲之も笑いながらこういい、

「とても太刀打ちなんかできません。もっとも私のほうも、ぼうっとしていたわけではなく相当気は遣っていました。簡単にいえば、私の気の弱さと頼子の気の強さが、うまくひとつに溶けあった。そういうことでしょうかねえ」

首を何度も縦に振ってうなずいた。

「なるほどなあ、臍曲りの女性と気遣いの男か。仲之さんの話を聞いていて、俺はうちの麻世のことを思い出しましたよ」

しみじみとした口調で麟太郎がいった。

「麻世さんというのは、大先生の親類筋の娘さんで今、一緒に暮しているという。私も診療所で数度見たことがありますが、相当な美形でしたね」

仲之は顔を思い浮べるように、天井に視線を向けていった。

「そうだよな。世間の人は麻世のことを相当な美形だというが、俺には単なる幼な顔にしか見えねえ――ところが近頃、こいつは、ここの夏希ママのように正統な美形ではないかもしれねえが、可愛いことは可愛い。それは認めてやらなければと思って、じっくりと見てみたら、けっこう可愛く感じて。それで今は一緒に歩いてるときなんぞは、得意げな思いでいい気持になっているんだが。これって、井上さんと頼子さんの関係に似てるんじゃねえかな」

顔を覗きこむようにして見てきた。

「確かに似てますねえ――もっともうちの頼子と麻世さんを較べたら、少しうちのほうが落ちますけど」

伸之は、もごもごした口調でいった。

とたんに麟太郎は笑い出し、

「おまけに、うちの麻世も飛びっきりの臍曲りときている。こんなところも、井上さんところの頼子さんとな」

面白そうにいった。

「麻世さんは飛びっきりの臍曲りですか。となるともう、うちの頼子にそっくりじゃないですか。何とか、私のような気弱で優しい男を探してやらないと」

真剣な口調で伸之はいった。

「気弱で優しい男なあ……ふんふん」

麟太郎は楽しそうに、リズムを取るようにいった。

「その麻世さん。おそらく社会に出たら相当な働き者になりますよ。さっきもいったように、うちの頼子がそうでしたから」

「麻世が働き者って、あの臍曲りが……ひょっとしたら、そうなる可能性もないことはないともいえるが」

ややこしいいい方をする麟太郎に、

「畳店をやっているときはむろん、畳店をたたんだあとも頼子はよく働きました。お父さんは心臓に爆弾を抱えているから、今度は私が外に出て養ってやるからと。弁当屋の惣菜《そうざい》づくりと深夜の清掃仕事を両方引受けて、なりふり構わずに働いてくれました。その結果、あんなことに……」

伸之の鼻の奥が熱くなった。

歯を食いしばって涙だけは我慢した。

「そうか、頼子さんはなりふり構わない働き者だったか、なりふり構わない……」

麟太郎は輪唱するようにいい、それから二人は押し黙った。

「ところで、さっきも催促したんだが、その頼子さんの大好きなカレーの話がまだ出てこないんだがよ、それは一体どうなってるのかな」

しばらくして麟太郎が、ちょっとおどけた声をあげた。

「あっ、すっかり忘れていました——これがまた、少し妙な話で。そうそう、この話にはさっきの、キッチン・タマイも絡んできますから」

湊をちゅんとすすって、伸之は麟太郎の顔を凝視した。

玄関の戸を開けると異臭がした。

微《かす》かに汚物の混ざったにおいだ。

そう思った瞬間、それが自分の家のにおいだということに伸之は気がついた。家にこもりきりで慣れきってしまったにおいが、久方ぶりに外出をしたせいで鼻に蘇った。つまりこれは頼子のにおいなのだ。そう考えると気にならなくなった。

伸之は奥の寝間に真直ぐ歩き、

「ただいま、頼子。大先生に誘われて、久しぶりにお酒を飲んできた。一人にさせて悪かったね」

ベッド脇のイスに腰をおろし、柔らかな声で語りかける。

が、ベッドのなかの頼子には何の反応も見られない。両目をしっかり閉じて、身動《みじろ》ぎもしない。眠っているのかもしれない。そうなると独り言ということになってしまうが、伸之はかまわない。というより、話しかけずにはいられない。話しつづければ……。

まれにだったが頼子の感情のない目の光に、何かが宿るように感じることがあった。そのとき、頼子の唇が微かだったが震えるのを伸之は確かに見ている。

あれは理性の光だ。

頼子は正常に戻った。

そして何かを訴えようとしている。

わずかな時間のことではあったが、伸之はそう思いたかった。いや、思っている。

麟太郎もよく、こんなことをいっていた。

「テレビを見せてあげてください。歌も聞かせてあげてください。そして何よりも、井上さん自身の声で話しかけてあげてください。思いは必ず頼子さんに届くはずです」

だから伸之は頼子に話しかける。多いときは、一日数時間以上にもわたって。伸之はもう一度、頼子の笑った顔が見たかった。怒った顔が見たかった。

「あなた、もう少し、しっかりしなさいよ」

と、どやしつけてもらいたかった。

伸之は頼子に話しかける。

「今日、私と頼子に関する、カレーの話を大先生にしたよ」

はっきりした口調でいうが、むろん、頼子は何の反応も示さない。

「ほら、頼子と私が初めて喧嘩をして、お前が臍を曲げてしまった、あのときの一件だよ」


仲之はなおも言葉をつづける。

「そして、キッチン・タマイに行って、あそこの特製カレーを食べた……」

といったところで、それまで固く閉じられていた頼子の両目が、うっすらと開いた。

ざわっと仲之の胸が騒いだ。

「頼子、あのカレーライスの一件だよ」

叫ぶような声を仲之はあげた。

だが、頼子の目の光には宿るようなものは見受けられない。感情のない目が宙を見つめているだけだ。

「頼子、私を見てくれよ。何か喋ってくれよ。うなずいてくれよ」

泣くような声を出した。

仲之の目は潤んでいた。

悲しくて悲しくて仕方がなかった。

「頼子っ」

体がひとまわり小さくなった。

肩を震わせて仲之は嗚咽《おえつ》をもらした。

五十年近く前のことだった。

歌声喫茶で知り合った伸之と頼子は結婚を前提にしてつきあうようになったものの、二人の性格はまるで正反対だった。

食べるものにしても伸之は薄味が好きだったが、頼子は濃い味つけが好きだった。映画や歌にしても頼子は派手なものが好きで、伸之はしっとりとした、おとなしいものが好きだった。要するに伸之は静で頼子は動――何かにつけて好みが真っ向から対立した。惚れた弱みで、その度に伸之が折れて事を丸く収めたが、あるとき、その我慢が限度に達した。

日曜日の午後に会って、二人は遊園地がいいということで『浅草花やしき』に行った。浅草生まれの伸之には馴染みの場所だったが、頼子は初めてだった。

ジェットコースターに乗ったあと、伸之の顔を真直ぐ見て頼子がこんなことをいった。

「ここはおとなしすぎて、私には合わない」

伸之の胸がぎりっと軋《きし》んだ。

ここのゆったりとした乗物が、伸之は大好きだった。子供のころから馴染んできた場所で、それだけに愛着も強かった。

「俺はこれぐらいが、いちばんいいと思ってるけど」

初めて頼子に逆らった。

胸が早鐘を打つように鳴り響いていた。

顔色も変っていたはずだ。

「あなたにはそうでも、私には物足りない。本当にそう感じるんだから、仕方がないじゃない。私は嘘が嫌いだし」

仏頂面で頼子がいった。

何か気に入らないことがあると頼子はすぐにこの顔になるが、今日はこれに怒気が混じっていた。

「でもここは、俺の故里《ふるさと》のようなもので、だから……」

といってから伸之は口をつぐんだ。

これ以上自説を展開すれば、本当の喧嘩になる。そうなると、頼子を失うことになるかもしれない。それが怖かった。性格は正反対だが、頼子には頼子のいいところがあり、そして何よりも伸之は頼子が大好きだった。が、このとき――。

「大好きなだけで、結婚を望んでもいいのだろうか」

こんな言葉が胸をよぎった。

一瞬表情が硬くなるのを覚えたが、伸之は慌ててそれを振り払う。何とか顔つきを元に戻して愛想笑いを浮べる。

「じゃあ、ここはそろそろ出て、ちょっと早いけど夕食にでも行こうか。この近所にいい店があるから」

「いい、お店って」

すぐに頼子が声をあげた。

「町の洋食屋さんなんだけど、俺はここのカレーが大好きで」

「カレーなら私も大好き。よし、行こう、行こう」

男の子のような口調で頼子はいい、何度もうなずいた。

二十分後、二人は『キッチン・タマイ』の奥の席に向かい合って座っていた。二人とも頼んだのは、この店特製のカレーライスだ。

しばらくして運ばれてきたカレーは、皿の上に飯は盛られていたが、ルーは別の器に入れられたものだった。そのルーを飯の上にかけ回す伸之に、

「へえっ、オシャレじゃない」

嬉しそうに頼子はいって、すぐに自分も同じようにする。

「さてと」と伸之はいって、テーブルの脇に置いてあるウスターソースに手を伸ばす。そして、たっぷりとカレーの上にかける。

「あっ」

頼子の口から、悲鳴のような声があがった。

「伸之さん。カレーに、ソースをかける派なんだ」

驚いた口調でいった。

「あっ、ごめん。さっさとソース、かけちゃって」

困惑ぎみにいう伸之に、

「謝罪無用――実は私もカレーにはソースかけ派だから。でもそういう人って少数派だから、ちょっと驚いてしまって」

頼子の言葉で伸之の胸に、ぱっと灯がともった。そんな顔をちらっと見て、頼子もウスターソースをカレーの上にたっぷりとかける。

「この食べ方がいちばん、おいしいんだけど。これをやると田舎者と笑われそうで、なかなかね。それにお店の人にも悪いし」

少し肩を竦《すく》めた。

「ここのオヤジさんなら大丈夫だよ。客の食べ方に、とやかくいう人じゃないから」

という伸之の言葉が終らぬうちに、

「とやかくいいてえけど、我慢してるだけだ。単なる、お目こぼしだから有難く思え」

厨房《ちゆうぼう》から野太い声が飛んだ。

この店の二代目の忠信だ。

「じゃあ、なんでテーブルにウスターソースが置いてあるんだよ」

伸之が軽口を飛ばす。

「そりゃあ、おめえ」

　忠信はちょっとつまってから、

「ここが、ざっくばらんな下町だからよ――いいから、さっさと食え。横須賀《よこすか》仕込みの海軍カレーだからよ」

　忠信はいってから、大きな咳払《せきばら》いをした。

　頼子のスプーンが皿に伸びた。ソースのたっぷりかかったカレーをすくい、口のなかに入れた。

「これ、おいしいっ」

　感嘆の声をあげた。

「うまいだろ、ソースに合ってるだろ」

　思わず口に出す伸之は、目頭が熱くなるのを覚えた。

「子供のころに家でよく食べた、カレーの味を思い出させるし」

　頼子は、ぱっと笑顔になった。

　花が咲いたような笑顔だと思ったとたん、伸之は頼子のこんな笑顔を初めて見たことに気がついた。可愛かった。この笑顔を毎日見たいと思った。

「ライスカレー」

　洟をずっとすすって伸之がいうと、

「そう、ライスカレー。うちのお父さんも、いつもそういってた」

嬉しそうに頼子が後をつづけた。

「子供のころは、カレー粉がまだ貴重品で、カレーのなかに小麦粉を入れたりして。おかげで、できあがるカレーは味が薄いうえにとろみがなくて、ソースでもかけなければ——」

仲之も嬉しそうにいうと、

「とても食べられたもんじゃない」

また頼子が後をつづけた。

仲之の胸が温かなもので一杯になった。

初めて頼子と意見が一致した。

好みの食べ物が重なった。

頼子と結婚したい。

このとき仲之は心からそう思った。


気持よく眠る頼子の顔をベッド脇のイスから眺めて、仲之はほっと一息つく。

今日はデイサービスの入浴日で、訪れてきた介護士数人と頼子を車に乗せて指定の病院まで連れていき、入浴をすませて帰ってきたばかりだった。

さすがに心地いい疲れを感じているのか、頼子は穏やかな寝顔を見せている。入浴後で体が火照るのか、両腕は掛布団の上に出していた。

伸之がその頼子の右肘を凝視する。皮膚が盛りあがって、分厚いタコになっている。色も茶色っぽく変っている。

「すまないな、頼子。苦労ばっかりかけさせて……」

口のなかだけで、ぽつりと呟く。

肘のタコは畳屋の勲章のようなものだった。太い針を畳床に突き刺し、その部分に肘を押しあてて力一杯締めつける。畳屋はこの作業の繰り返しなので、当然のことに肘の部分は硬くなり、分厚いタコができる。むろん伸之の右肘にもタコはできているが——。

伸之はそっと手を伸ばして、頼子の右肘に指を触れる。五年前に廃業したといっても、その部分の皮膚は厚く、まだ硬かった。

「私なんかと一緒になったために、こんな……」

低い声でいってから、

「お前、私と一緒になって幸せだったのか。私は大好きなお前と一緒になれて本当に幸せだったけど、お前は。それに——」

問いかけるようにいってから、伸之はぎゅっと口を引き結ぶ。

どれほどの時間が過ぎたのか。

「それに、お前。本当に私のことを好いていてくれたのか。私の押しに負けて、成り行きで一緒になってくれたんじゃないのか」

仲之は一気にいった。

永年疑問に思っていたことだった。

思ったことはずばずばいう性格だったが、頼子は男女の感情にまつわるあれこれは一切口にしない女だった。それが仲之には歯がゆかった。女々しいとは思ったが、これが頼子に対する仲之の永年の疑問だった。

そして頼子の前で、仲之がこの疑問を口にするのはこの日が初めてだった。

仲之の視線が頼子の顔から腕時計に移る。針は六時十五分を指している。

「もう行かないといけない。大先生からの誘いで今夜はタマイで一緒に、例のカレーライスを食べることになっている。悪いが少しの間、留守番をしていてくれるか」

仲之は「どっこいしょ」といいながら、その場にゆっくりと立ちあがる。

麟太郎から電話があったのは一昨日だった。

「井上さんのいっていた、ソースをたっぷりかけた、そのカレーを俺も食いたくなってよ。どうだい、一緒にタマイへ行かねえか」

こんなことを麟太郎はいい、仲之はこれを快諾した。麟太郎の気配りだった。有難いと思った。

仲之は約束の六時半ぴったりに、『キッチン・タマイ』に到着した。

奥の席にはすでに麟太郎がきていて、そしてもう一人――あれは確か親類筋の預かりものだという麻世だ。

「いらっしゃい」という厨房のなかの重信の声を耳に、仲之は奥の席に行く。挨拶をしてから対面の席に腰をかける。

「いらっしゃい、井上さん」

すぐに若奥さんの理恵が飛んできて笑いながら声をかけ、トレイの上から氷水を入れたコップを手に取ってテーブルの上に置く。

「井上さんもお二人と一緒の、いつものカレーでいいですか」

「お願いします」

仲之の丁寧な言葉に、理恵は頭を下げてテーブルを離れる。

「お誘いありがとうございます、大先生。実をいうと、頼子のことを聞いてくれる相手など、そうそうはいなくて本当に感謝しています。有難いことです」

仲之の本音だった。

いくら人情深い下町といっても、寝たきりになっている自分の老妻のことを延々と話すわけにはいかない。そこへいくと麟太郎なら、気兼ねなく頼子の話ができた。それが仲之には嬉しかった。

「そんなに恩に着ることはねえよ。ただ単に興味本位で、井上さんと頼子さんが大好きだという、ここのカレーが食いたくなっただけだからよ」

麟太郎はべらんめえ口調でいってから、

「それに、今日は付録も一緒だしよ」

隣の麻世を目顔で指した。

「付録の麻世です。私はじいさんの食事係をしてるんだけど、このじいさんが私のつくる料理に何だかんだとケチをつけて。だから今日は、ソースかけカレーの勉強のために押しかけてきました」

ぺこりと頭を下げた。

「ああこれは、ご丁寧に……」

いいながら伸之は、まじまじと麻世の顔を見る。すぐ近くで見る麻世は美しかった。これは完全に頼子の負けだと認めながらも、じゃあ可愛さのほうは……。

すぐに答えが出せなかった。この麻世という娘、可愛らしさのほうも相当……だが、頼子を負けさせるわけにはいかない。伸之は胸の奥で唸る。仕方がない、それなら引き分けだ。これなら文句はないはずだ。勝手な理屈をつけて伸之はようやく自分を納得させる。

「評判通り綺麗ですね、麻世さんは」

ちょっと悔しそうにいうと、

「綺麗なんかじゃないよ、私は。おじさんの目の錯覚だよ」

意外な言葉がすぐに返ってきた。

「私はガサツで荒っぽくて、男か女かわからない、いいかげんな人間だから」

とんでもないことを口にした。

「なっ、井上さん。本人には決して悪気はねえんだけど。いいたいことをずばずばいうところが似てると思いませんか」

麟太郎の言葉に「あっ」と仲之は小さな叫び声をあげる。

「そうですね、似てますね。うちの頼子もそんな調子で、いつも私につっかかってきました。確かにその雰囲気はあります。でも、大先生のいうように決して悪気は」

「そうなんだよ。ねえんだよ。だから何もいい返すことができなくて、俺はいつも頭を抱えてるんだよ」

さらっという麟太郎に、

「何だよ、じいさん。そのいつも頭を抱えてるっていうのは」

すぐに麻世が反論した。

微笑ましい光景に見えた。

「仲がいいんですね、お二人は」

思わず言葉が飛び出した。

「井上さんのところも、そうだったんじゃねえのかな。いいたいことをぽんぽんいわれても、仲だけはよかった。俺はそう思うがよ」

そうだった。口は悪いが頼子は優しい人間だったような気がする。仲は決して悪くなかったはずだ。そういうことなのだ。

「しっかりしてよ、もっと」

これが頼子の口癖だった。

この言葉の次に、「うろうろしてると、店が潰れてしまう」とか「それでもあなた、男なの」といった文句がつづいて小競り合いにつながっていくのだが。そして頼子は一人であちこち営業に回り、さらに人を雇う余裕がないのを見越して、自分で畳づくりの修業を始めたり――。

「実は大先生」

と仲之は頼子の右肘の件を素直に麟太郎に話した。

「最初のころはそれこそ肘の皮膚が破れて血だらけになって、それでも頼子は畳づくりに挑戦していました。むろん、頼子にせがまれて教えこんだのは私ですが……その私が見ていても必死の思いが頼子にはありました」

溜息まじりに仲之がいうと、

「それで、その頼子さんの畳づくりの技は実になったのかね」

　麟太郎が低い声を出した。

「新品の畳づくりは無理でしたが、畳表の張りかえとか部分補修とかは、きちんとできるようになりましたね」

「ほう、そりゃ大したもんだ」

　と麟太郎が感嘆の声をあげると、

「頼子さんは畳業界の先を睨んでいたんだ。このままいけばじり貧になって畳業界が衰退してしまうのを察して。それで必死になってどこかに生き残る方法はないかと模索してたんだよ。そんな状況だったら、私でも同じことをする。声を張りあげる」

　麻世が叫ぶようにいった。

「そうか、麻世でも同じことをするか。ますます似た者同士になってきたな」

　と麟太郎がいったところで、

「大先生にひとつ質問があるんですが」

　伸之は話を切り出した。

　麟太郎と一緒に『田園』に行った夜。家に戻ってベッドで眠っている頼子にカレーのことで声がけをした件だ。あのとき、頼子は確かにうっすらと目を開いた。

　それに、まれではあったが伸之の声がけに対して感情のない頼子の目の光に、何かが宿るような感覚——それを伸之は麟太郎にぶつけた。

「何かが宿るような感覚か——それは確かに伸之さんの声がけに対する、頼子さんの反応といえないこともねえ」

麟太郎はこういってから、

「脳というのはまだまだ未知の分野が多く、正直いってわからねえ部分が沢山ある。死滅した脳細胞が蘇ってきたという症例もあるし、植物状態の患者が数十年ぶりに覚醒したという事例もある」

大きくうなずいて後をつづけた。

「だから頼子さんの場合も何が起きるかは見当もつかねえ。ある日突然、片言ながら何かを話し出すという可能性も皆無とはいえねえ。ただ、そういうことは極めてまれだと思ってほしい。それを踏まえて、これからも声がけをしてあげてほしい」

噛んで含めるようにいった。

「そうすると、頼子にもまだ可能性はあると、大先生はそうおっしゃるんですね」

体を乗り出すようにしていう伸之に、

「極めてまれだということだけは、忘れないようにな、伸之さん」

苦しそうにいう麟太郎の言葉が終ったとき、理恵がワゴンに載せた三人分のカレーと野菜サラダを運んできた。

「何だか話が盛りあがってますね」

手際よく料理をテーブルに移しながら、理恵はにこやかにいう。

「じゃあ、いただこうか」

理恵がその場を離れると同時に、麟太郎の号令で、器からカレールーを飯の皿にかけ回す。カレー独特のいい香りが鼻を打つ。

次が、ウスターソースだ。

まず伸之がソースの入った瓶を手にして、カレーの上にそろそろかける。満遍なくかけ終えたソースの瓶は麟太郎にわたる。麟太郎が終ったら最後が、麻世の番だ。やけに真剣な面持ちで麻世はゆっくりとソースをカレーにかけた。

三人は両手を合せてから、スプーンを取る。

黙々と食べ始める。

伸之は、麟太郎と麻世の様子を窺うように見る。二人とも、上機嫌で食べているように伸之には見えるのだが、実際の感想は訊いてみなければわからない。

「大先生、ソースカレーの味は、どんなものですか」

恐る恐る口に出した。

「うめえよ。しかし、こうしてソースをかけて食べてみて改めて思うのは、ウスターソースというのはかなりの存在感というか自己主張というか。そんな独特の味を持ったものだということに気がついたよ。へたをすれば、せっかくのカレーの風味が、かき消されてしまうこともあるんじゃねえかとな」

本音らしきことを口にした。

「ということは、大先生は」

掠れた声で伸之はいった。

「ソースカレーも悪くはねえが、俺はやっぱりカレーの味そのもののほうがいいな」

申しわけなさそうに麟太郎はいい、

「確かに俺たちの子供のころには、しゃびしゃびのカレーがほとんどでソースをかけたほうが味が引き立ったが、今のカレーは昔とは別物だからよ」

こんな言葉をつけ加えた。

「何をいってんだ、じいさんは」

とたんに隣の麻世が吼えた。

「私はこの、ソースをかけたカレーのほうが断然好きだよ。カレーとソースが混じりあって、独特のコクをつくり出してるよ。辛さのなかに酸味が加わって、すごくフルーティなかんじだよ」

麻世から一票入って、これで自分の分を加えれば二対一。何とかソースカレーも捨てたものではないという立場は維持できた。伸之がそんなことを考えていると、

「もっとも私は小さいころ、家にお菜がないということもあって、しょっちゅう、ソースかけごはんを食べていたから、ソースには慣れてるっていうこともあるけどね」

突然の麻世の宣言で、この一票は保留のようなものになった。しかし、ソースかけごはんを食べていたという、この麻世って娘はいったい……不思議なものでも見るように、伸之が麻世を眺めていると、

「つまりは主観っていうことだと思うよ。好きな味などというのは千差万別。その千差万別の味のなかで、井上さんと頼子さんの味の好みは一致した。これは実に喜ばしいことだと俺は思うよ」

麟太郎がうまい理屈を述べた。

「そうですね。ことごとく好みが違った二人が、このソースカレーの味で意見が一致したんです。頼子に怒鳴られ、叱咤《しった》されてきた私が何とか一緒に二人でやってこられたのは、このソースカレーの共有感のせいだと思います。実は私……」

瞬間、伸之は黙りこんでから、

「頼子から一度も好きだとか愛しているとか、いわれたことがないんです。それをずっと淋しいと思っていたのを何とか補ってくれたのが、このソースカレーの共有感なんです。もっとも頼子が私のことを単なる配偶者だと思っていたとしても、私は頼子のことを心から好いていますので、それでいいとも思っています。淋しいことですけれど」

思いをぶちまけるように、一気にいった。

そのとき、

「それは違います、井上さん」

厨房から声が飛んだ。重信の声だ。

重信が厨房から姿を見せて、三人のテーブルの前に歩いてきた。後ろには理恵の姿もあった。

不審な面持ちの三人の目が、重信に注がれる。

「頼子さんは、ソースカレーが好きではなかった。俺は親父からそう聞いています」

とんでもないことを口にした。

「私もその場に一緒にいて、そう聞いています。これは事実です」

理恵がフォローの言葉を出した。

「しかし、頼子は私にははっきりと……」

うろたえた口調で伸之はいった。

頭が混乱していた。

何がどうなっているのか、わからなかった。

「このことをいったほうがいいのか悪いのか、俺は随分迷っていました。正直いって、どちらが井上さんにとって幸せなのか、よくわからなかったんです。でも、頼子さんにとって井上さんは単なる配偶者というさっきの言葉を聞いて、これではいけないと思って余計な口出しをしてしまいました」

重信はこういって、父親の忠信から聞いたという話を語り出した。

十年ほど前のことだという。

伸之が組合の旅行で家を空けた夜、ふらりと頼子がやってきて、いつものカレーを注文した。そして頼子はそれを食べ始めたのだが、その上にはウスターソースはかかっていなかった。

「どうしたんですか、頼子さん。ソースはかけないんですか」

と不審に思った忠信がこう訊くと、

「内緒ですけど、実は私はソースをかけないカレーのほうが好きなんです。主人には隠していますが」

こんな答えが返ってきた。そして、その理由を訊く忠信に頼子は次のような話をしたという。

結婚前に二人で花やしきに行ったとき、頼子の心ない一言で喧嘩になりそうなことがあった。そのあと仲直りのつもりで伸之は頼子を誘い、『キッチン・タマイ』にきて二人でカレーライスを注文したのだが、そのとき伸之が食べたのがソースかけカレーだった。

あまりに嬉しそうにソースをかけるその様子を見て、自分も仲之に合せたほうがと判断して頼子は自分のカレーにも、ウスターソースをたっぷりかけ、そして、いかにもおいしそうにそれを食べてみせた。

「それが、そのときの真相だと、うちの親父はいっていました」

力強い口調で重信はいった。

「しかし、唯我独尊の頼子さんが、なぜ急にそんなことを……」

麟太郎が核心をつく問いを発した。

「それは――」

仲之の顔を重信が真直ぐ見た。

「これ以上、仲之さんに嫌われたくなかったから、私は仲之さんと結婚したいと思っていたから――頼子さんは親父にこういったそうです。はっきりと」

強い声で重信はいった。

「頼子さんは不器用な人なんです」

理恵がすぐに声をあげ、

「男女のやりとりが不得手な人で、甘い言葉などとても口にできない、不器用すぎる人なんです、可愛らしい人なんです。本当は頼子さんも、仲之さんのことが大好きだったんです。でも、それがいえなくて」

叫ぶようにいった。

「ああっ……」

と伸之が言葉にならない悲鳴をあげた。

「しかし、あれから五十年近く。頼子は外でも家でも、私と一緒のときはカレーにソースをかけて、それをうまそうに……」

掠れた声でいった。

「そう、頼子さんは五十年近く嘘をつき通したんです。たったひとつの可愛い嘘を守るために。でもそれが頼子さんの伸之さんに対する愛情表現。私にいわせれば、どちらも眩《まぶ》しすぎるほどの優しい嘘です」

泣きそうな声で理恵はいった。

「愛されてたんだよ、井上さん、あんたは。やっぱり頼子さんは、この界隈ではいちばん可愛らしい女性だよ。うちの麻世なんか足元にも及ばないほどの」

麟太郎の言葉に、

「えっ、なんで私がそこに出てくるんだよ」

麻世の顔が仏頂面になった。何となく頼子の顔を連想させた。

伸之の脳裏のすべてに頼子の顔が浮びあがった。

「重信さん、カレーを何かの器に入れてくれませんか、早急に」

重信に向かって叫んだ。

立ちあがった。

「頼子にここのカレーを食べさせてやりたいんです。ソースのかかっていない、ここのカレーを」

「わかりました。すぐに用意します」

重信は急いで厨房に向かった。

「頑張って、井上さん」

理恵が発破をかけるようにいった。

やっぱり頼子の顔に似ていた。


冷め具合はちょうどよかった。

伸之はベッド脇に立ち、カレーの入った器を持って頼子に話しかける。

「頼子、話は全部、タマイの若主人から聞いた。二代目の忠信さんから聞いたという話だ。花やしきに行ったあと、ソースかけカレーを食べたときのことだ」

伸之は一呼吸おき、

「お前がソースカレーを好きだったといったのは嘘だったんだな。私を怒らせないためのの可愛い嘘だったんだな。そして、それから五十年近く、その嘘を守るためにお前は好きでもない、ソースカレーを食べつづけた。すまない、本当にすまない。それに気がつかなかった私を許してくれ」

一語一語、噛みしめるように伸之は言葉を口から出した。

「だから、このカレーを食べてほしい。ソースのかかっていない、タマイ特製の海軍カレーだ。これを食べてほしい。お願いだからこれを食べてほしい」

伸之はベッドに頼子の上半身を起こし、ゆっくりとカレーの入ったスプーンを口のところまで持っていった。

「頼子っ」

と叫んだ。

頼子の瞼《まぶた》が動いた。

ゆっくりと目が開いていった。

「頼子、これを食べてくれ」

ふいに両の目に何かが宿るような気配があった。伸之は息を止めた。頼子の顔を凝視した。睨みつけた。

唇がゆっくり動いた。

「あなたの、好きな……」

伸之は耳を頼子の口元に近づけた。

「ソースカレーのほうが……」

それはこんなふうに聞こえた。

そして頼子は、ゆっくりと笑った。

あの、花のような笑顔だった。

仲之の目頭が熱くなった。

涙がベッドの上に滴った。

「頼子……」

呟くようにいったとき、頼子の目は徐々に閉じられた。

うっすらと寝息が聞こえた。

第四章　花　と　竜

話を聞くのも医者の仕事のひとつだ。

鱗太郎は軽く腕を組んで、元子《もとこ》の話を聞いている。近所の仕出屋の女将《おかみ》で、年は四十代の半ば。ちょうど入り婿である慎太郎《しんたろう》への愚痴が終ったところだ。

「じゃあ、元子さん。胃痛のほうは神経性のものということで、気にしなくていいから。むろん、薬なんかはいらねえ。笑って過ごせばすぐ治るからよ」

鱗太郎の健康に対する指針は「よく笑い、よく喋る」――この一言につきた。だから極力薬は出さない。莫迦な話をして、毎日大笑いをして過ごすことが健康には一番。医者になどくる必要はなくなるはずだ。もっともそうなれば、鱗太郎の顎は干上がってしまうことになるが。

「そういうことだから、元子さん」

と席を立つのをうながすような言葉を出すと、

「ところで大先生。パチンコ屋の自転車置場の隅でやっている、屋台のおでん屋に行ったことがありますか」

妙なことをいい出した。

「二カ月ほど前から、三十くらいの女がやり始めた店で、その女の色香に迷って莫迦な男たちが押しかけて大繁盛という……」

上目遣いに麟太郎を見た。

「さあ、知らねえな」

いいながら麟太郎はちょっと身を乗り出す。

「これがうまくも何ともないのに、莫迦な男たちには大受けでしてね。まったく、近頃の男たちときた日にゃあ」

べらんめえ口調でいう元子に、

「元子さんは、そのおでんを食べたことがあるのか」

なだめるように麟太郎は訊く。

「ありますよ、一度だけ。うちも客商売ですから偵察がてらにね。そうしたら案の定、味のほうは酷いもので、頭に残ったのはその女の悪目立ちの色香だけ」

吐きすてるようにいった。

「聞いてると元子さんは、その女性に何か恨みでもあるような口振りというか」

いい辛そうに口に出すと、

「いえ、特段の恨みつらみがあるわけじゃないですけどね。ただ、まあ何といったらいいのか」

むにゃむにゃと、元子は言葉を濁した。

「ひょっとして、慎太郎さんが、その店に通いつめているとか」

思わず麟太郎が口を開くと、

「まあ、そういうことも、ないとはいえませんけど」

ぼそりといった。

「そんなことより、あの女。児童虐待をしてるんですよ。この寒空のなか、小学校三年生ほどの小さな女の子をこき使って。あたしゃ、それが許せなくて。だからまあ、こんな憎まれ口を叩いてるんですけどね」

こほんとひとつ、咳払いをした。

「児童虐待か、もしそれが本当なら、許されることじゃねえな。とんでもねえ悪女ということになるな」

独り言のようにいう麟太郎に、

「それそれ、とんでもない悪女――世も末ですねえ、母親が我が子をいたぶるなんぞ。ああ、やだ、やだ」

けろっとした調子で元子はいった。

どうやらようやく、溜飲《りゅういん》を下げたような口振りだ。元子は「よいしょ」といいながら丸イスから腰をあげた。

「それにしても、男って本当に莫迦ですねえ」

にまっと笑ってから、

「ところで若先生の診察は、いつごろですかね、今度は」

さりげなく訊いてきた。

元子は潤一のファンである。

「そんなことは、俺は知らん」

麟太郎は低い声でいい、

「男も莫迦だが、女も莫迦だとは思わねえか。なあ、元子さん」

今度はよく通る声でいった。

とたんに元子はくるっと背中を向け、早足で診察室を出ていった。

「相変らずですね、元子さんは」

傍らに立っている看護師の八重子が笑いながらいった。

「それはいいとして、八重さんは、そういう屋台が出たということは知ってるのかな」

腕を組みながらいう麟太郎に、

「行ってはおりませんが、聞いてはおります。児童虐待の件は初耳ですけど」

八重子は簡潔に答える。

「何時からやってるんだろうな、その屋台」

「私の耳にしたところでは、六時頃から十一時頃までということでしたが——そんな時間まで小さな子供を働かせているということなら、これはどう考えても問題といえるでしょうね」

八重子の少し沈んだ声に、麟太郎はわずかにうなずく。

「行かれるんですか、大先生」

檄《げき》を飛ばすように八重子がいった。

「事が児童虐待ということならな」

嗄れた声を出す麟太郎に、

「まさか、色香のほうに目が眩《くら》んだということでは、ないでしょうね」

釘をさすような、八重子の言葉が返ってきた。

「あのなあ、八重さん」

いかにも情けなさそうな声を麟太郎は出した。

「失礼いたしました。今のは失言です。取り消します」

直立不動の姿で八重子は深く頭を下げ、

「大先生は夏希さん、一筋でした」

余計なことを一言つけ加えた。

麟太郎の口から大きな吐息がもれた。

外に出ると冷たい風が足元から吹きあげて、麟太郎は思わず体を縮める。

「寒いな、麻世」

隣の麻世に肩を竦《すく》めながらいうと、

「これぐらいの寒さは、寒いとはいわない」

何でもないことのようにいった。

「道場に火の気は、まったくねえのか」

やけくそのようにいう麟太郎に、

「ないよ、そんなもの。板敷きの道場だけでなく、みんなで凍《い》てついた道を素足で走ることもあるけど。そんなときは道場に戻って水で足を洗うと、水が温かく感じられるよ」

麻世は当然という表情で答える。

暑さ寒さを気にしていたら、武術はできない。麻世は根っからの武術家だった。

「まあ、そうかもしれんな」

麻世にわからぬよう、麟太郎は顔を顰《しか》める。

「そんなことより、本当におじさんは、ほっとけばいいのか」

麻世のいうおじさんとは、潤一のことだ。

診療が終って一段落したところで、一緒におでんを食べに行かないかと麟太郎は麻世を誘ったのだが、

「私はいいけど、今夜も夕食を食べにくるって、昨日おじさんいってたけど」

こんな言葉が返ってきた。

「いいさ。あいつも子供じゃねえんだから、誰もいなけりゃ、お茶漬けでも食うだろ」

そう答えて出てきたのだが家に入って誰もいなかったら、潤一は……。

「それほど潤一のことが、気になるのか、麻世は」

体を竦めて歩き出しながら、ある種の期待をこめて麟太郎は訊く。

「おじさんは気にならないけど、確約はしてないといっても、いちおう約束は約束だから。私は約束を破るのは好きじゃないから」

理路整然と麻世は答える。

やっぱり麻世と潤一は、まだまだ相性がよくないようだ。

十五分ほど歩くと、パチンコ屋の『丸木《まるき》ホール』の看板が見えてきた。

裏手にある自転車置場に回ると、なるほど隅のほうに屋台が出ていた。

近づくと温かそうな湯気が夜目にも見えた。まだ六時を少し回ったところだというの

に、屋台のすぐ前の縁台はすでに人で埋まっており、周囲にも同じ縁台が四つほど置かれ、ここにも人が数人座っていた。ほとんどが男の客である。

とりあえず空いている場所に腰をかけると、すぐに小さな女の子がやってきた。これが元子のいっていた、児童虐待を受けているという少女だ。

「何にしますか」

大人びた口調で女の子はいった。

大きな目をした利発そうな可愛い子だったが、寒さのせいか両の頰が赤かった。

「いくつ、名前はなんていうの」

麟太郎が声をかけるより先に、麻世が口を開いた。

「小学三年生、名前は」

といって、少女は屋台からぶらさがっている灯りの入った、赤い提灯《ちょうちん》を小さな手で指差した。提灯には黒い文字で『おでん・美代子《みよこ》』とあった。

「そうか、美代ちゃんていうんだ。いい名前だね」

笑いながらいう麻世に、

「うん」

と美代子という少女は大きくうなずく。

「じゃあ、美代ちゃん」

と、麟太郎が声を出した。

「おでんを二皿、みつくろって持ってきてもらえるかな」

「わかった」

子供らしく答えて、ふわっと笑った。何とも可愛い笑顔だった。健気《けなげ》という言葉が、すぐに麟太郎の脳裏に浮びあがった。昭和生まれの麟太郎には、眩しすぎる言葉だった。

「じいさん、酒は頼まなくていいのか」

美代子の後ろ姿を見送る麟太郎に、麻世が怪訝そうな表情を向けた。

「そりゃあ、麻世、おめえ。あんな小さな子に酒なんぞ頼めるわけがねえだろう。申しわけがなくてよ」

ずるっと洟をすすった。

「なんだ、じいさん。泣いてるのか」

ぼそっと麻世がいう。

「泣いちゃあいねえが、何かこう胸の真中あたりがきゅっとよ。年のせいか、小さな子供の一生懸命な姿を見るとよ、そんな気持が胸のなかによ」

つかえつかえ、麟太郎はいった。

「年のせいじゃないよ。優しいんだよ、じいさんは。莫迦がつくぐらい、じいさんは優しいんだよ」

「そうか、俺は莫迦がつくぐれえ、優しいか。そりゃあ、いってえ、いいのか悪いのか。よくわからねえがよ」

麻世の言葉に麟太郎は困ったような顔で答える。

「そういう莫迦が近頃少なくなったから。私は断然いいと思うよ。現に私も、そんなじいさんに助けられてるんだからさ」

幾分照れたような口調で麻世はいった。

「そいつは、有難《ありがて》えことだな」

麟太郎も照れ隠しのようにいい、慌てて視線を屋台のなかに向けると女店主がこちらのほうを見ていて目が合った。会釈をしてきたので麟太郎も会釈を返す。

「綺麗な人だね」

鍋にダシ汁を加える様子を見ながら麻世がいい、麟太郎も素直にうなずく。

確かに女は美しかった。

両の目は切れ長で大きく、鼻筋もすっと通っていて、その下には小さくもなく大きくもない形のいい唇——まさに正統派の美人顔そのものだった。凜としていた。

以前看板屋の章介が『田園』の夏希の顔を称して黄金比という言葉で誉めていたが女店主の顔も、その黄金比の類いに違いないと麟太郎は思った。そして、ここ一週間ほど、章介の顔を見ていないことに気がついた。

「ありがとうございます」

そんなことを考えていると、ふいに頭の上から声がかかった。顔をあげると、女店主が両方の手におでんを盛った皿を持って立っていた。

「初めてのお客さんですよね。申しわけないですね、こんなテーブルもない場所で、おまけに手渡しで」

女店主は恐縮したような表情を浮べて、湯気の出る皿を麟太郎と麻世に渡した。

「いやいや、客がこれだけいるんだから、そんなことは――それよりも働き者の可愛いお子さんで、見ているだけでこちらのほうが頭が下がります」

皮肉まじりにいってやると、

「ああ、さっき名前を誉められたといって喜んでおりました。今時美代子なんて、カビの生えたようなレトロな名前なんですけど、私の実家が美代子という名前のおでん屋をやっていまして、それで――もう随分前に潰れてしまった店ですけど」

幾分恥ずかしそうにいった。

「実家が、おでん屋さんを。なるほどそういうことで」

独り言のように麟太郎が呟くと、

「申し遅れましたが、私は篠崎《しのざき》美雪《みゆき》といいます。今後とも、ご贔屓のほど、よろしくお願いいたします」

思いきり頭を深く下げた。

「ああっ、これはご丁寧に」

麟太郎と麻世も慌てて頭を下げる。

それで屋台のほうに戻るかと思ったら、美雪と名乗った女店主はまだ前に突っ立っている。

「あの……」

と細い声を出した。

「ひょっとして、やぶさか診療所の大先生でいらっしゃいますか」

妙なことを口にした。

「確かに俺は真野浅草診療所の真野麟太郎ですが。何で俺のことを……」

怪訝な思いで言葉を返す。

「やぶさか診療所の大先生は、仏様のような人だと噂で聞いていましたし……一度診療所の近くで、お見かけしたことがありましたから、それで」

これも細い声で答え、

「あの、近々、ひょっとしたら診療所のほうへお伺いするかもしれませんので、そのときはどうぞよろしくお願いいたします」

美雪はぺこりと頭を下げ、そそくさとその場を離れていった。

「どういうことなんだろうね。あの人、どこかに病気でも抱えてるんだろうか。見たところ元気そうなのに」

首を捻《ひね》って麻世はいい、

「それに――」

とぼそっといった。

「何だ。何かいいたいことがあるんなら、はっきりいえ」

催促するようにいうと、

「あっ、何でもない。それより早く食べようよ。せっかくのおでんが冷めてしまうから」

さっさと箸を手にして、はんぺんをつまんで口に放りこんだ。

「そうだな、その通りだな」

麟太郎も箸を手に取り、たっぷりとダシのしみこんだ大根を割って口に入れる。

ゆっくりと味を確かめる。

個性のない味だった。つまり、うまくもなく、まずくもない、普通の味だった。もっと簡単にいえば、文句も出ないが称讃もない。そんな味ともいえた。

「まだまだ、これからだな」

ぽつりというと、

「えっ、そうなのか。私はけっこう、おいしく感じるんだけど」

麻世がきょとんとした目を向ける。

「お前の料理の腕は──」

といいかけて麟太郎は慌てて口を引き結び、

「お前がそういうんなら、そうかもしれん……」

もごもごと言葉を濁して、慌てて残りの大根を口に放りこむ。そのとき、それが目に入った。

麟太郎の座っている場所からは屋台の裏手が見通せた。そこに美代子がいた。その前にはバケツが数個置かれていて、美代子はそのなかのひとつに手を入れて何かをしていた。あれは──。

美代子は皿洗いをしているのだ。

一心不乱にスポンジで皿をこすっている。

凍てついた夜だった。

時折、濡《ぬ》れた手を口に持っていき息を吹きかけながら。美代子の吐く真白な息が、ぼんやりとした灯りのなかに浮きあがる。

麟太郎の目頭が熱くなった。

白い息がまた浮きあがった。

口のなかの味が、ふいに変った。

おいしいおでんだった。

ぐっと嚙みしめた。

「どうした、じいさん」

声をかけながら、麻世の視線が麟太郎の見ている方向に注がれた。

「あっ」

小さな悲鳴を麻世はあげた。

「どうする、じいさん。あの女に捻《ね》じこむか」

低すぎるほどの声でいった。

「ここは静観しよう。ひょっとしたら診療所のほうにくるかもしれんといっていたし。そうなったら、じっくりと」

麟太郎も低い声で答えた。

「そうか。じいさんがそういうんなら、それでいいけど。じいさんなりに、何らかの考えがあるんだろうから。それにしても……」

麻世が唸ったところで、美代子が立ちあがった。バケツのひとつを手にして、よろよろと歩き出した。汚れた水を換えに行くつもりだ。パチンコ屋の店脇にある水道のある場所まで。

両手でバケツを提げた美代子は、よろけながら歩いた。おぼつかない足取りだったが、美代子は懸命に歩いていた。

飛んで行きたい気持を抑えて、麟太郎は固く目を閉じた。


章介の前のイスに麟太郎は座っている。

章介の座る場所は、いつも決まっていて、隣のやぶさか診療所に面した壁際の奥の席。ここが章介の指定席だった。

おでんの屋台からいったん家に帰り、どうにも酒が飲みたい気分になって『田園』に顔を出すと章介がいた。

「どうだ、調子は」

漠然と麟太郎が訊くと、

「麟ちゃんがいっているのは、俺とママの間のことか、それとも俺の生活のことか」

理屈っぽく章介はいう。

「まあ、どちらもだな」

コップのビールをごくりと麟太郎は飲みほす。

「一言でいえば、どっちも変りなし。極めて淡々とした毎日を送っているよ。どうだ、安心したか」

正直、安心したのは確かだった。

「有難いことだと、思ってはいるけどよ」

といったところで、脇を通りかけた夏希が声をかけてきた。

「あら、何を安心したの」

麟太郎の隣に腰をおろした。

「ママをめぐる争奪戦だよ。俺と麟太郎、ママに惚れた二人のうち、どちらに軍配があがるかという。今のところ、どちらにもママはなびいていないらしいから安心した。そういうことだよ」

あっけらかんという章介に、

「あらっ。私に惚れてるのは二人だけじゃないわよ。他にも沢山の敵がいるはずだから、もっともっと頑張らないと」

煙《けむ》に巻くようなことをいって夏希は立ちあがり、手をひらひらさせて離れていった。

「敵《かな》わねえな、夏希ママには」

苦笑を浮べて章介を見ると、ビールのコップを手にするところだった。そのコップが章介の手から離れて、すとんとテーブルの上に落ちた。

「おいっ」と麟太郎が叫び声をあげた。

「おめえ、どっか悪いんじゃねえのか。指先に力が入らねえんじゃねえのか」

医者の表情に戻って声をあげた。

「大丈夫だよ、心配性だな、麟ちゃんは。といっても医者なんだから仕方がねえか」

章介は笑いながらいい、

「痛風だよ。そのために時々指先に痛みが走ってな。だからさ」

再びコップを手にした。ぐっと力を入れて持ちあげ、口に運んだ。

「痛風ならアルコールは駄目じゃねえか。世間でいう、ビールなら大丈夫などという俗説は大嘘で、ビールだろうが何だろうが痛風にはすべてのアルコールは禁物だ。飲むなら牛乳だ」

「やっぱり、ビールも駄目なのか。それにしても、牛乳とはな――」

にやっと章介は笑ってから、

「いずれにしても酒ぐらいは飲ませてもらわないとな。俺たち年寄りには何の楽しみもないんだから、せめて酒ぐらいはな。そうは思わないか、麟ちゃん先生」

妙に据った目を向けてきた。

「そりゃあまあ、そうともいえるがよ」

章介に家族はいない。天涯孤独の章介にそういわれれば返す言葉はなかった。

「まあ、ほどほどに飲むから大丈夫だよ。ゆっくりゆっくりとな」

章介のその言葉で、二人はちびちびとコップのビールを喉に流しこんだ。

麟太郎の脳裏に先刻家に戻ったときの光景が蘇った。

真暗な居間に入り灯りをつけると、テーブルの上に一枚のメモ用紙がのっていた。

『帰るから！』

潤一が書き残したメモだ。

「おじさん、やっぱりきたんだ。でも、このびっくりマークは何だろう。怒ってるのかな。よくわからないけど」

麻世が首を傾げていう。

そう、これは潤一の怒りの印だ。それも精一杯の。これ以上書けば自分に害が及ぶかもしれないと考えてこれでやめたのだろうが、それにしても子供っぽいやつだ。

麟太郎は吐息をもらしながら、

「一種のマーキングだな。強いていえば、自分はここで生きてるという」

もっともらしいことを、ぼそっという。

「何だかよくわからないけど、相変らずあのおじさんは面倒臭い人だね」

麻世はばっさりと一刀両断してから、

「それよりも、いおうか、やめようか迷っていたことがあるんだけど、やっぱり」

と掠れた声を出した。

あの件だ。さっき、おでん屋で口に出そうとしてやめた……。

「あの美雪さんて人、昔の私と同じにおいがする。多分、カタギの人じゃないと思う。危ない人だと思う」

一気にいって天井を睨みつけた。

このあと麟太郎は、『田園』に向かったのだ。

ひょっとしたら、すぐにでもくるかと思っていた、おでん屋の美雪はなかなか顔を見せなかった。それなら――。

「麻世、夕食は、例の屋台のおでんということにしねえか」

午後の診療が終って母屋に戻り、ちょうど居間にいた麻世に麟太郎は声をかける。

「私はいいけど……」

麻世は笑いを嚙み殺している。

「何だ。俺は何か妙なことをいったか？」

きょとんとした表情を向けると、

「一昨日。明日は無理だけど、次の日は早く終るから、必ずここでご飯を食べるって、おじさん、いってたから」

嬉しそうに麻世がいった。

「また、潤一か」

溜息まじりに麟太郎はいい、

「あいつも子供じゃねえんだから、誰もいなけりゃ、お茶漬けでも食うだろ」

先日と同じ言葉を口にした。

「なら、きまり。行こう、行こう」

麻世がはしゃいだ声をあげた。

二十分後、診療所を出た麟太郎と麻世は、美雪が屋台を出している『丸木ホール』の自転車置場に向かって歩いていた。

「おじさん、誰もいない家のなかに入って、またメモを残していくのかな」

面白そうに麻世がいう。

「いくらあいつが子供っぽいといっても、もうそんな真似《まね》はしないんじゃねえか。あいつだって学習能力はあるだろうからよ」

うなずきながらいう麟太郎に、

「そうかなあ。私はまた何か、訳のわからないメモを残していくような気がするけど。あのおじさんのことだから」

麻世は断定したようないい方をした。

「あのおじさんのことだから、か」

麟太郎は胸の奥でそっと呟く。

潤一に対する麻世の本音だ。麻世は潤一をこの程度にしか考えていない。失地を回復するには、まだまだかなりの時間がかかりそうな雰囲気だ。

「そんなことより、麻世」

話題を変えるように、麟太郎は喉につまった声を出した。

「先日、お前は美雪さんのことを、かつての自分と同じにおいがする。危ない人だと思うといってたが、あれは本当に確かなことなのか」

気になっていたことを口にした。

「多分、あたっていると思うよ」

ぽそりと麻世はいってから、

「しかも、ヤンキーあがりなんかという生易しいもんじゃなくて、おそらく半グレかヤクザ。私の勘はそういってる」

はっきりした口調で一気にいった。

「半グレかヤクザ……となると相当危ない人間には違いないが。しかし、あんな綺麗な顔をして、そんな世界に身を置いていたとは。ちょっと想像し難いことだよな」

といってから麻世の顔をちらっと見て、

「そうでもねえか、顔は関係ねえか」

慌てて訂正した。

「何だよ、じいさん。私の顔を引合いに出すなよ。私の顔はあんなに綺麗じゃないし、整ってもいないし、性格は男そのもので乱暴だし」

唇を尖らせて麻世がいった。

そう、確かに麻世は夏希や美雪のような、正統派美人ではない。単に美人度だけを較べれば麻世は夏希や美雪に確実に負ける。顔の造りも、章介がいう黄金比とはかけ離れたものに違いない。

しかし可愛らしさでは群を抜いて、麻世のほうが上だ。麻世の顔には今風の華があった。輝いていた。麻世が診療所にきたころは、単なる幼な顔と気にもしなかったが、今はちょっと違った。麻世に対する周りの称讃に素直に耳を傾けるようになり、麟太郎の評価も大きく変ってきた。確かに麻世は可愛い。悔しいがこれは認めざるを得ない。

それが証拠に、どこをどう探しても、麻世より可愛い顔の持主は見当たらない。これも悔しいことだが、今ではそれが麟太郎の大きな自慢のひとつになっていた。といっても、麟太郎は夏希のような、しゅっとした正統派の美人のほうが好きだったが。

「どうしたんだよ、じいさん。黙りこくってしまって」

隣を歩く麻世が、怪訝な視線を送ってきた。

「何でもねえよ」

麟太郎はぽつりといい、

「美雪さんて女性が麻世のいうような、その手の女性だとしたら、ちょっと厄介なことになるかもしれねえなと思ってよ」

これも本音の部分を覗かせた。

「児童虐待の件か。心配いらないよ。もし、もめるようなことになって包丁が飛び出してきたとしても、何とかするから」

どっちが保護者なのかわからないことを、麻世はいう。

「いや、そういうことじゃなくてだな、もっと本質的なことというか。とにかく、そんな事態になっても、お前はおとなしくしてろ。まして殺し合いのような喧嘩は駄目だ。まったくお前は、この手の話になるとすぐに首を突っこんでくるというか、何というか。今の麻世は昔の麻世とは違うんだからよ。そのことをとにかく、忘れるんじゃねえ」

怒鳴るような声でいった。

「わかったよ。なるべく首は突っこまないようにするよ」

麻世は、ぺろりと舌を出した。

『丸木ホール』の自転車置場に行くと、屋台前はすでに客で埋まっていた。時間は七時半を少し回ったところだ。

麟太郎と麻世は先日と同じように、後ろの縁台に腰をかける。すぐに美代子がやってきて「いらっしゃいませ、何にしますか」と声をかけてきた。

「じゃあ、おでんをふた皿、適当にみつくろって持ってきてもらえるかな」

　麟太郎はできる限り優しく声をかけ、そっと美代子の右手を両手で握りこんだ。冷たかった。凍えた手だった。

「美代ちゃんの手は冷たいねえ。洗い物をしてたのかな」

「うん。ずっと洗い物してた」

　麟太郎の問いに美代子は素直に答え、

「すぐに持ってきます」

　といい、頭をぺこりと下げて屋台のほうに戻っていった。

「やっぱり、今夜もバケツのなかで器を洗わせているんだ」

　麻世が低い声を出した。

「そうだな、これは問題だな。何はともあれ、きちんといってやったほうがいいなあ。これじゃあ、あの子がかわいそうすぎる。あんなに小さいのに、文句もいわずによ」

　憮然《ぶぜん》とした面持ちで麟太郎はいう。

　しばらくすると、美雪が両手におでんの入った皿を持ってやってきた。

「すみません、遅くなってしまって。ちょっと忙しすぎて、身動きが取れなかったものですから」

弁解がましく美雪はいって、麟太郎と麻世におでんの皿を手渡した。

「それはいいとしてよ。俺は美雪さんにちょっと話があるんだが、時間は大丈夫かな」

掠れた声で麟太郎はいった。

「少しぐらいなら」

美雪は屋台のほうをちらっと見てから、こくっとうなずいた。

「あんた、診療所のほうにくるかもしれねえと先日いっていたのに、まったく顔を見せねえが、あれはいってえどういう料簡《りょうけん》なんだ。くるかもしれねえってことは、どこかが悪いってことなんだろう。医者ってえのは、そんな話を耳にしたら、居ても立ってもいられなくなる人種なんだよ。俺たちの頭の真中には常に、手遅れになったらという言葉が躍ってるんだよ」

叱るような口調でいった。

「はい、すみません」

美雪は素直に頭を下げた。

「それとも、よほど怖い病気なのか。結果を知るのが怖くて診療所にこられねえのか。それならそれで困ったもんだけど、気持だけは理解できるがよ」

「いえ、そういう理由ではありません。そんな怖さは、とうにふっ切れてますから。そんなこととは別の……」

そんなことは、ふっ切れていると美雪はきっぱりいった。

「じゃあ、いってえ何だい。顔を見せねえ理由っていうのは」

たたみかけるようにいうと、

「それは……」

美雪は口を引き結んで、うつむいた。

「話すのが嫌なら、別の質問をしよう」

じろりと麟太郎は美雪を睨みつけた。

「この寒空のなか。あんたは小さな子供に凍てついた水のなかで食器洗いをさせてるようだが、あれはいってえ何だ。児童虐待そのものの所業じゃねえか。大体夜の十一時過ぎまで小学生を働かせるとは何事だ。ちゃんとした親のすることじゃねえだろうが」

麟太郎の言葉が段々荒っぽくなってきた。

「虐待じゃないです、あれは」

疳高《かんだか》い声を美雪があげた。

「虐待じゃなかったら、いってえ何だ」

「あれは、修行です」

妙な言葉を美雪は口走った。

「修行——」

思わず口に出してから、麟太郎は美雪の顔をまじまじと見つめた。

そのとき怒号が響いた。

屋台のほうだ。

男が何かを叫んでいた。

「美雪はどこだ。出てこいすぐに」

屈強な男だった。上背もあったが、体型もがっしりとして、いかにも頑丈そうな男だった。髪は坊主頭に近く、鋭い目つきで革ジャンをはおっていた。年は美雪と同じ、三十過ぎほどに見えた。

「西島《にしじま》っ！」

うめくように美雪がいった。どうやら西島というのは男の姓のようだ。

「いくら逃げたって無駄だ。てめえをここいらで見たという話を仕入れて。ちょっと探し回ったらドンピシャリだ。ヤクザの情報網をなめるんじゃねえぞ」

西島という男がまた叫んだ。

「そんなに怒鳴らなくても、私はちゃんとここにいるよ」

美雪は麟太郎に頭を下げ「すみません」と呟くようにいって屋台に向かった。

「これでも客商売なんだから、大きな声を出さないでよ」

美雪は西島に近づき、すぐ前に立った。

「てめえ、よくも俺の前から逃げ出しやがったな」

西島の平手打ちが美雪の頬に飛んだ。

ぐらっとよろけたが、美雪は声もあげずに踏んばって男を睨みつけた。

「大した根性だな、美雪」

西島は薄笑いを浮べ、

「いいか、みんな聞きやがれ。この女は正真正銘俺の女房だ。三カ月ほど前に俺は刑務《ムシ》所《ヨ》から出てきたばかりだが、出所が近いのを知ったこの女は俺が戻ってくる前に、それまでいたアパートから姿を消しやがった。その俺の女房のつくったおでんを、おめえたちは食ってるわけだ。俺の大事な女房のな」

西島は客をぐるりと睨《ね》め回した。

「どうだ、うめえか。俺の女房のおでんはよう」

どうやら西島は客を威《おど》しつけて、美雪を孤立させる魂胆のようだ。

「ついでにいえば、俺は前科三犯のヤクザで、この美雪という女は半グレあがりの札つき女だということだ。どうだ、そんな女のつくったおでんはうめえか。ええっ、鼻の下を伸ばした、おっさんよ。うめえか、てめえはよ」

睨みつけられた五十代ぐらいの男が、慌てて首を横に振った。顔に浮んでいるのは怯えだ。

「なら、隣のおっさんはどうだ。うめえか、おい」

西島が顎をしゃくったとき、

「いいかげんにしろ、莫迦者が」

一喝が響いた。麟太郎の声だ。西島のほうに麟太郎が歩いた。麻世が後ろにつづいた。

「前はどうあれ、こうして真面目に働いている者を罵倒してどうする。どこのヤクザか知らねえが、少しは恥というものを知ったらどうだ。お前さんが本当に美雪さんのご亭主なら、なおさらのことだ。大莫迦者が」

辛辣な言葉を投げつけた。

「何だてめえ。どこのクソジジイだ。それとも美雪の情夫《いろ》か。もしそうなら、ただじゃおかねえからそう思え。叩っ殺してやるから、覚悟するがいい」

西島が麟太郎に近づいた。

麟太郎の体がさあっと冷えた。

学生時代は柔道部の猛者だった麟太郎は喧嘩の腕には自信があったが、それは若いころの話で今は……それに相手は屈強なヤクザ者だった。負けるかもしれない。そんな気持が恐怖を誘った。が、一発二発殴られても、とにかく食らいついて投げ飛ばす。それしかなかった。

覚悟をきめて腰を低く落としたとき、

「おじさん」

と西島に向かって誰かがいった。

言葉と同時に麻世が麟太郎の前に出た。

「麻世っ、お前」

麟太郎が叫んだ。

「大丈夫だよ。じいさんのいいつけ通り、私は喧嘩はしないから」

イミシンなことを口にした。

そんな様子を、呆気に取られた表情で西島が見ていた。何となく毒気を抜かれた顔つきだ。

「おじさん、私と腕相撲しようよ」

あっけらかんと麻世はいった。

「あんたと腕相撲って、それは……」

西島の顔に狼狽《ろうばい》の色が広がった。

「私と腕相撲をしておじさんが勝てば、好きにすればいい。もし私が勝ったら、このままおとなしく帰る。そういうことだよ」

狼狽の色が更に濃くなった。

「そんなもの、俺が勝つにきまってるじゃねえか」

呆れ顔でいう西島に、

「そんなこと、やってみないとわからない。それとも、おじさん。私が怖いの」

いいながら麻世は縁台の前にひざまずいて、右腕を乗せた。

「そこまでいうんなら、まあ、やってみてもいいけどよ」

西島も縁台の向こうにひざまずいた。

どうやら男という生き物は年齢を問わず、綺麗な女性から何かをいわれると、それがいかに突飛な要求でも諾々と従う習性があるようだ。

「一番勝負でいい、おじさん」

「ああ、俺は何でもいいけどよ」

やけに柔らかい声を西島は出した。

以前麻世は潤一と腕相撲の三番勝負をしたことがある。そのときは三番とも麻世の快勝だったが今度は――男は潤一よりひと回り体も大きく腕も太かった。それに麻世は左利きなのだ。そんな麻世が、この頑丈そうな男と右腕で勝負して……。

「じゃあ、やるよ」

麻世の声で二人は右手を組む。

西島の右腕に力が入った。

麻世の右手はびくともしない。

西島の顔がわずかに歪んだ。

渾身の力を西島は右手にこめた。が、麻世の右手は動かない。西島の顔が狼狽一色に染まる。うろたえている。西島が吼えた。前のめりになって全身の力をぶちこんだ。

やはり麻世の右腕は動かなかった。

「行くよ」

麻世の右腕に力が入った。

西島の右手は呆気なく、縁台の上に捩《ね》じ伏せられた。麻世の完勝だった。縁台を取り巻いていた客から、どよめきがあがった。

ふらりと西島が立ちあがった。

何が起こったのか、わからない目つきだった。

やはり麻世は、体中の力を一点に集中させる術を知っているのだ。武術とスポーツの差だ。命を懸けた修羅場を何度もくぐり抜けてきた武術者だけが成し得る技だ。麻世はそれを自分のものにしているのだ。

「さっき、やぶさか先生が麻世って叫んでいたけど――」

声をあげたのは美雪だ。

「あなたって、ボッケン麻世なの」

叫ぶようにいった。

その声をぼんやりとした表情で聞きながら、西島がくるりと背中を向けた。

「またくるから……」

低い声でいって歩き出した。

「お客さん。すみませんが、いろいろありましたので、今夜はこれでお開きということで。ええ、明日は店を開きますから今夜は」

美雪がこんなことをいい、客たちはそれぞれ勘定を払って帰っていった。あとに残されたのは麟太郎と麻世だけ。

「どうぞ、お二人ともそこに座ってください。助けてもらったお礼といったら何ですけど、おでんも存分に食べていってください」

美雪は早口でいって、麟太郎と麻世を屋台の前に座らせ、手際よくおでんを皿に盛って二人の前に並べる。そして、

「あの、あなた、本当にボッケン麻世なの」

遠慮ぎみに訊いてくる美雪に、わずかに麻世がうなずく。

「美雪さんは、ボッケン麻世の名を知っているのか」

怪訝な思いで口を開く麟太郎に、

「私も以前、ワルの世界に入ってましたから、それで」

と美雪は、まずこんなことをいった。

「かつてのワル仲間から、高校生のくせに鬼のように強い女がいるという話を一年ほど前に聞いたことがあって。木刀を持たせたら、どんなに強い男でも一撃で殺されるって」

穴のあくほど麻世の顔を美雪は見るが、多少尾鰭《おひれ》はついているものの、中《あた》らずと雖《いえど》も遠からず——まあまあ事実ではある。

「私はそんな女がいるはずはない。都市伝説の類いだと思いこんでいたんですけど、今日実際に麻世さんを見て、納得したというか何というか」

美雪はまだ麻世の顔を見ながら、

「もし、いたとしてもプロレスラー並の体格をした大女だと思ってたんですけど、それがこんなに綺麗というか可愛いというか。正直驚きました……」

大きな吐息をもらした。

「麻世、お前大変なことになってるぞ。鬼のような女で、男を一撃で殺す女だということらしいぞ」

麟太郎がこれも吐息をもらしながら口にすると「えへっ」と麻世が嬉しそうに笑った。容姿のことを誉められても喜ばないが、この手の話だと素直に喜ぶ。まだまだこいつは修行が足らん。麟太郎はつくづくそう思ってまた吐息をもらす。

「麻世さんは、やぶさか先生の？」

美雪の率直な問いかけに、

「こいつは親戚筋の預かりもののひねくれ者で、何とかおとなしくさせて真っ当な道を歩かせようと、厳しく躾《しつけ》をしている最中です」

麟太郎は厳かに答える。

「それから、美雪さん」

情けなさそうな顔を美雪に向けて、

「その、やぶさか先生というのはやめて、せめて大先生と呼んでくれると有難いんだけどよ」

麟太郎は呟くようにいう。

「あっ、大先生ですか。いいですよ、そんなことは。はい、大先生ですね。そんなことより、おでんを食べてください。どんどん食べてくださいよ」

さらっといってのけた。

「ところで、先刻きた乱暴な男なんだが、あれは本当に美雪さんの？」

「はい。恥ずかしながらといっても、私もかつてはそっち側の人間でしたから立派なことはいえませんけど、確かにあいつは西島吾郎《ごろう》といって私の亭主です。私の使っている篠崎というのは旧姓で戸籍の上では西島美雪です。年は私と同い年の三十三歳、お互い半グレをやっていて、あいつは結局ヤクザの世界に入ってしまい、私はその女房……」

と、美雪は自分のおいたちを話し出した。

美雪の生まれは向島《むこうじま》だという。

父親は美雪が物心がつくころに脳出血で亡くなり、残された母親の加津子《かつこ》が家業である小さなおでん屋を引き継いだ。

しかし加津子の性格は頑固で無愛想。とても客商売には向いておらず、客は激減した。

誰かがそのことを注意しても、

「うちは味で勝負している店。愛想で売っている店じゃない」

といって加津子は聞く耳を持たなかった。

客が減った分だけ家計は苦しくなり、加津子と一人娘の美雪は苦しい生活を送っていた。それでも加津子の愛想の悪さは変らず、

「貧乏でも、何とか食っていければいいじゃないか」

と自分の生き方を押し通したが、美雪には苛めがついて回った。

家は貧乏だったが、美雪は小さなころから整った顔で美しかった。これが災いして美雪は女子たちから苛めのターゲットにされた。誰も口をきいてくれない、物を隠される、理由もないのに小突き回される……女子の苛めは陰湿だった。

「化粧をしてやるといって、しょっちゅう黒板ふきで顔をはたかれていました」

美雪はぽそっといい、

「それに私は頭が悪かったから、いい返すこともできなくて、ただ耐えるだけ」

当時を思い出したのか、声が湿ったものになった。隣を窺うと、同じような境遇で育ってきた麻世が盛んにうなずいているのがわかった。

そんな状況が小中学校の間ずっとつづき、美雪は中学校を卒業したとき、ささいなことから母親の加津子と大喧嘩をして家を飛び出した。そのとき加津子が口走った、

「二度と、この家の敷居はまたがせない」

という言葉は今でも胸に突き刺さっていると美雪はいった。

「それからは、あっちの盛り場、こっちの盛り場と遊び回り、気がついたら池袋の半グレ集団のなかにいました。そしてそこに西島もいたんです。西島はそのとき、そのグループの副総長でした。それから私は西島と……」

いい仲になって二人は一緒になった。

西島は九州福岡の生まれで境遇が美雪とよく似ていた。母親が早くに亡くなり、父親は後妻をもらって西島はその女性に育てられたのだが、父親との間に子供が生まれてから状況が一変した。小学校二年のときだった。後妻は西島を邪魔者扱いし出し、徹底的にいびりにかけた。その結果西島も中学を卒業後、家を飛び出して東京にきた……。

似た者同士の二人が一緒になって一年ほど後、半グレグループに内紛がおこって解散。

西島はその地域のヤクザの組に入り、美雪はその妻に納まった。美雪と西島がちょうど二十歳になったときのことだった。

ヤクザ組織に入ったものの、西島は鳴かず飛ばずの有様で梲《うだつ》は上がらなかった。

「西島も頭が悪かったですから。暴対法ができてからヤクザのシノギは、切った張ったから頭を使ってのものに大きく変ってしまいました。喧嘩の強さだけが取柄の西島に出る幕はなく、いつまでたっても三下《さんした》扱い。そんなもやもやがたまりにたまって、ある日同じ傘下の暴力団組員と喧嘩になり、互いに刃物を持ち出して双方とも腹を刺されて病院送り。その後裁判になり、殺人未遂で懲役九年の実刑判決を受け、府中刑務所に送られました。そのとき私は、ようやく気がついたんです」

美雪はここでぷつんと言葉を切り、

「莫迦は一人で沢山。私と西島、二人の莫迦が一緒にいたら、どんどん深みにはまって抜き差しならないことになる。そうなる前に西島と別れようと」

大きな吐息をもらした。

「ちょうど西島が刑務所に送られたころ、私は妊娠していることがわかって……」

細い声で美雪はいった。

「なるほど、そういうことか。そして生まれたのが美代ちゃん——ということは西島は美代ちゃんのことは」

麟太郎は身を乗り出した。

「知りません。とにかく私は西島が出所する前に、どこかに逃げようと思っていましたから。どこかで美代子と二人だけで、ひっそりと暮していこうと思って」

「それを西島に見つけられて、さっきの騒動になった。ところで」

麟太郎は語気を強める。

「その美代ちゃんだが、騒動が始まるころから姿が見えないんだが、どこかへ逃がしたということなのかな」

気になっていたことを訊いた。

「ああ、あれは逃がしたんじゃなくて帰らせたんです。ここで屋台を開いてから、美代子の手伝いは六時から八時までと決めていましたから、西島がくる少し前にアパートに帰らせました。アパートはすぐそこですから」

思いがけないことを美雪は口にした。八重子や元子が「六時頃から十一時頃まで働かされている」といっていたのは勘違いだった。

「そういうことか。だから修行なのか。つまり美雪さんは美代ちゃんに、わざと辛い仕事をさせて。そういうことなのか」

ようやく麟太郎は納得した。虐待ではなく修行だといった美雪の言葉の意味を。

「何だよ二人で勝手に納得して。わざと辛い仕事って、どういうことだよ。訳がわからないよ」

麻世が唇を尖らせた。

「美雪さんは、美代ちゃんに強くなってほしいと願ってるんだ。どんなことにも負けない強さを身につけてほしいと思ってるんだ。つまり」

といったところで美雪が口を開いた。

「美代子の父親は前科者のヤクザ、母親は半グレあがり。おまけに母娘二人だけの貧乏暮し。これでは苛めてくれといっているようなもの。それはそれで仕方がないことだけど、美代子には苛めを耐えるだけでなく、それに立ち向かってほしいと思って」

一気に美雪はいった。

「ああ、それで、冷たいバケツのなかの水で食器を洗わせたりして……」

麻世にもやっと、わかったようだ。

「でも美代子だけに辛い思いをさせてる訳ではありません。私にも美代子と同じ辛さを課しています。おでんの仕込みはもちろん、掃除洗濯や炊事など、私と美代子は常に一緒に動いています。一心同体で生きています。もちろん、そんなことがいつまで通用するのかはわかりませんが、今は二人で一緒に苦労しようと、二人一緒に辛さを分かちあおうと。そんなつもりで生きています。美代子には申しわけないけど、腑甲斐《ふがい》ない母親が考えられるのは、そんなことぐらいですから」

美雪はちゅんと洟をすすった。

目頭が潤んでいるようにも見えた。

「それで、美代ちゃんに対する苛めのほうは」

肝心なことを麟太郎は訊いた。

「今のところ、ないようです。親馬鹿かもしれませんが、あの子は私たちとは違って頭がいいようですし」

ほんの少し美雪は胸を張った。

「確かにあの子は、頭が良さそうだ。それに素直で我慢強い。大したもんだ」

思わず口にする麟太郎に、

「ありがとうございます。とても嬉しいです。本当にありがとうございます」

いかにも嬉しそうに美雪はいった。

「でも、この先、私たちのこれまでが周りにわかると……」

沈んだ声を出した。

「大丈夫だ。あの子なら大丈夫だ。それにもしそういうことになったら、俺たちも全面的に力を貸すつもりだからよ。なあ、麻世、そういうことだよな」

隣の麻世に同意を求めると、

「もちろんだよ。相手が校長だろうと大金持ちだろうとヤクザだろうと、きちんとシメてやるから大丈夫だよ」

　相変らずの意見が飛び出した。

「あのなあ、そういうことじゃなくてだな」

　思わず叱りつける麟太郎の言葉にかぶせるように、

「凄いなあ、麻世さんは、本当に凄い。あの、大先生」

　と美雪が改まった声をあげた。

「あの、私、診療所に行きますから。明日は無理ですけど、明後日の午前中に必ず大先生のところに行って診てもらいますから」

　叫ぶようにいった。

「それは有難いな。しかし、明日は無理だというのはどうしてなのかな」

「明日は店を開くとお客さんにいってしまいましたし。今日のようなことがあって、はたしてお客さんがきてくれるものなのか、気にかかりますし。それに」

　美雪は少しいい淀んでから、

「明日また、西島がやってくるんじゃないかと。確証は何もありませんけど、そんな気がしてならなくて——だから、そうしたもの全部を片づけて、大先生のところに行こうかと」

　西島の名前を口にした。

「なるほど、わかった。で、美雪さんは、もし西島がきたら、どう対応するつもりなんだろう」

真直ぐ美雪の顔を見た。

「別れようと、はっきりいうつもりです。それが、私にも美代子にも西島にとっても、いちばんいいんじゃないかと思うので」

きっぱりした口調だった。

「それはいい。それなら麻世、明日の晩も夕飯はここのおでんだ。西島がくるかもしれんというなら、俺たちもな」

「わかった。私は料理が苦手だから、そういう話は大歓迎だよ」

麻世の言葉が終らぬうちに、

「ありがとうございます。本当にありがとうございます」

膝に頭がつくほど美雪は頭を下げた。

それから一時間ほどあとに麟太郎と麻世は家に帰ったのだが……麻世のいった通り、テーブルの上には潤一からのメモがきっちり残されていた。そこには、

『帰る！』

と書いてあった。

「先日は『帰るから』で今日は『帰る』って、いったいおじさんは何がいいたいんだろ

うね。相当怒っているようにも感じるし」

「知らん。あいつのやることは、わからん」

　麻世の言葉にうんざりした調子で麟太郎は答え、大きすぎるほどの溜息をついた。

　麟太郎と麻世が美雪の屋台を訪れたのは、六時ちょっと過ぎ。いつもなら客が入っているはずだが今日は誰もいなかった。

「昨日のことが響いたのかな」

　正面の縁台に座り、こう切り出すと、

「そうでしょうね。噂が飛んでるんでしょうね。でも仕方ないですね。ここはじっくり我慢して、お客さんが戻ってくるのを待つより他はないです」

　淋しそうに美雪はいった。

「おじさん、お姉ちゃん、こんばんは」

　すぐ横で可愛い声が聞こえた。

　美代子だ。大きな目が麟太郎を見ていた。

「こんばんは、美代ちゃん。今日も寒いけど、お母さんの手伝いを、ちゃんとしてくれてるのかな」

　優しく声をかけると、

「美代子、平気だよ。全然寒くないよ」

真っ白な息を吐きながら美代子がいった。

「そうか。美代ちゃんは平気か。じゃあ、平気な美代ちゃんに、おじさんはひとつ訊きたいことがあるんだけど」

麟太郎は真直ぐ美代子の顔を見て、

「美代ちゃんは、お母さんが好きかな」

大胆なことを口にした。

屋台の奥の美雪が、こちらに視線を向けるのがわかった。

「大好きだよ。お母さんはいつでも美代子の味方だし、強いけど優しいし、いつも美代子を抱きしめて一緒に泣いてくれるし」

顔中で笑いながらいった。

とたんに麟太郎の胸が熱くなった。思わず美代子の頭をなでた。美雪の両目も潤んでいるように見えた。

そんな様子にちょっと戸惑ったのか、

「わたし、水くんでくる」

叫ぶようにいって美代子はその場を離れていった。そのとき「あっ」と麻世が声をあげて通りのほうを指さした。

誰かが歩いてくる。あれは西島だ。西島が屋台に向かってゆっくり歩いてきた。美雪の顔に緊張が走るのがわかった。

西島が縁台の前に立った。

「ここ、座ってもいいですか」

頭を下げていった。

昨日とは大分様子が違った。

「暴れねえのなら、いいよ」

麟太郎が、ぶっきらぼうにいうと、

「暴れません。昨日は、すみませんでした」

驚いたことに西島は謝りの言葉を出した。

美雪が、ぱかっと口を開けた。

「どうしたんだ、お前さん。何がどうしてそんなに殊勝になったんだ」

「昨夜、そこの姉さんにあっさり腕相撲で負けて、何かが抜け落ちたというか、突っ張っているのが莫迦らしくなったというか、何というか」

意外なことを西島はいった。

「ほう、それは、いいことに違いないが」

いいながら美雪のほうを見ると、凝視するように西島を見ている。

「で、今夜はそこの、ボッケン麻世の姉さんにひとつ訊《たず》ねてえことが」

麟太郎の向こうに座っている、麻世に向かって軽く頭を下げた。

「腕相撲じゃなく、もし姉さんと本気で命のやりとりをしたら、どんなことになったか。それが知りてえと思って」

とんでもないことを口にした。

「そんなこと、簡単だよ」

すぐに麻世が反応した。

「もし、私とあんたが本気で命のやりとりをしたら。そして、もしこれを、私が使ったとしたら」

麻世は上衣の内ポケットに手を入れ、特殊警棒を取り出して、ひと振りした。がちゃりという音と共に警棒が伸びた。

「あんたは三分以内に頭蓋を砕かれて、あの世にいってるよ」

物騒なことを麻世は、さらりといった。

「よくわかりました。上には上があるってことが身にしみてわかりました。俺、ヤクザやめることにします」

びっくりするようなことを、口にした。

「えっ！」

美雪が悲鳴のような声をあげた。

「こんな世の中になって、のしあがっていくのは頭のいい経済ヤクザだけ。それでも腕っぷしだけはと勝手に自負していましたが、それも今の姉さんの言葉で粉々になりました。だからヤクザをやる必要もなくなりました」

「そうだよ。それでいいんだよ。おじさんはヤクザ向きじゃなかったんだよ。ヤクザをやる必要はまったくないよ」

麻世と西島の間では会話が成りたっているようだが、麟太郎にはさっぱりわからない。美雪のほうを見ると、これも盛んにうなずいている。どうやら自分だけが取り残されているようだが、何はともあれヤクザをやめるのはいいことだ。

「やめて、どうするんだ、あんたは」

こんなことしか麟太郎にはいえない。

「やめて働きます。どっかで仕事を見つけて、何とか働かせてもらうつもりです。地べたを這いずり回るつもりです」

きっぱりと西島はいった。

「だけどよ。ヤクザをやめるって簡単にいうが、向こうはすんなりやめさせてくれるのか。俺は職業柄、ヤクザと警察にはけっこう顔が利くから何なら」

と麟太郎がいったところで、

「いえ、どうせ俺は組の厄介者ですから。小指飛《エンコ》ばすまでもなく、やめられるはずです。いえ、やめてみせます。そして、できれば」

西島は美雪の顔を見た。

「できれば俺と、もう一度やり直してほしい。一緒に暮してほしい」

耳にしたとたん、美雪の顔が怒気に染まった。

「何、ふざけたことをいってんだよ、今頃。てめえのおかげで、こっちはどれだけ苦労したか。わかってるのかよ、クソ野郎がよ——ヤクザをやめて働くだと、地べたを這いずり回るつもりだと。そんなことは実際に地べたを這いずり回って働き始めてから、いえ。口だけなら、何とでもいえるだろうがよ、クソ野郎が」

感情むき出しの言葉が飛んだ。

「美雪、俺は本当にヤクザをやめて、歯を食いしばって働こうと、本当に」

疳高い声で西島は叫んだ。

「ワルだった者が、ちゃんとした仕事を得て、ちゃんと働くことがどれほど難しいか。大きな口を叩くなら、それをちゃんと自分の体で証明してから物をいえ。私たち親子が今まで、どれだけ地べたを這いずり回ったか、どれだけ泣きながら眠った夜があったか。てめえのような能天気にゃ、わからねえだろ」

美雪は肩で大きく息をした。

「親子って、美雪。おめえ、俺の子を産んだのか。ムショに入ってから産まれたのか」

西島が怒鳴った。

「てめえの子じゃねえよ。美代子は私だけの子だよ。今頃、父親面されてたまるか。父親面がしたけりゃ、まっとうな人間に戻ってからにしやがれ、クソ野郎が。とっとと、帰れ」

吐きすてた。

そのとき、両手でバケツを持った美代子が、よろよろと戻ってきた。

「美代子……」

嗄《しゃが》れた声を出して西島が立ちあがった。

歩いてくる美代子に駆け寄った。

「美代子なのか」

喉につまった声でいった。

「うん、美代子だよ」

西島をじっと見つめた。

西島が両手で顔をおおった。

泣き出した。

美代子の前にしゃがみこんだ。

抱きしめようとするように、西島は両手を伸ばした。が、両手は途中で止まった。のろのろと立ちあがり、両肩を落して歩き出した。何度も後ろを振り返りながら、西島は凍てついた闇のなかに消えた。

時計は五時半を指していた。

そろそろ、電話があってもいいころだ。

麟太郎は診察を終えた待合室のなかを、うろうろと歩き回る。

「じいさん、少しは落ちつけよ」

麻世が声をかける。

「そうですよ。大丈夫ですよ。いい知らせがきっと入りますよ」

八重子が落ちついた調子でいう。

「そりゃあ、そうだと思うが、それにしたって連絡が遅すぎる。いったいあいつは、何をしているんだ」

あいつとは大学病院に勤めている潤一のことで、麟太郎はその潤一からの電話を待っているのだ。

今日の午前。

美雪は約束通り、一番で診療所にやってきた。早速診察室のイスに座らせ、できる限り優しく声をかける。

「昨夜は思いがけないことになったが、美雪さんは、あれでよかったのか。一緒に暮すという手も、あったと思うが」

気になっていたことを訊くと、

「もし本当に、あいつが地べたを這いずり回って改心するのなら、また戻ってくるでしょうし、そうでなければ、あれっきりになるでしょうし」

淡々とした口調で美雪は答えた。

「美雪さんは、どちらがいいと思ってるんだろうか」

「私は……」

美雪はちょっといい淀んでから、

「私、一度も、あいつに殴られたことなかったんです。飲んだくれて暴れたときも、何かにむかついて、あいつに殴りかかったときも――」

別の話をし出した。

「どんなときにも、あいつは一度も私に手をあげたことはありませんでした。それがあの夜、平手打ちをくらって。私はあの夜、初めてあいつに殴られたんです。最初の一発です」

「それなら、なぜ西島はその夜、美雪さんを殴ったのかな」

麟太郎が素直な疑問を口にすると、

「さあ、なぜでしょうね」

ほんの少し、美雪は笑みを浮べたように見えた。

そのとき麟太郎の脳裏に何の脈絡もなく、例の潤一の書いたメモが浮びあがった。理由はわからなかったが。

「何にしても」

ぽつりと美雪が口を開いた。

「頭が悪くて、喧嘩早くて、意気がるだけの人でしたけど。あの人……性根のほうはそれほど腐ってなかったと思います」

西島の呼び方が、あの人に変っていた。

明るい顔だった。

「それより大先生、もし私が手術とか入院とかということになったら」

美雪はすがるような目を麟太郎に向け、

「その間、美代子を預かっていただけませんか。虫のいい頼みだとはわかっていますが、今頼ることができるのは大先生しかいませんので」

大きすぎるほどの目で、じっと麟太郎を見つめた。やっぱり美雪は綺麗だった。

「そりゃあまあ、いいけどよ。うちには麻世もいることだしよ」

こんな言葉が口から出た。

麻世に、いきなり腕相撲を挑まれたときの西島の気持が、わかるような気がした。

「けどよ、実のお母さんは……」

むにゃむにゃと口にすると、

「母親はいずれ訪ねるつもりでいますけど、今はまだ。もう少し生活が安定したら訪ねてみようと思っています」

伏目がちになって美雪はいった。

「あっ、なるほど、そういうことだよな。それなら仕方がねえというか何というか」

上ずった声をあげると、傍らの八重子がごほんとひとつ空咳《からせき》をした。

「まあ、それはそういうことで、早速美雪さんを診てみようかの——で、美雪さん自身はどこが悪いと思ってるんだ」

身を乗り出すようにして訊く。

「乳癌《にゆうがん》じゃないかと」

とたんに麟太郎の顔が引きしまる。いつもの医者の顔だ。

「気になったのは一年ほど前。乳頭から何か褐色の汁のようなものが出て、痛みのほうも時々鈍痛のようなものが。それにしこりのようなものも」

はっきりした口調で美雪はいう。

「鈍痛と、しこりって、美雪さん。とにかく上の物を脱いで。そんなことなら、なんで早く病院へ。手遅れだったら、いったい」

怒鳴るようにいうと、八重子が美雪の後ろに回って衣服を脱ぐのを手伝う。

上半身裸の体が目の前にあった。

「これは……」

麟太郎も八重子も絶句した。

美雪の左肩に花が咲いていた。

菊の花が三輪ほど。

それが極彩色で描かれていた。そのうち、一輪の菊は美雪が痛みを訴えている左の乳房の上にかかっていた。

入れ墨だった。

みごとな菊の花が、美雪の左の背中から肩口、乳房にかけて入れられていた。このためだ。美雪が病院に行くのをためらったのは。これを見られたくなかったのだ。

「若気の至りです。あの人と一緒になるとき、私は左肩から乳房にかけて菊の花。あの人は右の背中から肩口、胸にかけて昇り竜。こんなものを入れて意気がっていました。大莫迦です」

恥ずかしそうに美雪はいった。

「ちょうど抱きあうと、あの人の竜の爪が私の菊の花をつかむように……」

細い声で美雪はいい、

「でも、今となったらこんなものは恥ずかしくて、なかなか病院へは。先日の話でここには元ヤンキーの麻世さんもいますし、それで」

首を垂れた。

そういうことだったのだ。これは九州福岡出身の作家、火野葦平《ひのあしへい》の『花と竜』に登場する、玉井金五郎《たまいきんごろう》の背中に彫られた絵柄だ。

「玉井金五郎を、真似たのか」

ぼそっというと、

「あの人の名前が吾郎で、出身は福岡――だからあの人、『花と竜』にかぶれてしまって」

美雪が体を縮めるようにしていった。菊の花がしぼんで、妙なリアリティを感じさせた。

「わかった。とにかく診よう」

麟太郎は左手で乳房を支え、右手で揉《も》むようにしてしこりを探す。あった。小さくはない。大体直径が二・五センチほど。まず間違いなく乳癌だ。

「美雪さん、服を着てください。これから救急車を呼びますので、それに乗ってうちの倅《せがれ》のいる大学病院へ行って精密検査を受けてください」

命令口調でいった。

美雪の顔がすうっと青くなる。

「そんなに悪いんですか、私の体」

気丈な性格でも怖いものは、やはり怖い。

「乳癌に間違いないと思われますが、どの程度なのかは詳しく検査してみないとわかりません。それをすぐにやりましょう」

麟太郎は一気にいってから、

「大丈夫ですよ。入れ墨のことはちゃんと倅にも説明しておきますから。何ら恥じることなく検査に臨んでください」

こうして麟太郎は美雪を送り出し、みんなで結果を待っているのだ。

電話がかかってきたのは、このすぐ後だった。

「悪い、親父。遅くなって。今日は手術がたてこんでいて、このあともすぐにオペ室に戻って、準備にかからなければならない。だから結論だけを短くいう」

潤一は早口でいい、

「生検の結果は、直径二・五センチの浸潤癌。ステージは三……ちょっと進んでいるけど手術は充分可能で、俺の診立てでは、まず大丈夫だと思う。手術は温存ではなく切除だ。これは美雪さんから了解をとった」

麟太郎の肩が幾分軽くなる。

「手術は大丈夫だろうが、予後はどうだ」

「予後は何ともいえない。これはステージ二だろうが三だろうが同じことは親父もよく知ってるだろう。定期的に検査をすれば大事にはならないと思うが」

落ちついた声で潤一はいった。

「乳房の再建はどうだ。美雪さんは何といってる」

「再建は無用だそうだ。乳房にかかる菊の入れ墨はなくなるかもしれないが、それはそれでいいと美雪さんはいっていた。元半グレだけあって、なかなか潔い女性のようだ」

といって潤一は、ふっと黙りこんだ。元半グレの言葉で麻世の顔が胸をよぎったのかもしれない。

「とにかく、今はひと安心ということか。いや、ほっとした」

「そういうことだな。じゃあ、もう切るから」

という声をあげる潤一に、

「待て。お前にひとつ訊きたいことがある。お前は今まで夕食をすっぽかされて、妙なメモを残してきたが、もし今度すっぽかされたら何と書くつもりだ」

どさくさまぎれに、潤一のいちばん嫌がることを口にした。

「それは親父……帰るから、帰るとつづいたんだから、今度は、帰りますに決まっているだろう」

電話はぷつんと切れた。

思わず、おかしさが湧いてきて麟太郎は顔中に笑みを浮べた。

「どうした、じいさん」

怪訝そうな声で、麻世が訊いてきた。

第五章　珍商売始末

漂ってくるのは、カレーの匂いだ。
台所に立っている麻世は、何かいいことでもあったのか今日はすこぶる機嫌がいい。鼻歌まじりで夕食をつくっている。口ずさんでいるのは麟太郎の十八番《おはこ》でもある、高倉健の『唐獅子牡丹《からじしぼたん》』である。

おぼろ月でも　隅田の水に
昔ながらの　濁らぬ光
やがて夜明けの　来るそれまでは
意地でささえる　夢ひとつ……

少し調子っぱずれではあるが、まあまあ無難に歌っている。
「何かいいことがあったようなかんじだけど、何があったんだろうな、親父」

テーブルの前に座る潤一がいう。

「麻世の頭ん中は予測不能だからな。俺には丸っきり見当もつかねえ。案外、何にもないかもしれねえしな」

麟太郎は白髪頭を左右に振る。

「まあ、いずれにしてもカレーなら、まずくつくるほうが難しいくらいの料理だから、今日は何とかまともな飯が食えそうで、ほっとするよ」

嬉しそうに顔を綻ばせる潤一に、

「お前は、まだ甘い。カレーには二種類あるってことを忘れるなよ。カレーライスとカレー焼きそば――どちらが出てくるのかは、まだ、わからねえ」

諭すように麟太郎はいう。

「そうか、カレー焼きそばという手があったか。あれには以前、酷い目にあってるからな。今の麻世ちゃんの腕では、ぐちゃぐちゃのオジヤのようになってしまうのがオチで、とても食べられた代物には。あれだけはちょっと……」

情けない声でいう潤一に、

「それはともかくとして、今日、治《おさむ》がまたやってきた」

ぼそっと麟太郎は口にする。

「治って、あの飯野《いいの》治か。裏通りの村橋《むらはし》鉄工所に勤めている旋盤工見習いの――となると、また喧嘩でもやらかして」

「その通りだ。眉毛の上を割っていて四針縫った。殴打されれば簡単に裂ける箇所ではあるが、傷口があまりにも鮮やかすぎる。あれはひょっとしたら」

麟太郎は言葉を切った。

「刃物傷か。ナイフか何かの刃で擦《かす》られた？」

身を乗り出して潤一がいう。

「ひょっとしたらな」

溜息と同時に麟太郎は声を出し、

「お前が診たのは、あれは三カ月ほど前だったかな」

確かめるように訊いた。

「そうだな、それくらいだ。ちょうどここに手伝いにきているとき、酔って転んだといって治君がきて。ただ、あのときは頬骨の上の単純な擦過傷だったから、それほど気には留めなかったけど。本人は大袈裟《おおげさ》に痛い痛いと騒いでいたから、いちおう二週間の診断書を書いたが。あれで一日、二日は仕事を休んで、けっこう楽をしたんじゃないのかな」

潤一は呆れ顔でいってから、

「それで親父は、刃物の件を治君には質してみたのか」

念を押すようにいった。

治がやってきたのは、今日の昼すぎ。

「すみません、大先生。酔っぱらって転んだら、また、こんなことになってしまいました。莫迦ですねえ俺は、本当に」

頭をぺこぺこ下げながら、治は麟太郎にこういった。

麟太郎は一通り傷口を丁寧に診てから縫合をすませ、

「喧嘩か、治」

睨むような目で治を見た。

「違いますよ、大先生。酔っぱらって、ふらふら歩いていたら何かにけつまずいて、どっかに顔をぶつけて、それでこんな羽目に」

治は転んだの一点張りで譲らなかった。

それならそれで追及はよそうと麟太郎が思ったのは、警察沙汰になれば治自身が困ることになる、そう考えた結果だった。それに、あるいは治のいう通り、転倒したさいの傷ということも考えられないことはなかった。

「すみません。莫迦なことばっかりやって、迷惑かけて」

泣き笑いの表情を浮べて、治は思いきり頭を下げた。治には妙に人懐こいところがあったし、人の気持を和ませる愛敬《あいきょう》のようなものもあった。

「それならそれでいいが、今回も診断書が欲しいのか。二週間でいいのか」

と、やや優しい声でいってやると、

「できれば三週間で……頭を打ったのか、ちょっと目眩《めまい》のようなものもしてますし」

頭を掻きながら、また泣き笑いの表情を見せた。

「目眩がするのか。それはひょっとしたら、大事かもしれんな。それならいっそ、MRIにでも入って検査してみるか」

冗談まじりにいうと、

「いえ、そんな小難しい名前の検査はいりませんので、何か薬のようなものをちょこちょこっといただければ、それで」

やけに真面目な表情で訴えた。

「それなら特別な薬を出してやろう。トラベルミンといって、これは目眩の特効薬ともいえるものだ」

「はい、ありがとうございます」

とたんに表情が、ぱっと明るくなった。

「抜糸は五日後だ、もう帰れ。それから、親方によろしくな」

そういって送り出すと治は何度も頭を下げながら「八重子さんも、ありがとうございました」と看護師の八重子にも礼をいって診察室を出ていった。

「親父、トラベルミンといったら――」

話を聞き終えた潤一が素頓狂な声をあげた。

「単なる酔い止めの薬に違いないが、三半規管に効くことは確かだから。治にはこれで充分だろうと思ってよ」

苦笑しながらいう麟太郎に、

「これで治君は、三、四日は楽ができるということですか」

呆れ顔で潤一はいった。

「まあ、治は一種の問題児でもあるし。村橋さんも、これぐらいなら大目に見てくれるだろうと思ってよ」

村橋とは治が勤める鉄工所の親方で、麟太郎とは古くからの顔馴染みであり飲み友達でもあった。

「夕食、できたよ」

そんなところへ麻世が、料理をトレイにのせて運んできた。テーブルに置かれた皿を見て「おおっ」と潤一が歓声をあげた。カレーライスだった。皿の脇には、ちゃんと福神漬までのっている。

「うまそうだな。これなら麻世ちゃんは、立派なお嫁さんになれること間違いなしだ」

また余計な一言をいって、潤一は麻世にじろりと睨まれた。

夕食が始まった。

「麻世ちゃんは今日、えらく機嫌よさそうに料理をしてたけど、何かいいことでもあったのかな」

恐る恐るといったかんじで、潤一が訊いた。

とたんに麻世の顔が綻んだ。

「あったよ」

はっきりした声でいって、顔中で笑った。

麻世には珍しく、溢《あふ》れんばかりの笑顔だ。

「今日、林田道場に行って米倉さんと打撃技の乱取りをやったんだけど、ようやく蹴りで一本取った。みごとに決まった」

身を乗り出していた潤一は麻世の言葉に、両肩をがくっと落す。米倉とは麻世の通う林田道場で一番強いという男であり、密かに潤一がライバル視している存在でもある。

「米倉さんの、上段への左右の突きをかいくぐって左に抜けたとき、思いきって右の蹴りを放ったら、それが水月《すいげつ》に、まともに入った」

今度は麻世が身を乗り出した。

「水月に決まったって。それならその、米倉さんという人は、ただでは……」

心配そうな表情で麟太郎が麻世を見る。

「大丈夫だよ。打撃技の乱取りのときは、互いに革製のグラブを拳につけ、体には剣道の胴をつけるから」

「それで殴り合いをやるのか、それじゃあまるで喧嘩だな」

吐息まじりに麟太郎がいうと、

「喧嘩じゃなくて、命のやりとり。柳剛流はスポーツじゃなく武術だから」

何でもないことのように麻世はいう。そして、

「そのとき米倉さんはたまたま分厚い、グラスファイバー製の硬い胴をしてたんだけど、それが衝撃で……割れた。ものすごく、いい音だった」

目を輝かせて後をつづけた。

「グラス製の胴が割れたってことは、もし胴をしてなかったとしたら」

潤一が掠れた声を出した。

「多分、内臓破裂で、即死――」

さすがに低い声で麻世は答えた。

「そういうところで、麻世ちゃんは稽古をしてるんだ」

潤一は独り言のようにいってから、

「その林田道場での稽古の見学というようなことは、できるんだろうか。行っても追い出されてしまうんだろうか」

思いつめたような顔を、麻世に向けた。

「見学は自由だよ。道場内に入ったら靴下を脱いで、正面の神棚に一礼。それさえすれば誰も何にもいわないよ……ひょっとしておじさん、入門するつもりなのか。軟弱さを克服するために」

能天気なことを麻世はいった。

「いや、そういうことではなくて後学のためというか、知的好奇心というか。まあ、そんなところで他意はないよ——とにかく一度見学に行こうと思っているから、そのときはよろしく、麻世ちゃん」

軽く頭を下げる潤一に、

「やっぱりおじさんは、理屈っぽいね。それじゃあ毎日、疲れるんじゃないの」

素気なく麻世はいって、カレーを口に運び出した。

食事が終って麻世が台所に立った隙に、

「おい、大丈夫か。顔色が相当悪いように見えるが」

麟太郎は潤一に声をかける。

「大丈夫だよ。胴が割れたっていう話にちょっと驚いただけで……とにかく一度道場を覗いてみるよ。どんな様子なのか、この目で確かめてみるよ」

こういって潤一は、大学病院のほうへ戻っていった。

その夜『田園』に顔を出すと、奥の席に村橋鉄工所の親方がきていて一人でビールを飲んでいた。いつもは章介が座っている場所だ。

「おおい、麟太郎」

すぐに野太い声を村橋は出し、太い腕をひらひらさせて麟太郎を呼んだ。

村橋は小中学校を通して麟太郎の先輩であり、ごつい体には似合わず、この地区の民生委員をやっていた。

「駆けつけ三杯とはいわんが、まあ、飲め」

前の席に座ると自分のコップにビールを注《つ》いで差し出した。

「こりゃあ、どうも」

と麟太郎はそれを一気に飲む。

「知った顔もいねえし、そろそろ帰ろうかと思っていたら、ちょうどおめえがきた。ちょっとだけつきあえ」

といったところで夏希がやってきて、麟太郎の前にビールとコップと、お通しを置いた。

「いらっしゃい、大先生。ビールでよかったですよね。それにしてもお見限りで、いったいどこで浮気してたんですか」

睨むような目つきでいう夏希に、

「おいおい、ママ。俺は昨日の夜も、ここにきてるぜ」

呆れたように麟太郎はいう。

「あら、そうでしたか——近頃けっこうお客さんが多くて何が何やら。なら、またあとで」

そそくさと、その場を離れていった。

「あの調子だからよ、一人じゃなかなか間がもたねえ。しかし、近頃ここは、本当によくはやるようになったよな」

村橋の言葉通り、カウンター席もテーブル席もほとんど埋まっていて、店のなか全体が騒《ざわ》ついている。

「一時は閑古鳥が鳴いているようなときもあったが、わからねえもんだ」

しみじみという村橋に、

「なんで、こんなに客が入るようになったのかな」

呟くように麟太郎はいう。

「ママの色気が増したのか……いや違うな、風だな。風が、この店に吹いてるってことだな。要するに、いいときもあれば、悪いときもあるってことだろうな」

大きくうなずく村橋のコップに、麟太郎はビールを注ぐ。

「村橋鉄工所は、どんな塩梅ですか。風は吹いてるんですかね」

「吹いてねえな。できるなら一人、二人は首を切りてえほどだが、俺の気性からいって
そうはいかねえ。いざとなったら、みんなで玉砕。それまでに風が吹けばいいがよ」

淋しそうに村橋はいった。

「もし、首を切るとしたら、最初の候補は治、そういうことになるんですかね」

思いきったことを訊いてみた。

「治か……あいつは仕事の覚えは悪いが人は好い。あんな境遇で育ってきたのに、妙に明るいしな。そんな野郎の首は切れねえよ。というより、今もいったように、俺は誰の首も切るつもりはねえからよ」

村橋は一気にビールを飲みほした。

飯野治は八王子にある、小さな児童養護施設の出身だった。

両親は治が小学二年のときに離婚。両方とも無責任そのものの親で、一人息子だった治を引き取る気持などはまったくなく、そのまま養護施設に送りこんだ。

治は児童数、十人ほどのこの養護施設から学校に通い、中学卒業後は自動車の修理工場に就職したものの長つづきはせず、その後は職を転々としてこの町に流れてきた。

村橋が治と知り合ったのは、治がスーパーで九十八円の餡《あん》パン一個を万引きして捕まり、警察に引き渡されたのがきっかけだった。民生委員だった村橋は警察から相談を受

け、治を家に連れて帰った。「三日間、水しか飲んでいない」と治は大声で泣きながら村橋にいった。

治は当時無職の二十歳。村橋は、どこからも引取り手のない治を自分の工場で使うことにした。それしか術はなかった。曲りなりにも、何とか普通の生活をさせてやりたい。村橋の本音だった——そのときのいきさつは、この辺りの地域医だった麟太郎も村橋から聞いてよく知っていた。あれから二年が経《た》っていた。

「あいつは物覚えも悪いし頭も悪いけど、仕事を途中で放り出すことはしねえ。自分で納得するまで食らいつく。そのへんの気持の入れようは凄いと俺は思ってるよ」

コップをとんと置いて村橋がいった。

が、その言葉に麟太郎は、ほんの少し違和感を覚えた。そんな男が怪我《けが》を理由に仕事を休もうとするものなのか。どう考えても妙だった。麟太郎は例の顔の傷と診断書の件を村橋に正直に話してみた。

「転んで怪我をしたという話はちらっと聞いたが——治の野郎は今日もちゃんと仕事に出ていたし、診断書を俺に見せるなんてこともなかったぜ」

意外な言葉が返ってきた。

「それなら三カ月ほど前はどうだろう。そのときも顔に傷をつくってきて診断書を持っていったが」

「あいつが今まで仕事を休んだことは、一日たりともねえ。少々体の調子が悪くても、工場のほうには必ず出てくる。あいつは、そういうやつなんだ。落ちこぼれは落ちこぼれなりに、自分の筋目だけはちゃんと通すやつなんだ」

筋目と村橋はいった。下町男の大好きな言葉だった。出来は悪くても、村橋も治が好きなようだった。

「だったら、この一連の出来事をどう考えたら」

狐《きつね》につままれたような話だった。

「俺は治の傷は、あるいは喧嘩が原因じゃねえかと考えてるんだけど」

本音を村橋に、ぶちまけた。

「喧嘩って麟太郎。あいつにそんな荒っぽいことができるはずがねえよ。あいつはガタイも小さいし、腕力もそれほどねえし。あいつが弱っちいのは、工場の誰もが知ってることだぜ」

村橋の答えに麟太郎の頭は、ますます混乱した。いったい治は、何を考えているのか。まったくわからなかった。

「あいつがいうように、酔っぱらって転んだっていうのが真相じゃねえのかな。といっても、うちも給料は安いから深酒をするにはなかなかなあ」

と村橋はいってから、

「ああ、あいつは酒が弱いんだ。ビール一本で真っ赤になるたちだから、それぐらい飲む金はあるか」

　薄く笑って、ビールを一口飲んだ。

　村橋がいうように転んで怪我をしたのが真相だとしても、診断書の件がわからなかった。麟太郎が首を捻っていると、

「じゃあ、そろそろ俺は帰るからよ」

　といって村橋は腰を浮せた。

「そうそう、治のことでもうひとつ。あいつは義理堅いというか何というか。毎年七月の七夕祭りと十二月のクリスマスのときには、お菓子をどっさり買って、自分が育った施設を訪れて子供たちに配っているようだぜ。どうだ麟太郎、すげえやつだろ、治って男はよう――」

　自分の息子を誇るように胸を張って、村橋は帰っていった。

　入れ違いに顔を見せたのは、章介だった。

「やあ、麟ちゃん」

　と章介は、それまで村橋が座っていた席にどっかと腰をおろす。すぐに夏希が麟太郎のときと同様、ビールとコップと、お通しをトレイにのせてやってくる。

「先生、いらっしゃい。本当に毎度、ありがとうございます」

何となく自分のときとは対応が違うと、麟太郎は少し、いじける。呼び方も先生で、他の客とは扱いが少し違う。もっとも麟太郎の場合は大先生なのだから、それで納得すればいいのだが、呼び方の重みというか、イントネーションというか、そのあたりが……。

「今夜はごらんの通り、かなり混んでますので充分なサービスは無理かもしれませんけど、そこのところは何とか」

夏希は章介に向かって両手を合せた。

「俺は別段いいですよ。遠くからママの顔を眺めているのが一番、幸せですから」

冗談っぽい口調で章介はいう。

「あらっ、それじゃあ、私の顔は近くで見るとアラが目立つということですか」

夏希は章介の肩を指先で、とんと突いた。それが何とも色っぽい仕草に見えて、麟太郎は少し機嫌が悪くなる。

「それじゃあ、両先生。お二人仲よく、よろしくお願いしますね」

最上級の笑顔を見せて、夏希は背中を見せる。

「章介、おめえ。ママと、できちまったんじゃねえだろうな」

じろりと章介を睨む。

「俺はママに惚れてはいるけど、惚れているのはあの黄金比の顔立ちと卑猥な唇であって、体には何の興味もないから。だから、麟ちゃんが心配するには及ばない」

何とも理解不能なことを口にした。これだから芸術家と称する連中は始末に悪い。

「それならそれで、いいんだが――そうだ、章介。お前、村橋鉄工所の治という、若い男を知ってるか」

章介の意見も聞きたいと思い、麟太郎は敢《あ》えて治の名前を口にした。

「ああ、過酷な運命のなかで育って、今は旋盤工見習いとして働いている、貧しいが心優しき青年のことだろう。話は一度もしたことはないが、何度か近くで見かけて顔はよく知っている」

過酷な運命というくらいだから、治のこれまでのあれこれなどは大体知っているに違いない。さすがにここは何事においても、ざっくばらんな下町だった。

麟太郎は他言無用と念を押し、治の傷と診断書の件を、ざっと章介に話して聞かせて意見を求めた。章介は両手を組んでしばらく天井を見つめていたが、やがて、

「さっぱり、わからん」

ぽつりといった。

「ただ、彼のいつも、へらへらしてた顔を見て俺の心に響いてきたのは、あまりに無垢《むく》な部分が悲しみと絶望に包まれて、悲鳴をあげているということだ。そんな気が俺にはした」

また訳のわからないことを、口にした。

「何だその、悲しみと絶望に包まれた無垢な部分ってえのは。感性の乏しい俺にはさっぱりわからねえんだがよ」

抗議をするようにいうと、

「乱暴に簡単にいってしまえば、彼は自分のためには死ねないが、人のためなら死ねるということだ」

何だか、ますますわからなくなってきた。

「そういえば――」

ふいに章介が、何かに気づいたような声をあげた。

「麟ちゃんは、治君が恋をしていることを知っているか」

まったく知らなかった。

「まだ俺の耳には入ってねえな。いったい、その情報源はどこのどいつなんだよ。そして、相手はどこの誰なんだよ」

興味津々の表情を章介に向ける。

「情報源は錯綜《さくそう》していて定かではない。そして麟ちゃんが知らなかったというのは、たまたまのことで、この町内の大抵の者は知っているはずだ」

嚙んで含めるように章介はいう。

「たまたまはいいとして、いったい治の相手は、どこのお姫様なんだよ」

　大きな体を乗り出した。

「稲荷鮨の川上屋の、志麻《しま》ちゃんだよ。彼は川上屋に週に二度は通っている――という巷《ちまた》の噂だ」

「川上屋の志麻ちゃんだって。そいつはまずい、大いにまずいぞ」

　叫ぶような声を出す麟太郎に、

「何がいったい、まずいんだ。俺にはさっぱりわからないが」

　怪訝な目を章介は向けた。

「治のへらへら顔に較べて、志麻ちゃんは様子がよすぎる。顔も綺麗だし、スタイルもいいし、釣合がまったくとれねえ。あの娘《こ》目当てに通っている男どもも相当数いるはずだ。そんな娘に惚れたって、振られて泣きを見るのは、火を見るより明らかだ。とにかく、志麻ちゃんは綺麗すぎる」

　うちの麻世には負けるがという言葉を、麟太郎はかろうじて喉の奥に飲みこむ。

「振られるって誰が決めたんだ。そんなことはやってみないとわからない。恋は顔でするもんじゃない。心の奥の奥。自分では何ともできない部分が蠢《うごめ》き出して、居ても立ってもいられなくなる。これが恋だ。この世の中、誰でも平等に恋はできる。それは素晴らしいことだと、俺は思う」

演説をするように、章介はいった。

「それはまあ、そうなんだろうけど。現実には姿形の見場のいい、イケメン野郎が勝つことになる。実に悔しいことだけど、それが世の中だ」

麟太郎は上目遣いに、章介の端整な顔を眩しそうに見る。

「そうならないのが、人生の面白さ。人間の機微というやつだ。その混沌《こんとん》の真《ま》っ直中《ただなか》から縦横無尽の芸術が生まれ、やがて粉々に砕けてカケラだけが散らばる。実に美しい。そして、実に悲しい」

何がどうなのかはよくわからないが、章介の顔は本当に悲しそうだった。

「とにかく、治は川上屋の志麻ちゃんに惚れていて、週に二回は店に行くということなんだな」

大正末期創業の『川上屋』は間口の狭い小さな店だったが、下町名物の稲荷鮨屋としては老舗の部類に入った。店頭売りが主流だったが、店内で食べることもでき、稲荷鮨三個にお茶がついて五百円という安さが人気を呼んで、いつも多くの客で賑《にぎ》わっていた。

そこへ、治が通っているというのだが、それが今度の出来事にどう関連しているのか。それが麟太郎には、さっぱりわからない。わからなければ、いい出しっぺに訊いてみるのが一番早い。早速それを章介に質してみると――。

「俺にもよくわからない」

という、前と同じような答えがすぐに返ってきて、

「ただ頭の奥に、そのことが漫然と浮んできただけで、関連性は謎だ」

澄んだ目で麟太郎を見た。

謎といえば、この男も謎だ。いったい何を考えているのか、さっぱりわからない。何か大きな秘密のようなものを、抱えこんでいるような気もするのだが。

「なら、麟ちゃん。治君と志麻ちゃんの恋の成就を祈って、二人で乾杯しようじゃないか」

章介の言葉に、麟太郎はすぐに章介の手にしたコップにビールを注いでやる。そのとき、それがおきた。

コップのなかにビールが注がれた瞬間、章介の手からコップがテーブルの上に滑り落ちて転がった。

「章介、どうしたんだ」

医者の本能なのか、大きな声が口から飛び出した。

麟太郎の言葉に章介は一瞬、呆然《ぼうぜん》とした表情で固まっていたが、

「痛風だよ、例の。痛みが突然走って、コップを支えきれなかったんだ」

何でもない顔でいった。

麟太郎の前で章介がコップを落したのは、これで二度目だった。そのときも本人は痛

風だといっていたが……。

麟太郎の胸に小さな染みのようなものが湧きだし、そしてそれは徐々に動き始めた。

「麻世。今日の晩飯は外に行って、下町名物の稲荷鮨にしねえか」

午後の診療が終って母屋に戻ると、ちょうど麻世がいたので麟太郎は声をかける。

「いいな、それは。食事をつくる側にいわせれば、まさに夢のような言葉だな。これで私もこき使われずにすんで、楽ができるというもんだ」

打てば響くように麻世が答える。

「こき使えねえのは残念だが、俺もたまには子供のころからの味が恋しくなることがあってよ」

麟太郎も冗談っぽく言葉を返してから、

「川上屋っていう稲荷鮨専門の店なんだが、ここは三個五百円の鮨を店内で食わせてくれるから、これをまず腹のなかに入れてから、店頭売りの鮨を買って帰ろう。五目稲荷だの山菜稲荷だのいろいろあるから、好きなものを選べばいいからよ」

こういって麻世を誘い、六時頃に診療所を出て『川上屋』に向かった。『川上屋』は診療所と今戸神社の中間あたり、歩いて十分ほどの距離だった。

「実は、その店に志麻ちゃんという看板娘がいてな。近所の鉄工所の見習い工の治という野郎が、その娘に首ったけで週に二回は店に通っているという話を聞いてよ。だから、運がよければ、今日あたり会えるかもしれんと思ってな」

道すがらこんな話をすると、

「じいさん特有の、いつもの野次馬根性か……でも、ちょっと待ってよ」

麻世が何かを考える素振りを見せた。

「その治君って人なら、前に話をしたことがあるよ、診療所の待合室で。学校が午前中の授業しかなくて、早く帰ってきたときだったから、よく覚えているよ」

思いがけないことを口にした。

いつものように、麻世が診療所の待合室の隅に座っていると若い男が隣にきて、

「すみません。俺は飯野治といって決して怪しい者じゃないですので」

と、怪しさ全開のへらっとした顔で頭を下げてきた。

「あの、ここの大先生の親類筋の麻世さんですよね。ちょっと教えてほしいことがあって声をかけたんですけど」

誰から聞いたかはわからないが、ちゃんと麻世のことは知っているようだ。もっとも麻世はこの界隈では、けっこう有名な存在ではあるけれど。

「綺麗な女の子をクドクには、どんなことをいったら喜ばれるか教えてもらえないでしょうか」

とんでもないことを訊いてきたという。

あまりに胡散臭《うさんくさ》い質問に麻世がそっぽを向くと、

「あっ。もちろん相手は麻世さんじゃなく、全然別の人ですから、そこのところは……」

治は急にしどろもどろになり、ひしゃげたような声を出した。

「そんなことわかってるよ。私は別に綺麗でも何でもないし」

そういって治のほうを見ると、泣き出しそうな顔をして麻世を見ていた。それがいかにも純情そのものの顔に見えて、麻世の心が少し動いた。

「綺麗だろうが何だろうが、その女の子が好きなら誠心誠意——これしかないよ。というか、そうでないと駄目だよ」

ぶっきらぼうに答えた。

「誠心誠意ですか……わかりました。ありがとうございます」

治はぺこりと頭を下げて、さっとその場を離れ待合室を出ていったという。

三日前のことだと麻世はいった。

「そんなことがあったのか——なるほど、綺麗な子をクドクためには、綺麗な子に訊くのがいちばんだと治は思ったんだろうな」

嬉しそうに麟太郎はいって麻世の顔を見るが、知らん顔をしている。

「多分、診療の後に待合室で、お前を見つけたんだろうな。眉の上に絆創膏《ばんそうこう》を張ってただろう。喧嘩をして殴られたといって四針縫った後だ」

　麟太郎のこの言葉に、麻世がすぐに反応した。

「喧嘩って、あの人が……」

　呟くようにいってから、

「それは変だよ。あの人は殴り合いのできるような人じゃないよ。虚勢は張るかもしれないけど、そんな荒っぽいことは無理。そんな状況になったら一目散に逃げ出す、気の弱い人だと私は思うよ。少し話しただけで絶対とはいえないけど、あの人の本質は優しさ。根はいい人だと思うよ」

　村橋鉄工所の親方と同じようなことを、麻世はいった。しかも麻世は喧嘩のプロだった。何度も修羅場をくぐってきた女だった。その麻世が、こういうのなら――。

「そうなると、あの傷は何だろうな、麻世」

「私は傷を見てないから確かなことはいえないけど、逃げ遅れて一方的に殴られたとしか考えられない」

「しかし治は、三カ月ほど前にも殴られたといって診療所のほうにきているが」

　気になったことを口に出すと、

「一方的に二度も殴られるとは思えないから、そうなると、自分でつけた傷としかいいようがないけど」

突拍子もないことを麻世はいった。

「自分で自分の顔に、傷をなあ……いったい何のために、そんなことを」

呟くように口に出したとき、『川上屋』の前に着いた。店内で作業でもしているのか、店頭売りのウィンドーの前に志麻の姿はなく、麟太郎と麻世は店の暖簾《のれん》をくぐってなかに入った。

席は半分ほど埋まっていたが、残念ながら治の姿はなかった。いちばん隅の席に座ると、すぐにこの店の看板娘である志麻が奥から笑みを浮べてやってきた。鼻筋がすっと通って、くっきりとした二重瞼の目が大きい。

「いらっしゃい、大先生、お久しぶりですね」

といって視線が麻世の顔にいったとき、ほんの少し志麻の表情が硬くなった。

「あなたが、麻世さんですか」

掠れた声で訊いてきた。

「はい」と声をあげる麻世の顔を、凝視するように志麻は見る。

「麻世のことを知ってるのか」

怪訝な視線を麟太郎が向けると、

「噂で時々――それに三日前の夕方、治がやってきて、診療所で麻世さんていう美女に会ったって得意げにいってたから」

志麻は治の名前を呼びすてでいった。

「そのとき治は、眉毛の上に絆創膏を張ってただろう」

麟太郎はさりげなく、言葉を出す。

「私の前で絆創膏をはがして、天下御免の向こう傷だといって胸を張ってましたね。それから、ヤクザと大立ち回りをして、ドスで切られたといって、得意満面の顔を向けてきたので――」

ちょっと言葉を切り、

「あんたって、本当に莫迦。その年になってヤクザと喧嘩するのが格好いいって思ってるなんて、根っからの莫迦。大体、ビビリのあんたが、ヤクザと喧嘩なんてできるわけないでしょ。もう少し恥を知ったらどう、治」

一刀両断にしたと志麻はいった。

「ヤクザと大立ち回りなあ……」

ぼそっと麟太郎はいい、

「ところで志麻ちゃん。あんたは治のことをいつも、呼びすてにしているのか」

笑いながら訊いてみる。

「だってあいつは、私より三つも年下ですし、どこからどう眺めても子供っぽいし。弟みたいなもんだから、呼びすてで充分です」

単純明快に答える志麻に、

「姉さん女房――」

と珍しく麻世が口を挟んだ。

「えっ――」

志麻は一瞬こんな声をあげて、天井に視線を向けた。そのとき新しい客がやってきて、

「じゃあ大先生。お稲荷さん、二皿でいいですね」

注文を確認して志麻は離れていった。

「おい、ようやくわかったな。治が自分で顔を切った訳が。あいつ、志麻ちゃんに、いい格好をするためにやりやがったんだ。俺たちの若いころならともかく、今時のこんな時代に――やっぱりあいつは、考えが幼すぎる。おまけにそれが裏目に出ちまって」

と麟太郎がいったところで、

「違うと思う」

周りを窺いながら、麻世が声をひそめていった。

「あの志麻さんて女の人、治君のことが好きみたい。それも相当――私は、そう感じた。最初、私の顔を見たとき、かなり対抗心を燃やしたみたいだったし。それに、私が姉さん女房といったとき、否定しなかったし」

すらすらと麻世は口にした。

「それはお前。美人で通っている自分の前に麻世みたいな女の子が現れれば、対抗心も持つだろうし。姉さん女房の件にしたって、莫迦らしくて反論する気にもなれなかったんじゃないのか」

頭を振りながら麟太郎も小さな声でいう。

「志麻さんが対抗心を燃やしたのは、治君が私のことを誉めたからで、姉さん女房の件は、そのものずばりだったから反論できなかった。それだけのこと」

「そのものずばりって――ということは二人はこの先」

呆気にとられる麟太郎に、

「いずれは、そうなるんじゃないの」

あっさりと麻世がいったところで、当の志麻が稲荷鮨二人前を持ってきた。

「お待ちどうさまでした」と愛想のいい声をあげる志麻の顔を麟太郎は、ぼうっとした表情で見上げる。そして、

「麻世。やっぱりそんなことはないと思うぞ、俺は。あの志麻ちゃんが、あのへらっとした治が好きだなんてよ。そりゃあ、何かの間違いだと俺は思うがよ」

志麻が店頭に戻るのを確認して、麟太郎は抗議するように口を開いた。

「だからそれは、男の考え方。女ってやっぱり胸の奥には母性のようなものがあるし、

それが募れば好意に変っていくんだろうし」

麻世は何度もうなずきながらいうと、

「だ、そうだよ――普通の女の人は」

慌ててそれだけ、つけ加えた。

「なるほどなあ。まあ、女のお前がそういうんなら、そういうことなんだろうな。お前も以前とは変ってきてるしなあ」

麟太郎は思わず笑みを浮べる。

「何いってんだよ。私は前と同じで男みたいな女だよ。今いったのは、普通の女の人の心持ちだよ。私のことじゃないよ」

むきになったように、それでも声をひそめていう麻世の顔を麟太郎は眺め、じゃあ、母性をくすぐらない潤一のこれからは、どんなことになるのだろうと、ふと思う。

「わかった。お前のいうことにも一理はある。俺も段々、その話が本当のように思えてきた。志麻ちゃんの言動を、いちいち当てはめれば納得できることも確かだ。しかし、あの美人の志麻ちゃんがなあ」

麟太郎は首を傾げる。

「そこだよ、いちばんの悲劇は」

今日の麻世は、いつになく饒舌《じょうぜつ》である。

「じいさん同様、治君も志麻さんが自分に気があるなんて、まったく気づいていない。だから莫迦なことばかりして、何とか気を惹こうとしている」

溜息まじりにいった。

「まあ、いいじゃねえか。そういう時間を経て、男と女の間はゆるゆると埋まっていくんだから。しかしやっぱり、あの志麻ちゃんがなあ。勿体《もったい》ないなあ」

こちらも、溜息まじりに口にして、稲荷鮨に手を伸ばした。

麟太郎と麻世が稲荷鮨を食べ終えて、お茶を飲んでいると、

「こんばんは、またきましたあ」

入口で大きな声が響くのが聞こえた。

「きたっ」

と麻世が呟いた。

「何、きたのか。鈍感野郎の莫迦野郎の果報者が」

麟太郎が振り向くと、ウィンドー前で治が志麻に何かを話しかけているのが目に入った。が、志麻は、ほとんど知らん顔で、わかりやすく治を無視している。

「じいさん、さっきの話は治君には——志麻さんには志麻さんの、考えがあるだろうし」

釘を刺すように麻世がいった。

「わかってるさ。そう簡単に、あの野郎をいい気持にさせてたまるかってんだ。心配するな、あいつにはもう少し、どん底気分を味わってもらうつもりだからよ」

冗談っぽく笑いながら麟太郎がいうと、

「入ってきた」

麻世が低い声でいった。

麟太郎は首を回して、うなだれて入ってきた治に手を振って招き寄せる。とたんに絆創膏を張った治の顔が、もっと情けないものに変った。

「どうだ、治。傷の具合は」

麻世の隣に座った治に、麟太郎は満面の笑みで質問する。

「はい、お陰さまで、順調です」

蚊の鳴くような声で治は答える。

そんなところへ志麻が稲荷鮨とお茶を持ってきて、治の前にどんと置いた。

「ほら、治。さっさと腹んなかに入れて、さっさと帰んな。まったくあんたは、莫迦ばっかり、やってるんだから」

べらんめえ口調でいった。

治の小さな体が、更に縮こまる。

「何をやったか知りませんが、思いっきり説教してやってください。もう少し、大人になってくれるように」

　麟太郎と麻世に頭を下げて、志麻は戻っていった。

「そうだな。もう少し大人になるための説教ということなら、治。お前、その眉の上の傷は自分でつけたんだよな。刃物か何かを自分で手にして」

　とたんに治の体が、びくっと震えた。

「どう考えても、そうとしか思えねえ傷だ。しかも、その理由が志麻ちゃんの気を惹いて、いい格好をするため――何とも子供っぽくて情けねえと思わねえか、なあ治」

　太い腕をくむ麟太郎を、ぽかっと口を開けて治が見た。

「それは違います、大先生。自分で傷をつけたのは確かですが、理由は志麻ちゃんの気を惹くためじゃないです。それだけは――」

　絞り出すような声で治はいった。

「あん……じゃあ、いったい、どんな理由でそんなことをしたんだ」

　狐につままれたような思いで、麟太郎は声をあげる。

「それは、あの、急なことというか、何というか……今ここではちょっと。いずれきちんと話しますから、今は」

　泣き出しそうな声を、治はあげた。

「いずれというのは、いつのことだ」

重い声を麟太郎が出すと、

「明後日。抜糸で大先生のところへ行ったとき、必ず。だから今日は」

つかえながら、治はいった。

「確かだな。抜糸のとき必ず話すんだな、お前も男なら、筋だけはきちんと通せよ」

極めつきの台詞《せりふ》を麟太郎は口にした。

治はこくっとうなずき、それっきり肩を落して固まった。

「じゃあ、そろそろ帰るか、麻世」

これ以上何を訊いても、治は喋らない。そう判断した麟太郎は麻世をうながして席を立ち表に出た。店頭売りのウィンドーの前に立つ志麻から三人分の稲荷鮨を買って代金を払うと、麟太郎は口を開いた。

「治を頼みます、志麻ちゃん。あいつは莫迦かもしれないけど根はいいやつです。あの莫迦さ加減を直せるのは、志麻ちゃんしかいません」

丁寧に頭を下げた。

「あっ、はい、どうも」

慌てた様子で返事をする志麻に、

「今日の今日まで、志麻ちゃんが治のことを好きだったなんて、思いもよりませんでした」

大胆なことを麟太郎は口にした。

「おい、じいさん」

隣に立つ麻世が麟太郎の服の脇を引っ張った。

「あっ、私はその」

志麻の顔が赤くなるのがわかった。

やはり麻世のいったことは、本当なのだ。

「俺たちのいうことは右から左でも、大好きな志麻ちゃんの言葉なら、あいつも耳を傾けるはずです。治をちゃんとした大人にできるのは志麻ちゃんしか、いませんから」

一語一語、はっきりした口調でいうと、

「わかってます。もう少し大人になってもらわないと、今のままでは」

腹を括ったのか、はっきりした口調で志麻はいった。

「到底、結婚はできませんか」

嬉しそうにいう麟太郎に、

「あの、大先生。この件は治には……」

志麻は額が膝につくほど頭を下げた。

「わかっています。治を甘やかすわけにはいきませんから、口が裂けても黙っています。じゃあ、俺たちは帰りますから」

「ありがとうございます。大先生、麻世さん、莫迦な治のこと、今後ともよろしくご指導、お願いいたします」

また深々と頭を下げる志麻に、麟太郎と麻世も頭を下げて、その場を離れる。

ゆっくりと歩く麟太郎の脳裏に、そのとき看板屋の章介の顔が浮んだ。何のことはない。すべては「恋は顔でするもんじゃない――」といっていた章介の言葉通りになった。その報告をしがてら、章介の家に寄ってみようかと麟太郎はふと思う。

それに章介に関しては気になることがあった。あの、麟太郎の前でコップを二度落した件だ。本人は痛風だと笑っていたが、妙に気になった。医者の直感というやつなのかもしれない。

「麻世。俺はこれから看板屋の章介のところへ行ってくる。お前は稲荷鮨を持って帰ってそれを食べてくれ。それから、もし潤一がやってきたら、あいつにも食べさせてやってくれ」

麟太郎の言葉に、

「えっ、おじさん、くるんだろうか」

ぼそっと麻世はいう。

「だから、もしきたらということだ」

「じゃあ、もしこなかったら。そのオイナリさん、私が食べてもいいか」

少し、きまり悪そうに麻世はいった。

「むろん、いいさ。好きにすれば」

鷹揚に首を縦に振ると、

「じゃあ、おじさんがこないように祈りながら、私は家に帰るよ」

くるっと背中を向ける麻世の後ろ姿を見ながら、麟太郎は長嘆息をひとつもらした。


章介の仕事場兼自宅の前に行くと、まだ灯りはついているようだ。

搬入口の大きな扉の脇にある、小さな出入口のドアノブを回してみると鍵はかかっておらず、難なくなかに入れた。

天井の高い大きな空間には、これまでに創った大小それぞれの看板の類いが、ずらりと並んで立てかけてある。灯りがもれているのはこの先の、章介が実作業をする場所だ。

「おおい章介、いるかあ」

と声をかけながら奥に入ると、壁に立てかけた大きな看板の前で、章介は文字を書いていた。漂っているのは、看板屋特有のシンナーのにおいだ。

「何だ、麟ちゃん。どうしたんだ、今頃」

筆を動かす手を止めて、章介が麟太郎を見る。書いているのは、フラワーショップの看板のようだ。

「精が出るな、章介」

という麟太郎の胸は穏やかになっていた。

章介はコップを落した右手に筆を持って、作業をしていた。今は痛みが出ていないようだ。ということは、痛風のために時々右手に痛みが走るといった、章介の主張はおおむね正しいことになる。あとは慢性化して腎不全にならないように気をつけていれば、命に特段の影響はない。

「いや、例の二度のコップを落した件が気になってな。お前は痛風のせいだといっていたが、医者の本能なのか、どうにもそれが信じられなくってよ。こうして抜き打ちで訪れてみたんだが、元気に仕事をしている姿を見て正直ほっとしたよ。やっぱり、お前がいうように痛風だったんだなってよ。それも、まだ初期のよ」

幾分照れぎみに麟太郎は声を出した。

「麟ちゃんの性分なのか、それとも医者という職業の特異性なのか、かなりの心配性なんだな。俺はこの通り元気だから大丈夫だよ。仕事のある限り、俺は徹夜してでも字を書きつづけて、お客さんに届けるつもりだからさ」

笑いながらいい、

「どうだ、二人でビールでも飲むか」

章介は端整な顔を、くしゃっと崩した。

「やめとこう。まだ仕事をしなきゃならんやつと一緒に、ビールを飲むわけにはいかんからな」

　麟太郎は、やんわりと断りを口にする。

「なら、コーヒーでも淹《い》れよう。といっても、つくりおきを電子レンジで加熱するだけのものだがな」

　章介は作業室の隅に行き、小さなシンク脇の台の上にのっている容器からコーヒーを二つのカップに注いで、これも台の上の電子レンジに入れて時間をセットする。どうやらこの作業室には、簡単な飲食物ならすぐに用意できる、最小限度の設備が整っているようだ。

「ここはなかなか、快適空間のようだな」

　ちょっと羨ましそうにいうと、

「男の仕事場――一言でいえば、そんなところだな」

　章介も嬉しそうに答える。

　熱いコーヒーの入ったカップを手に、麟太郎と章介は作業台脇のイスに腰をおろす。

「実はちょっと面白いというか、いい話というか、そんなことがあってよ」

　と麟太郎はいい、

「これはまだオフレコにしてくれと、当人から釘を刺されているので他言してもらっちゃあ困るけど——といっても、お前は余計な話は一切しない性格だから大丈夫だろうけど」

『川上屋』の志麻と治の秘めた恋物語を、章介に話して聞かせた。

「ブラボーッ」

章介が奇声をあげた。

「これだから人生は面白い。へらへら顔の治君に、とびっきり美形の志麻ちゃん。誰も想像できないカップルというところが、妙に俺の胸を刺激する。しかも男のほうは、女の気持を完全に誤解しているという」

章介は頭の上にコーヒーカップを掲げ、

「これからの悲劇に乾杯。そして、その先の喜劇にも。もちろん、最後のドラマチックな大団円にも乾杯だ」

ごくりとコーヒーを飲みこんだ。

麟太郎も慌ててコーヒーを飲みこむ。芸術家というのは芝居がかっていて、なかなかついていけないと思いつつ。

「で、傍系の例の治君の自傷行為の理由だけはまだわからん——そういうことなんだな。いや、これも実に楽しい。ひょっとしたら、治君という人間は、芸術家の素質を持っているのかもしれないな。いや、若いというのはいい、実にいい」

やや、はしゃぎすぎともいえる声を、章介があげた。

「ところで章介。俺はここに座ってから、ちょっと気になることがあってよ」

ぼそりと麟太郎はいった。

「あの、電子レンジの脇にある白布をかぶったもの。あれはイーゼルとカンバスだよな。あれはいったい何だ」

イーゼルに架かっているのは、やや大きめのカンバスだった。そしてその上には、しっかりと白い布がかぶせてあった。

「あれは二十号の油絵だが。しかし、よく気がついたな、麟ちゃん」

感心したように章介は答えた。

「さあ、そこだ。あれが油絵だとしたら、ちょっと変なんじゃねえか。お前は絵筆を折ったはずじゃなかったのか」

麟太郎は章介の顔を凝視する。

「確かに俺は絵筆を折った――しかし、あの一枚の絵だけは、その縛りを外してもらえるようにと、俺は全能の神に頭を下げた。そういうことだ」

淡々と話す章介に、

「そういうことって――つまり、あのカンバスには絵が描いてある。そういう意味なのか。いったい何が描かれているんだ」

興味津々の思いで麟太郎は訊いた。

「俺の青春の残像。つまり、はるか昔から未来永劫《えいごう》、俺の心のすべてをつつみこんで離さない、美しき女性だ。有体にいえば、俺は今でもその女性を命を懸けて愛しているということだ」

睨みつけるような目をして、章介はいった。

「見せてくれ、ぜひ見せてくれ。その、お前の心のすべてをつつみこんでいる女性の顔というのを。俺に――」

叫ぶような声を麟太郎はあげた。

胸の奥が妙に騒いでいた。

「三カ月ほど前から描き始めたが、未完成だ。だから、まだ見せるわけにはいかない。そんな破廉恥な行為は、俺の矜持《きょうじ》が許さない。ただ……」

睨みつけるような目が、澄んだ目に変っていた。

「完成したら、麟ちゃんには必ず見せる。これは俺の命に懸けての約束だ」

章介は、ほんの少し笑みを浮べた。

「本当だな、本当に本当だな。それから――」

今度は麟太郎が章介を睨むように見た。

「まさかとは思うが、絵の主は田園の夏希ママじゃねえだろうな」

そうなのだ。麟太郎は最初から、これが気になっていたのだ。

「夏希ママか……」

章介は、ぼつりといって口を引き結んだ。

「おい、どうなんだ。これじゃあ蛇の生殺しで、気になってしようがないじゃねえか。惨酷すぎるじゃねえか」

麟太郎の訴えに章介は首を左右に振っただけで、何も答えようとしなかった。

「だから、今になって夏希ママの店に通い始めたんじゃねえのか。なあ、章介。わずかなヒントでもいいから、何か教えてくれねえか、頼むからよ」

麟太郎はその場に立ちあがって直立不動になり、白髪頭を下げた。

章介の口がわずかに動いた。

「中らずと雖も遠からず――そういうことだ」

低すぎるほどの声でいった。

「ということは、夏希ママによく似た顔立ちの女性――そういうことなのか」

身を乗り出すようにいう麟太郎に、

「そういうことでは、決してない」

章介はゆっくりと首を振った。そして、

「こんなやりとりは、もうやめよう。絵描きが今は見せられんといったら、これは金輪際見せるつもりはないということだ。そして、完成したら見てもらうと絵描きがいえば、これは何があっても見せるということだ。これ以上の不毛のやりとりは駄々っ子と同じだ。治君と同類項だ。だから、もうやめよう、麟ちゃん。ちゃんと見せるから」

いい終えて章介は、ふわっと笑った。

「そうだな。これじゃあ俺も、治のことは笑えなくなるな。よし、やめよう。その代り、絵が完成したら約束したから必ず俺に見せてくれ」

「確かに約束したから、懸念は無用。俺を信じてくれ」

これでこの件は落着となった。

「なあ、潤一。お前、章介のいった言葉を、どう理解する」

身を乗り出すようにして麟太郎は潤一の顔を見る。

「話の詳細は聞かせてもらったけど、俺にはさっぱりわかりませんよ。大体、中らずと雖も遠からずというのは、正解ではないにしても、大きな見当違いではないという意味だろう。ということは、そういうことなんじゃないのかな」

面倒臭そうに潤一がいった。

潤一は札幌で開催された学会に行っていたようで、この家にくるのは一週間ぶりだった。

「しかし、章介の野郎は最後まで夏希ママではないことを否定はせず、逆に夏希ママに似た女性ではないということは肯定した――これはいったいどういうことなんだ。おまけに、中らずと雖も遠からずの、あの言葉だ。まったく頭がこんがらがって、何が何だかさっぱりわからねえ」

愚痴るようにいう麟太郎に、

「いずれ見せてくれるっていうんだから、それでいいじゃないですか。それまで、わくわくしながら待っているというのも楽しいものだと俺は思いますよ。そんなことより、今夜の麻世ちゃんの料理、いったい何が出てくるんだろうね」

潤一にしたら、そっちのほうが今一番の関心事のようだ。

「心配しなくてもいいよ。今夜はちゃんとしたものだから」

キッチンから麻世の声が飛んで、潤一の顔が、ぱっと綻ぶ。

しばらくして麻世が食卓に運んできたのは、大皿に盛った稲荷鮨だった。

「麻世、これは川上屋の……」

呆気にとられた声を麟太郎があげると、

「あそこのオイナリさん、あんまりおいしかったから、また買ってきた。特に五目のオイナリさんは絶品。私はこれが大好きで」

幸せそうな表情の麻世の言葉に、

「何だ、麻世ちゃんの手料理じゃないのか」

落胆したような声を潤一があげた。

「川上屋の稲荷鮨なら御の字じゃねえか。何もそんなに気落ちしなくてもよ。それに、麻世特製の味噌汁もついてるしよ」

満足そうに麟太郎はいう。

「そりゃあまあ、そうなんだけどね。とにかく有難く、みんなでいただきましょうか」

稲荷鮨の食事が始まった。

麻世は次々と手を伸ばして、口のなかに鮨を放りこんでいく。そんな様子を見ながら、潤一が、ぽつんといった。

「麻世ちゃんって、案外大食いなんだね。見かけによらず」

また、麻世に睨まれて肩を竦めた。

「それより、あの自分の顔に傷をつけた、治君の理由と行動。あれがかなり、衝撃的だったよ、私には」

麻世が、しみじみとした口調でいう。

「あれには俺も驚いた。やり方はまちがっているが、つくづく治という男は優しい人間だと実感した」

すぐに麟太郎も同調の声をあげた。

五日前のことだ。

治は抜糸のためにこの診療所を訪れ、そのとき約束通り、自分の顔に自分で傷をつけた理由と行動を麟太郎に話した。

「実は俺、人間相手の当たり屋をやってたんです」

と治は抜糸を終えた麟太郎にいった。

そしてポケットから、手のなかに入るサイズのヤスリを取り出した。

「これは工場に転がっていた、大荒目のヤスリなんですけど、俺はこれで自分の顔をこすって傷を……」

神妙な顔をしてこういってから、

「念のためというか、ひょっとしたら使い途《みち》があるかもしれないと思って、片方の側面だけはグラインダーでナイフのように削って、刃物としても使えるようにしました」

治は恥ずかしそうに、照れ笑いを浮べた。

発端は半年ほど前のことだという。

夜、飲み屋街を歩いていた治は酔っ払いの男にぶつかり、路上に転がった。そのとき頰のあたりを路面でこすり、顔に擦過傷をつくった。手をあてると血も出ていた。

それを見た酔っ払いは頭をぺこぺこ下げて謝り、財布のなかから一万円札を二枚取り出して、治に押しつけた。

「何とかこれで、穏便に――」

酔っ払いはそういって、慌てて治の前から去っていった。

治は押しつけられた手のなかの二万円の金を見ながら、ぴんとくるものを覚えた。これを商売にすれば儲《もう》かる。そう思った。というのも、治はある目的のため、喉から手が出るほど金が欲しい状態だった。それも、この方法を使えば解消できる。そんな気持で、当たり屋もどきの商売を始めた。

やり方は簡単だった。

飲み屋街で誰かにぶつかり、そのために殴られるか突き飛ばされる。そのとき、工場でつくったヤスリを用いて、相手にわからぬように顔に傷をつける。そして一言、こういってやれば金になった。

「傷害罪だ、警察に行こう」

この一言で加害者にされた相手は、治の持ちかける示談に応じた。金額は大体、一万円から五万円。治にとっては、かなりの大金だった。成功率は約五割――ぶつかった半数の人間は転がる治には目もくれず、無言でその場を立ち去った。時には罵声を浴びせながら。

「先日の眉の上の切り傷は、どうしたんだ」

と麟太郎が訊くと、

「あのときは、ぶつかったあと、転がるより先に胸倉をつかまれて、相手に殴られたんです。この莫迦野郎がと怒鳴られて。それでそのときに路上に転がったんですが、ヤスリの面を間違えて、グラインダーで削った部分で眉の上を滑らしたら、すぱっと切れて辺りに血が――これには相手も驚いて、すぐに示談に応じました。で俺は思いきって十万円と吹っかけたら、払いたいけど、今ここには持ち合せがないと。それで、相手の名刺をもらって後日会うことにしたんです」

頭を掻きながら、治はいった。

「あとでもめると嫌なので、次の日にここにきて治療をしてもらい、その証拠として診断書を書いてもらいました。あの診断書は、いざというときの切札なんです」

「すると、三カ月ほど前に倅が書いた診断書も、その類いなのか」

疑問に思っていたことを麟太郎が訊くと、

「あのときも、けっこう相手が胡散臭そうなやつだったので念のために。むろん、代金は後払いのパターンでした」

申しわけなさそうな顔で、治は答えた。

これで謎がとけた。

治は金を稼ぐために、あちこちの飲み屋街で歩いている人間を標的にした、当たり屋もどきの商売をやっていたのだ。

「しかしよ。ビビリのお前が、よくそんな怖い商売をやってたよな。事によったら相手はスジモンで、危ない羽目に陥る恐れがあるかもしれねえのによ」

呆れ顔でいう麟太郎に、

「何たって俺には強いバックがついてますから、国家権力の警察という。いざとなったら、もよりの警察署に駆けこむつもりでした。こっちの顔には傷もついてますし、出るところに出れば俺の勝ちです。それに暴対法以降のヤクザは警察を毛嫌いして、なるべく関わりたくないというのが本音ですから」

そんなことをいう治を、壁際に立っている看護師の八重子が異星人でも見るような目つきで眺めていた。

「やり方はわかったけどよ、しかしなあ……それで、そんなことをやり始めた肝心の動機なんだが、そりゃあいったい、何だったんだ。ただ単に金が欲しかったわけじゃねえだろ。お前の性格からいって」

麟太郎は治の顔を、真直ぐ見た。

「……ランドセルです」

ぽつりと、治はいった。

「大先生も知ってる通り、俺は八王子にある、小さな養護施設で育ちました。金のない貧しい施設で俺はそこから、小学校と中学校に通わせてもらいました。その恩に報いるというか、子供たちの喜ぶ顔が見たいというか。俺は年に二回、七夕祭りとクリスマスの日にはお菓子をどっさり買って、その施設を訪れていました」

当時の生活を思い出したのか、治はぼそぼそと低い声で話をした。この話は麟太郎も村橋鉄工所の親方から聞いて知っていた。

「去年の七夕祭りのとき、ふと壁際に目をやると、悲しいものが見えたんです」

と治は目を潤ませていった。

治が見たのは壁に架かった、ランドセルだった。酷い有様だった。もう何十年も使い古された御下がりのランドセルは無惨だった。色は剝げ落ち、形は崩れ、革の部分もめくれあがって、ぼろ同然——一言でいって、ランドセルらしきモノとしかいいようのない代物だった。

このときの施設の児童数は十一人。中学生が二人で、あとの九人は小学生だった。

「そんな小さな連中が、その、ぼろ同然のランドセルを背負って学校に通ってるんです。むろん、普通の小学生たちは、ぴかぴかのランドセルです。俺、そのランドセルを見て泣きましたよ。ただでさえ不幸な施設の子供たちが、そんなランドセルを……」

治は洟をずずっとすすった。

「そのとき俺はみんなにいったんです。来年の四月には、新品のランドセルを背負って学校に通えるようにしてやる。お兄ちゃんにまかしとけ。ぴかぴかのランドセルを必ず持ってきてやるからって」

治の両目は涙で一杯だった。

「そのとき歓声が、あがったんですよ。子供たちの。嬉しそうでした。本当に嬉しそうでした。あんなに嬉しそうな子供たちの顔を、俺は今まで見たことがありませんでした。俺は子供たちの顔を見ながら、ワーワー泣きましたよ。そんな俺の顔を見て、子供たちも泣き出しました。だから俺は、何としてでも金を手に入れて、子供たちのランドセルを」

治は診察室の床に涙をこぼした。

「わかった。わかったから泣くな」

麟太郎自身も泣き出しそうだった。

さっきまで異星人でも眺めるような目で見ていた八重子も涙ぐんでいた。

「けど大先生。ランドセルって高いんですよ。あんなに高いもんだとは俺、知りませんでした。ごく普通のもので一個三万円ほどします。九個で二十七万円――下町の工場はみんな不景気で給料安いんです。まして俺は見習い工です。そんな大金とても」

「それで当たり屋もどきの、妙な商売を始めたんだな。それで結局、いくらたまったんだ、金額は」

急かすように麟太郎は訊いた。

「二十三万円です。あちこちの盛り場でヤスリを使って、二十三万円ためました」

絞り出すような声を治は出した。

「わかった。じゃあ、残りの四万円は俺が出すよ。だからもう、そんな物騒な商売はやめろ。第一これは犯罪だぞ、治」

治の肩を麟太郎は、ぽんと叩いた。

「わかってます。でも大先生に出してもらうわけにはいきません。これは俺と子供たちとの約束です。大先生に出してもらっては筋が通りません。俺は筋を通したいんです。莫迦は莫迦なりの俺だけの筋を」

治は筋といった。

「あと、二、三人やれば片がつくんです。見逃してくれませんか、大先生。あと、二、三人だけ。お願いします」

治は診察室のイスからおりて、床に額をこすりつけた。泣きながら懇願した。

「それは、治、お前。それはよ……」

おろおろ声で麟太郎はいった。

麟太郎も情を義とする下町の人間だった。

これが、あの日の顚末だった。

「あれから五日――いったい、いくら稼いだんだろうね、治君」

稲荷鮨を手にしながら、麻世がいった。

「あいつのことだ。けっこううまくやって、目標額を達成してるんじゃねえか。いや、こうなったら達成してほしい気がするよな」

ごくりと麟太郎は鮨を飲みこむ。

「だけど親父、これは立派な犯罪だぜ。それを容認するってことは、犯罪の片棒を担ぐってことになるんだぜ。それを忘れてしまったら」

潤一のこの言葉にぶつけるように、

「わかってるよ、そんなこと。わかった上で応援してるんじゃないか。それが人間の情っていうもんじゃないのか」

麻世が珍しく叫ぶような声を出した。どうやら麻世も、治のことは気に入っているようだ。

「麻世と志麻ちゃん。二人の美女に好かれて、治という男も果報者だのう」

その場の雰囲気を和らげるように、麟太郎がおどけた調子でいったとき、居間の電話が鳴った。麻世がイスから立ちあがり、受話器を取って耳に押しあてた。

「じいさん、噂の主の治君だ。何だか様子がおかしいような気がする」

すぐに麟太郎も立ちあがって、麻世から受話器を受け取る。

「もしもし、治か。麟太郎だ。どうしたんだ、何かあったのか」

怒鳴るような声をあげた。

「かかってよかった。もうケータイの字もよく見えない……失敗しちまった、大先生。失敗しちまったよ」

苦しそうな声だった。

「失敗したって――そんなことは後だ。今、どこにいるか、まずそれをいえ」

「それより俺、大先生に頼みがあるんだ。あれから何人もの人間に仕掛けてみたんだけど、みんな逃げてしまいやがって……それで今夜、金持ちっぽい男にぶつかってみて、転びながら顔にヤスリをこすりつけたんだけど、反対に殴られちまった、それで……」

声が段々細くなってきた。

「そんなことはどうでもいい。とにかくお前のいる場所をいえ」

思いっきり怒鳴った。

「それで、じゃあ警察に行こうといったら、いきなり腹を刺された。どうやらヤクザだったらしく、警察という言葉に過剰に反応したみたいだ……」

ぜいぜいと治は喉を鳴らした。

「刺されたって――どこにいるんだ、お前のいる場所を教えろ」

悲痛な声を麟太郎はあげた。

「結局、金は前のままの二十三万、まだ四万は足りない。それを大先生、肩代りしてくれませんか。今更こんなこと頼めた義理じゃないですけど、ここは筋は別にして、どうか残りのランドセルの金を」

何かを吐くような気配が耳に伝わった。

「わかった。ランドセルの金は何とでもするから、お前のいる場所を」

麟太郎は全神経を耳に集中させる。

「ありがとうございます、大先生。これでもう思い残すことは……俺みたいな大莫迦はもう死んだほうが……要領は悪いし、頭はカスだし、志麻ちゃんは振り向いてくれないし。俺なんか、もう……俺なんか」

治の声が消えかかった。

「何でもいい、場所を教えてくれ。治、場所を。場所だ、治」

「うえ、の……アメ横……」

微かに聞こえた。

「上野だな、治。アメ横だな」

麟太郎の声に潤一がケータイを取り出し、すぐに救急車の出動を要請するが、場所は上野アメ横近辺としかいいようがない。次は警察だ。警察への出動要請だ。両方から探せば、あるいは。

その間にも麟太郎は治に呼びかけるが、もう反応はまったくない。
「治、聞こえるか。志麻ちゃんは、お前のことが大好きだといってたぞ。結婚したいと
いってたぞ。聞こえるか、治……」
いくら呼びかけても、治の反応はなかった。
「じいさん、治君は」
泣き出しそうな顔で、麻世が麟太郎を見ていた。

第六章　秘　密

『田園』の扉を押すと、すぐに夏希が麟太郎の隣にやってきた。

「いらっしゃい、大先生」

といってから声をひそめて、

「ちょっと、様子が変なんですよ」

奥を目顔で指した。

店の奥の診療所側の壁にもたれて座っているのは章介である。ちなみにここは章介の指定席でもある。

「章介が、どうかしたのか」

怪訝な思いで麟太郎が訊くと、

「明るすぎるというか、変に明るいというか、いつもの章介さんとはちょっと違うような。ひょっとしたら、宝クジで大金にでも当たったんじゃないかというような気も――とにかく、いつもの冷めた雰囲気はどこかへ行って、一人で笑みまで浮べて」

首を振りながら夏希はいう。

「明るいんなら、それにこしたことはないじゃないか。それに、笑いは免疫機能を確実に増大させて、病気にもかかりにくくなるはずだからよ」

麟太郎は医者としてのいつもの持論を、さらっという。

「だから、今もいったように、変に明るいというか、明るすぎるというか」

夏希は首を竦めた。

「それで宝クジか――いやいや、まことにもって御明察の通り。そのあたりのママの嗅覚は、まさに動物なみだからな」

「何よ、人を金の亡者みたいに、いわないでくれる」

痛いほどの力で、肩をどんと背中にぶつけてきた。麟太郎は、こういう夏希が決して嫌いではない。

「じゃあ、章介の笑いの原因をつきとめてきてやろうかな。宝クジで大金をせしめたのか、どうなのか――ところで章介が大金をせしめたとしたら、夏希ママは、いったいどうするつもりなんだ」

気になったことを口にした。

「丸ごと食べちゃう」

ぬけぬけといった。

「なるほどなあ。実にママらしい、素直な言葉だよなあ」

麟太郎はほんの少し肩を落して一人で飲んでいる章介の席に行き、前のイスにどかっと座りこむ。確かに章介の顔には笑みが浮んでいる。それも会心の笑みともいうべき表情だ。これでは夏希ママが気をもむ気持も、わからないではない。

「どうした章介、何があった。宝クジで大金でも当たったんじゃないかと、夏希ママが心配してるぞ」

単刀直入に訊いた。

「俺が宝クジに当たったって、夏希ママが？」

一瞬きょとんとした表情を章介は浮べてから、肩を震わせて笑い出した。

「もし大金が当たったのなら、丸ごと食べてやるという、有難いお言葉だったが」

「そりゃあ嬉しい限りだが、残念ながらそういうことでは決してないな」

さらっといって章介は麟太郎の顔を窺うように見てから、

「安心したようだな、麟ちゃん」

楽しそうにいった。

「まあ、そうともいえるな。何といっても夏希ママは、お金大好き人間だからよ——ところで宝クジではないとしても、いったいどんないいことがあったんだ」

章介の顔を麟太郎が覗きこんだところへ、夏希がビールとお通しを持ってやってきて、

興味津々といった表情で二人を見る。そんな様子に水をさすように、

「残念ながら章介の笑みは、宝クジとはまったく関係ないそうだよ、ママ」

　麟太郎はやんわりという。

「なんだ――」

　夏希の表情が普段の顔に戻った。

「じゃあ両先生、ごゆっくり」

　さっさと二人の前を離れていった。

「相変らず潔いな、夏希さんは」

　笑いながらいう章介に、

「ああいうのを、潔いというのか……」

　頭を振りながら麟太郎はいうと、

「ところで、笑みの原因は何なんだ、いったい」

　真顔を章介に向けた。

「描けたんだよ、あれが」

　一瞬の沈黙のあと、章介は顔を綻ばせていった。よほど嬉しいのか顔中が笑っていた。やはり会心の笑みだ。

「描けたっていうのは、例のお前の心をつつみこんで離さないという、女性の絵か」

勢いこんでいう麟太郎に、

「そうだ。ようやく描けた。正直いって苦労した。何といっても昔の話だ。若いころの顔を思い出しながらカンバスに再現するっていうのは、いくら絵描きといっても至難の業といっていい」

強い声でいった。

「そうか、それはめでたい。じゃあ、ようやく俺も、その女性の顔が拝めるわけだ」

ほっとしたように麟太郎がいうと、

「それは駄目だ、まだ無理だ」

意外な言葉が返ってきた。

「描けたのは本体ともいうべき女性の顔だけで、背景がまだ描けていない。だから麟ちゃんにはまだ当分見せられない」

凜とした口調で章介はいった。

「背景って——メインが描けたのなら、背景なんて楽なもんじゃないのか。何たって、肝はその女性の顔なんだからよ」

何でもないことのように口に出すと、

「今回、背景もかなり重要なんだ。というより、背景が俺のすべてを物語っているといっても過言ではないから」

妙なことをいった。

「背景が明るければ絵は輝いて見えるし、背景が暗ければ絵は沈んで見える。つまり、俺の心の状態を背景は如実に語ることになる。だから難しい。迂闊《うかつ》な色を塗ることはできない。だから、まだ迷っている」

真剣な表情でいった。

「迷っているって――そんなものは、明るい色で描いて全体を輝かせればいいんじゃねえのか。何といっても、いまだに愛しつづけているという女性なんだからよ」

ふいに章介の表情が変った。

がらりと変った。

「確かに俺はその人を愛しつづけている。しかし、怨《うら》んでいることも事実だ。心の奥底から怨んでいることも……その人は俺に酷い仕打ちをした。俺はその人から、死ぬほど辛い仕打ちを受けた。俺の心はその人の姿を刻みこみ、そして凍りついた。その冷たい氷の塊はまだ融《と》けてはくれず、俺の心は軋みつづけている。そうなると、背景は真っ暗……しかし俺は、その人の明るい絵が描きたいんだ。怨みつらみは描きたくない。凍りついた俺の心が融ければそれが可能なのだが、なかなか俺の心はいうことを聞いてくれない。だから悩んでいる、迷っている」

一気にいう章介の顔は歪んでいた。先ほどまでの笑みはまったく見られない。こんな章介の顔を見るのは初めてだった。章介は切羽つまっている……麟太郎はここで、章介の生活のほんの一部しか知らないことに気がついた。

両親は十年ほど前に相次いで亡くなり、一人息子だった章介に兄弟はいない。独り身の章介はこの十年間、一人きりで暮してきたのだ。あの天井の高い仕事場で、朝から晩まで一人で看板を描き、一人で食事をし、一人で眠り、一人で暮しつづけて年老いてきたのだ。

そしてこの先待っているのは、孤独死……外で会えば冷めた表情を浮べて気さくな話をする章介だったが、一人きりのときは、いったいどんな顔をしているのか。わからなかった。わからなかったが、目の前の章介の顔は歪んでいた。

「章介、おい、章介――」

麟太郎は、できる限り優しく声をかけた。

「ああっ……」

章介はうめくような声をあげてから、

「すまん。ちょっと取り乱してしまった。申しわけない」

掠れた声でいった。

「俺はいつまでも待つからよ。何なら、お前の、その心の氷が融けるまでだってよ。たとえ何年かかったとしてもよ」

「そんなには、待たせないよ」

　低すぎるほどの声を章介は出した。

「氷が融けなければ、自分で融かすようにするよ。意志の力で何とか融かすようにするよ。これでも俺は、一時は本気で絵描きを目指した人間だ。意志の力と執念だけは並の人間よりはあると思うからな……」

　そうなのだ。章介は、れっきとした有名芸大出の絵描きなのだ。意志の力も執念もあるだろうし、この界隈では変人で通っている身でもあるのだ。しかしそうなると――。

「章介。お前は変人で通っているが、変人は一人きりの生活でも淋しさは感じないのか」

　思いきって訊いてみた。

「淋しいさ」

　ぽつりといった。

「若いころは孤独という言葉が好きだったが、あれは曲りなりにも周りに人がいたから……それに年を取るに従って、人恋しさが募るようになってきた。特にここ十年、年老いた両親でもいなくなると……どこもかしこも、がらんとした野原の真っ直中にいるような気になって、居ても立ってもいられないような孤独感に襲われることもあったよ」

淡々と章介は話したが、正直な気持だと麟太郎は思った。

「立ち入ったことを訊くが、そういうときはどうするんだ」

「倒すんだよ」

意味不明な言葉を章介は出した。

「仕事場のなかに立てかけてある看板を、片っ端から倒してまわるんだ。やつらは実にいい音を立てて倒れるからな。その倒れる音に精神が癒されるんだ。そしてそのあと、今度は倒した看板をひとつひとつ、丁寧に元に戻していく。この単純作業で体のほうも癒されるということなんだろうな」

しみじみとした口調で章介はいった。

「章介、お前は正直者だな」

ぼそっというと、

「正直すぎて損ばかりしている」

章介は微かに笑ったようだ。

「例の心の底から愛した、女性のことか」

「愛しすぎて、他の女性を想うことができん。自分の心を欺くことは無理だから」

自嘲ぎみにいった。

「つかぬことを訊くが、その生涯を懸けた恋というのは、いったいいつごろのことなんだ。むろん、無理に話せとはいわねえが」

何気なく麟太郎は口にした。

「ここまできたら、麟ちゃんには大抵のことは話すさ」

こんな前置きをしてから、

「俺がまだ、うんと若いころ。高校二年のときのことだよ」

驚くようなことを口にした。

「高校二年って……若いとは思っていたが、そんなに若いとは。そうなると、かれこれ五十年ほど前のことじゃないか」

衝撃だった。喉につまった声を麟太郎はあげた。

「そうだな、かれこれ五十年になるな」

低すぎる声で章介は答えた。

「五十年間、章介はその女性を一途《いちず》に愛しつづけてきたのか」

まだ声が喉につまっていた。

「さっきもいったように愛しつづけると同時に、怨みつづけてきた。それが正直なところだ。一時はその女性を殺して自分も死のうと思ったときもあったが、そこまでする権利はないと考えて」

「権利……」

ぼそっと口にすると、

「もっと正直なことをいえば、いつかその人は俺のところへ戻ってくるんじゃないかと。そんな淡い気持で待ちつづけたが、結局その人は戻ってこなかった」

独り言のように章介はいった。

「待つだけだったのか、何か行動をおこしてみなかったのか」

「待つだけだった。行動をおこすのは傲慢すぎると思って、俺はひたすら待った。待つのが義務だと思った」

「やっぱり、お前は正直すぎる――」

麟太郎は小さな吐息をもらし、

「五十年前、いったい、その女性との間に何がおこったのか今は訊かないが、もし、お前が話す気になったら」

つかえつかえ、口にした。

「そのときがきたら、麟ちゃんには話すよ。俺も一人ぐらいは、俺とその人のことを知っておいてほしいと思ってるから。俺の五十年前の命を懸けた恋を」

いってから章介は、ゆっくりとテーブルの上のビールの入ったコップに、右手を伸ばした。手にして口に運ぼうとしたが、コップは動かなかった。また、あれだ。章介は右手に左手をそえ、ようやくコップを持ちあげた。

そのとき麟太郎の脳裏に、精神障害という言葉が浮んだ。

心神に障害のある者は、四肢の自由が利かなくなることもあったし、喜怒哀楽の表現に変調をきたすこともあった。最初の異常なほどの明るさと、そのあとの歪んだ表情等々……ひょっとしたら章介は――。

しかし麟太郎はこの地域の町医者であって、精神障害は専門外だった。軽々に判断をくだすことは無謀であり危険でもあった。では、どうすれば。

「章介。以前お前に、うちの麻世のことを話したことがあったが――そのときいったように、一度絵描きの目で麻世の顔をじっくり見て、夏希ママと較べて、どっちが綺麗なのか判断してくれねえか」

とっさに、こんな言葉が飛び出した。

「ああ、あの話か。いいよ。何だか面白そうな話だし」

章介は、ふたつ返事で承諾した。

麻世に章介を会わせれば、ひょっとして……。

麟太郎は、手にしたコップのビールを一気に飲みほした。

午後の診察の最後は、風邪をひいたといって洟をすすりながらやってきた風鈴屋の徳三だった。

聴診器を肋骨《ろっこつ》の浮いた痩せた胸に当てて、丁寧に音をひろってみるが、特段の異常さは感じられない。

「単なる風邪だから、無理をしないで寝ていれば治りますよ、親方」

衣服を整えている徳三に優しくいってやると、

「何をいいやがる。浅草生まれの江戸っ子が、単なる風邪ぐれえで寝こんで、どうするんでえ。そんなものは仕事に精を出しゃあ、どっかに飛んでいってしまうはずだ。そうでござんしょう、大先生」

下町言葉で徳三はまくしたてた。

「そうはいっても徳三さんは高齢なんだから、体は大切にいたわってやらねえと」

諭すようにいう鱗太郎に、

「高齢たって、おめえさんとひと回りも違うわけじゃねえ。まだまだ俺の体は、これからだ——とはいっても、大先生がそこまでいうんなら薬ぐれえはもらってやってもいいけどよ」

これがいいたかったのだ、徳三は。素直に薬が欲しいといえないのが、この風鈴屋の徳三という男の性格なのだ。

「わかりました。風邪の特効薬というのはないので、漢方のほうを出しましょう。副作用もほとんどないですし」

最後に「年寄りでも」という言葉をつけ加えたいのを我慢して麟太郎はいう。

「漢方でも何でもいいさ。飲めば義理は果たせて万々歳ってえもんだ」

訳のわからないことをいって、徳三は皺《しわ》だらけの顔を綻ばせてにまっと笑い、

「ところで今日は大先生に、いいものを持ってきてやった」

上衣のポケットからガラスの小瓶を取り出した。なかに入っているのは小さな果実――これは杏子《あんず》だ。

「親方、これは！」

上ずった声をあげた。

「知っての通りの、杏子のシロップ漬けだよ。小さいころ、駄菓子屋に行けば必ず売っていた、下町育ちのガキにとっては宝物のような存在だよ」

嬉しそうにいう徳三に、

「そうだった。メンコやビー玉のあとに、こいつを食って幸せ気分を味わったもんだった。甘くて酸っぱくて……」

当時を思い出しながら麟太郎はいう。

「ところが昨今、こいつがなかなか手に入らねえ。手に入ったとしてもアメリカ産の乾燥杏子を使ってるってことで、昔の味とは違うものになっちまいやがった。そこでだ、俺は自分でこさえてみることにした。苦節十年――ようやく昔の味に近いものを再現す

ることに成功した。そのお裾分けってことだ。有難く食いな、やぶさか先生」

にまっと笑って徳三は立ちあがり、礼などはまっぴらだという顔つきで診療室をさっさと出ていった。

麟太郎は小瓶を手にしたまま、

「八重さんは、こういうものは」

と傍らに立つ看護師の八重子に声をかける。

「残念ながら私は富山生まれなので、そういったものは初めて見ましたけど、大先生たちにとって貴重なものだということはよくわかります。ですから私へのお気遣い無用で、どうぞ大先生たちで」

ふわっと八重子は笑い、小さくうなずいた。

「そうかい。それじゃあ、八重さんへのお裾分けはなしってことで遠慮なく、ご馳走《ちそう》になるとするか」

独り言のようにいう麟太郎の脳裏に、このときメンコに興じる幼い章介の姿が浮んだ。章介も杏子のシロップ漬けが好きだった。あいつにはお裾分けだ。そう考えながら立ちあがって小瓶を机の上に置き、診察室のドアを開けて待合室に目をやると、やはり麻世がいた。

「じゃあ八重さん、俺はちょっと麻世に用事があるからよ」

八重子に声をかけ、待合室に行って麻世の隣に腰をおろす。待合室にいるのは麻世一人だけだ。

「どうだ、麻世。人間観察のほうは」

大雑把な問いを投げかける。

「やっぱり悲しいね。莫迦なことをいい合っていても、心の奥にいろんなことを秘めているのが何となくわかるよ。近頃では幸せな人なんて、世の中にはいないんじゃないかという気もしてきたよ」

掠れた声で麻世はいった。

「それは違うぞ、麻世。それでも幸せな人はいっぱいいると俺は思うぞ——もう少しここに座って人間を見ていれば、お前にもわかってくるとは思うが」

麟太郎はこう断言してから、

「実はお前にひとつ、頼みがあってな」

まず他言無用と念を押し、章介のあれこれをざっと話して麻世にこういった。

「俺と一緒に章介のところにいって話をし、あいつが精神を病んでいるかどうか麻世の直感で判断をしてほしいと思ってよ」

「いいけど……」

当然断りの言葉が出るだろうと身構えていた麟太郎に、麻世は含みはあるものの承諾

の返事をあっさり口にした。これで説得の必要はなくなったと、ほっとしている麟太郎に、

「でも、じいさんにわからないものが、私にわかるはずがないんじゃないか。自信のほうはまったくないよ」

麻世が低い声を出した。

「だから、直感でいいんだ。お前は以前、おでん屋の美雪さんが危ない人間だということをいい当てたし、旋盤工見習いの治の本質が優しさだということもいい当てた。その麻世の直感で判断してくれればいいんだ。もちろん、お前の判断を頭から鵜《う》のみにするわけじゃない。参考にする程度だから大丈夫だ」

これまでの経験から、麟太郎は麻世の直感をかなり信じていた。修羅場をくぐってきた武術者の物の見方というか、持って生まれた動物的な勘というか。そんなものを麻世が持っているのは確かな気がした。だから麻世を章介に……もっとも、苦しいときの麻世頼み。そんな、やけくそな部分があったのも事実だが。

「直感でいいんなら、やってみるよ。でも、あくまでも参考意見だよ。本当に自信はないんだから」

「よし、決まりだ。なら、いつ行くかは章介に相談しておくからよ」

麟太郎は両手を強く叩き、

「ただ、あいつは時として、妙なことを口走る癖があるけど、それはまったく無視してくれてかまわんから。気にしなくていいから」

いくら何でも夏希と麻世と、どちらが綺麗なのか章介に見てもらうとは口が裂けてもいえるはずはない。そこのところは出たとこ勝負で、とにかく章介の診立てが最優先。そう自分にいい聞かせて、麟太郎は麻世に向かって小さくうなずく。

「何か変なこと、考えてない？」

麻世が麟太郎の顔をじろりと見た。

「俺の信条は常に、世のため人のため。そういうことだ、麻世。そうだ、帰りに鰻屋《うなぎや》に寄ろう、久しぶりに贅沢しよう、麻世」

上ずった声を麟太郎はあげた。

「肝吸いつきか、じいさん」

嬉しそうな声がすぐに返ってきて、麟太郎が何度もうなずくと、

「また、おじさん、臍を曲げるね」

ぽつりと麻世がいった。

「いくらあいつでも学習能力はあるだろうから、大丈夫だろう」

何の根拠もないことを麟太郎は口にした。

夕方の五時ちょっと前。

章介の仕事場のドアノブを回してみると、当然ながら鍵はかかっていなかった。

「おおい、章介。きたからな」

大声をあげながら、麟太郎と麻世は仕事場のなかに入りこむ。

「すごいね、ここ」

立てかけられた夥《おびただ》しい数の看板の類いを見上げながら、麻世が感嘆の声をあげる。

奥の仕事場に行くと、作業机の前に立った章介が二人を迎えいれる。ちらりと電子レンジの脇に目をやると、白布をかけたカンバスとイーゼルがあった。あの下に章介の命を懸けた、女性の顔が——。

「麟ちゃん、そっちは見っこなしだ」

ちくりと釘を刺してから章介の目が麻世の顔に移った。凝視した。穴があくほど見つめている。それから大きな吐息をもらした。

「じゃあ、コーヒーでも淹れるから、そのあたりのイスに座っててくれ」

作業机脇のパイプイスを目顔で指し、章介は電子レンジのあるほうへゆっくりと歩く。その姿を、今度は麻世が凝視していた。

麟太郎は部屋のなかを見回している。

前回きたのは夜だったので外は真っ暗だったが、今日はわずかだったものの、まだ陽《ひ》の光が窓の外にあって部屋のなかに入りこんでいた。そのせいか部屋の様子がよくわかった。

　部屋全体が寒々としていた。快適空間と麟太郎が羨ましく感じた男の仕事場も、今日は埃《ほこり》っぽい煤《すす》けた空間に見えた。目を凝らせば、やはりここは年寄りの作業場だった。孤独な老人が独りで住んでいる終焉《しゅうえん》の地に見えた。こんな場所で章介は……。

　麟太郎はぶるっと身震いをした。

「どうした麟ちゃん、寒いのか。ストーブは三つ、つけておいたんだが」

　作業机の上に三人分のコーヒーを並べ終えた章介が、申しわけなさそうにいう。

「いや、単なる身震いで寒さは関係ない。ちょっと風邪ぎみなのかもしれん」

　こういって、コーヒーカップに手を伸ばす麟太郎に、

「しかし、とんでもないモノを連れてきたな、麟ちゃん」

　ちらっと麻世の顔に目を走らせて、章介はいった。

「俺はこの子の顔が、むしょうに描きたくなった。描きたくて描きたくてたまらないというのが、俺の今の心境だ。だが――」

　ぽつりと言葉を切ってから、

「俺のような生半可な腕では、この子の顔をカンバスに映し替えるのは到底無理だ。よほどの腕達者でないと、この子の顔は描くことはできない。目、鼻、口――どれひとつ

とっても絶妙の造形、絶妙の配置だ。一ミリでも間隔がずれれば、すべては台なし。改めて俺は造化の神の偉大さを知った。早めに絵筆を折った俺は正解だった。でなければ、このとんでもない素材を何とかカンバスに映し替えようと七転八倒するだろうからな。そのあげく、二度と立ち直れないほどの傷を負い、自分の才能のなさに絶望の淵《ふち》に突き落とされることになる」

章介は滔々《とうとう》と語った。そんな章介の顔を麻世が、きょとんとした表情で見ている。

「とにかく、世の中は捨てたもんじゃない。その一言に尽きる素材だな」

叫ぶようにいってから、章介はまだ冷めていないコーヒーを喉を鳴らして一気に飲んだ。

「ということは……」

麟太郎は、今更ではあるが声をひそめて訊く。

「どちらが綺麗かと問われれば、文句なしに夏希ママよりこの子のほうが上。しかも、ダントツだ。ただ、美人度だけを取り出せば、夏希ママのほうが上ということになる」

妙なことを口にした。

「不思議なことに、ひとつひとつのパーツを詳細に眺めても、この子には息をのむようなものはない。それが、ひとつの顔という面に納まると、息をのむどころか、息もできないほどに綺麗で美しくなる。もっといえば、この子には夏希ママのような美の定義ともいえる黄金比はまったく見られない。つまり、この子はギリシア以来のヴィーナスの美はまったく持ち合せていないが、それ以上の、この子にしかない独自の美を持っているということになる。それがどんな美の定義になるのか、俺にはさっぱりわからないが、現実が目の前にいるのだから受け入れるより仕方がない」

大きな溜息を章介はもらした。

ちらっと麻世を見ると、じろりと睨み返された。これまでの話で麻世にもこの状況の意味が当然ながら理解できたようだ。

「麻世、お前。章介の言葉を借りれば、美しさ絶頂のべた誉めだぞ」

恐る恐る麟太郎が口に出すと、

「私は綺麗なんかじゃないから。男同然の乱暴で、ガサツで、いいかげんな女だから。そんなに誉められても困るだけだから」

麻世は吼えるように章介にいった。すると、

「わかった、麟ちゃん。この子の魅力がひとつだけ」

章介が、イスから立ちあがって叫んだ。

「この子の魅力は平面では表せない。実際に今のように喋ったり、歩いたり、踊ったりする立体面の世界で途方もない魅力が発揮されるんだ。生身のこの子の姿が、いちばん映えるときなんだ。だから、カンバスに映し替えることなどはできない。理由はまった

くわからないが、それがこの子の、魅力のひとつであることは確かな気がする」

いうだけいって、章介はすとんとイスに腰をおろした。肩で大きく息をした。

「大丈夫か章介。俺たちはこのあと鰻でも食べに行くつもりなんだが、よかったらお前も一緒にくるか」

麟太郎は優しく声をかける。

「いや、遠慮しとこう。鰻は老いた今の俺の体調には強すぎるし、それに折角すごいモノを見せてもらったんだ。しばらくはその余韻に浸っていたいからよ。それから麻世ちゃん」

章介は初めて麻世を名前で呼んで、顔を真直ぐ見据えた。

「よほど腹を括って生きていかないと、麻世ちゃんは不幸になる。それが類いないものを持って生まれてきた者の宿命だから。とにかく、腹を括って」

諭すようにいった。

「はい、わかりました」

驚いたことに、章介の言葉に麻世が素直に反応した。

「私はいつでも腹だけは括っているつもりですから。いつ、どこで死んでもいいように」

ぺこりと頭を下げる麻世を、章介が目を大きく見開いて見ていた。

それから三十分ほど雑談がつづいたあと、

「じゃあ、章介。俺たちはもう帰るからよ」

麟太郎はこういって、ポケットから杏子のシロップ漬けを小分けにした瓶を取り出して章介に渡した。「おおっ」という歓声が章介の口からあがった。

「風鈴屋の徳三親方からの、お裾分けだ。俺たちの子供のころの味がなかなか見つからないので、自分でこしらえたそうだ。ほんの少しで悪いが食べてくれ」

「いいな、こういうものは、子供のころをリアルに思い出すことができて。何かこう、心の奥が真っ白になっていくようでさ」

心なしか、章介の両目は潤んでいるようにも見えた。

「何だか今日は、盆と正月が一度にきたような気分にしてもらった。いや、本当にありがとう。いい時間を過すことができた」

章介は麻世と、杏子のシロップ漬けを交互に見て頭を下げた。

「なら早速、杏子のシロップ漬けを食べながら、いいモノを見せてもらった余韻に浸ることにするよ」

そんな章介の言葉を背に、麟太郎と麻世は仕事場の外に出た。すっかり暗くなって、かなり冷えてもいた。

「悪かったな、麻世。ダシに使ったようでよ」

鱗太郎が素直に謝ると、

「いいよ。普通の人にあんなことをいわれたら頭にくるけど、あのおじさんの場合は頭にこなかったから。なぜだかわからないけど」

普段のままの言葉つきでいった。

「五十年間、別れた女性を想《おも》いつづけるというぐらい、あいつは純粋なやつだから。麻世とは、相通じるものがあったんじゃねえのか」

鱗太郎は柔らかな口調でいい、

「それにしても芸術家というやつは、相変らず芝居がかっているし、大げさだし。小難しい理屈は多いし、何だか煙に巻かれたような気分だな。それはそれとして、麻世」

医者の目になって麻世を見た。

「例の件だろ――私の勘では」

麻世は一瞬空を見上げてから、

「あのおじさんは、病気だと思う。私の勘は盛んにそう訴えていた」

断定したようないい方をした。

「そうか、やっぱりな。となると、あいつに引導を渡して、いい精神科医への紹介状を書いてやらんといかんな。症状が悪化する前に」

独り言のようにいう鱗太郎に、

「違うと思う」

　はっきりした調子で麻世がいった。

「あのおじさんは精神的な病気じゃない。私はあのおじさんがコーヒーを淹れに行くときの後ろ姿を見てたんだけど、体の中心がぶれていた。歪《いびつ》だった。おじさんはかなり無理して頑張っていたようだけど、あれは左右の筋肉か筋のどこかが壊れているからで、精神的なものじゃないと思う」

　武術者から見た、具体的なことを口にした。

「そうか。麻世から見ると、章介は体の病気か。となると、いったい……しかしなあ」

　麟太郎は太い腕をくんで、空《くう》を睨みつけた。

『田園』に行くと客は数人。近頃では珍しく店は空《す》いていた。

「いらっしゃい、大先生」

　すぐに夏希がよってきて、思いっきり嬉しそうな声をあげる。

「店が空いていると、ママの声もいつもより一オクターブほど高くなるようだな」

　皮肉っぽくいってやると、

「何を子供みたいなことをいってるんですか。私の声はいつも同じ。大先生のように大好きな常連さんなら、それに嬉しさが加わるだけですよ」

麟太郎の腰に手を回して、ささやくようにいう。

「大好きな常連なあ……」

思わず口に出す麟太郎に、

「子供みたいといえば、つい今しがた章介さんがきて、すぐに帰ってしまったんですよ」

夏希は不審そうにいった。

十五分ほど前のことだという。

扉を押して機嫌よく入ってきた章介は、店のなかをぐるりと見回して、

「悪いけど、今夜は帰るよ」

と呟くように夏希にいった。

驚いた夏希が理由を訊くと、

「いつもの指定席が、埋まっているから」

悲しそうな声を章介はあげた。

確かに章介がいつも座る、診療所側の奥の席はすでに客で占《し》められていたが、他にも空いた席はいくつもある。

「他の席では駄目なんだ、ママ。他の席では具合が悪いんだ」

こんな言葉を口にして、さっと背中を向けて店を出ていったという。

「ねっ、何だか子供みたいでしょ。もっとも、さすがに芸術家というのは考えることが違うと感心したのも確かですけどね——でも、どこからでも私の顔は見えるのにねえ」

夏希は空いている席に麟太郎を押しこめ、すぐにビールとお通しを持ってきて、体を密着させて隣に座る。

「どうぞ」といってコップにビールを満たす。

「おっ、空いていると、やっぱりサービスがいいな」

機嫌のいい声を麟太郎があげると同時に扉が開いて、数人の客がなだれこんできた。

「あっ、大先生、ごめんなさいね」

すっと夏希は立ちあがり、笑顔満開の表情で新しい客のところに向かう。

「確かに章介のいう通り、夏希ママは潔い」

呟くようにいって章介のいう奥の指定席に目を向けるが、何の変哲もない普通のソファーがあるだけだ。まったく芸術家というのは訳がわからん——そんなことを考えつつ、ついさっきまでの居間でのやりとりを麟太郎は思い浮べる。

久々に麻世の手料理にありついた潤一は、すこぶる機嫌がよかった。といっても、献立は冷凍食品の八宝菜だったが。

「なあ、潤一。お前は章介のこの状況を、どう診る。何か考えがあったらいってくれ」

章介の件だ。夕食を摂《と》りながら、麟太郎は麻世と一緒に章介の許を訪れたときのことなどを潤一に話し、意見を求めた。

それまで機嫌よく食後のお茶を飲んでいた潤一の表情が引き締まり、医者の顔に変った。一緒に夕食を摂っていた麻世が、その様子を不思議なものでも眺めるように見ている。

「章介さんの申告は痛風で、親父の診立ては精神障害――そして麻世ちゃんの診立ては筋肉か筋の疾病」

呟くようにいう潤一に、

「私のは診立てなんかじゃないよ、ただの直感だから。参考になんかすると、とんでもないことになるよ」

珍しく麻世が遠慮ぎみにいった。

「わかってる。だけど、麻世ちゃんが一流の体術の遣い手というのは事実だ。ある意味、人間の体の動きに精通しているというのも、当然のことだ」

潤一はこういって、両目を閉じた。

どうやら章介の病名を潤一なりに、真剣に探っている様子だ。それも自分の知識と経験を総動員させて何かを必死につかみとろうとする気配が顕著に見てとれた。

そのままの状態で五分ほどが過ぎた。

「親父……」

と潤一がくぐもった声を出した。

「ちょっと穿《うが》ちすぎかもしれないし、そして当たっていないほうがいいんだが、章介さんの病名はALSなんでは」

麟太郎の胸が音をたてて騒いだ。

「ALSって、そんな、お前。それではお前、章介は……」

おろおろ声を麟太郎は出した。

「指に力が入らないことや、麻世ちゃんがいった、筋肉云々という話――乱暴ではあるかもしれないけど、そこにALSという言葉を入れれば何とか辻褄《つじつま》が合うことは確かだ。上肢麻痺が、すでに進行しているんじゃないかな」

重い声で潤一はいった。

「何だよその、ALSっていう訳のわからない横文字は」

麻世が心配そうな声をあげた。

「筋萎縮性側索硬化症《きんいしゅくせいそくさくこうかしょう》――国の難病指定にもされている、体中の筋肉が徐々に衰えていく病気だよ。最初は手足を動かす随意筋が冒されて体が動かなくなり、その後、心臓などの内臓を動かす不随意筋にも広がって……」

潤一は言葉を一度切ってから、

「やがては呼吸困難に陥り、数年から十年ぐらいで死に至る」

低すぎるほどの声でいった。

筋萎縮性側索硬化症とは、筋肉そのものの病気ではなく、筋肉やその動きを支配する運動ニューロンが障害を受けるものだった。そのため脳からの伝達命令が全身に伝わらなくなり、筋肉は動くことができなくなって衰えていき、やがて体中は麻痺状態に陥る。

「原因は何なんだよ」

低すぎる声で麻世がいった。

「今のところ、確固たる原因は不明だといっていい」

「じゃあ、手術や薬はどうなんだ。何かやりようがあるだろ、じいさん」

麻世が叫んだ。

「手術は不可能だ。薬は神経細胞を保護するものがあるが、これもどの程度効くのかはまだ不明だ」

絞り出すように麟太郎はいった。

「じゃあ、もし、あのおじさんがその訳のわからない病気だったとしたら、どうしたらいいんだよ。何とか助けてやることはできないのか。あのおじさんは、いい人だよ。このまま一人っきりで死なすなんて嫌だよ、私は。かわいそうすぎるよ」

一気に麻世はいった。

「残念ながら、今の医学はＡＬＳには無力だ。有効な手立てがない」

「そんな……」

という麻世の声にかぶせるようにいう、

「章介さんはまだ、ALSだと決まったわけじゃない。その可能性もあるというだけで、案外本人のいう通り痛風なのかもしれない。だから今のところは」

潤一の言葉で、その場はいちおう収まったのだが——。

「どうしたの、大先生、難しい顔をして」

気がつくと隣に夏希がいて、ビール瓶を手にしていた。麟太郎は慌ててコップを持って、夏希の酌を受ける。

「ママにひとつ、訊きたいことがあるんだがよ。章介のことでよ」

一気にビールを飲み干して夏希の顔を見る。

「さっきの指定席の他に、章介に何か変った様子は見られなかったかな。たとえば首が痛いとか腕が痛いとか。膝が痛いとか足首が痛いとか。そんな、体に関してよ」

「そういえば」

夏希は視線を宙に向け、

「足首が痛いとかいって、よく揉んでましたね。痛風のせいだといって」

麟太郎の胸が嫌な音をたてた。もし章介が筋萎縮性側索硬化症なら——下肢麻痺が始まっている。

症状は確実に進行しているのだ。

「もうひとつ訊きたいんだが、章介がこの店に顔を出すようになったのは、どれくらい前からなのかな」

「そうですね。半年くらい前からですかね。それまでは、まったくここへはきたことはなかったんですけど」

首を傾げながら夏希はいった。

ちょうどそのころ、章介の身に何かがおきた。そして、どういう訳なのか、この店に足繁く通うようになり、あの指定席に座るようになった。もっとも本人は夏希ママに惚れたからといっていたが、今となってはそれも。

いつのまにか麟太郎は、歯を食いしばって両の拳を強く握りしめていた。

麟太郎は悶々《もんもん》とした日々を過した。

すぐにでも章介のところへ飛んで行きたい気持だったが、もし章介の病気がＡＬＳであったなら。癌や心臓病なら、まだ打つ手はあった。だがＡＬＳでは、それがなかった。お手あげの状態だった。それが怖かった。

「大先生、どうされたんですか。近頃何だか思いつめた表情で、心ここに在らずといったかんじですよ。また夏希さんのことですか」

こんなことを八重子にいわれたり、

「何だかすごく人相が悪くなりましたよ、大先生。それって犯罪者の顔ですよ。ただでさえ、ごつい顔なんですから、もう少し笑顔を見せないと夏希さんに嫌われますよ」

事務員兼看護師見習いの知子には、こんなことをいわれて諭された。

両方とも夏希がらみというのが癪《しゃく》に障ったが、今の麟太郎には反論する気力もない。

そんなところへ問題の主である章介から、麟太郎のケータイに電話が入った。

「麟ちゃん、例の絵が完成した」

と章介は明るすぎるほどの声でいった。

「できたのか、とうとう」

上ずった声を出す麟太郎に、

「だから、今夜あたりきてくれるか。けっこう素晴らしい物になったと、俺は思ってるから」

上機嫌な声を章介はあげた。

「行くさ。もちろん行くさ。章介の女神様をようやく拝めるんだから、行くにきまってるだろう。で、何時に行けばいいんだ」

時間は八時ということになった。

診察終了後、いつものように待合室の隅に座っている麻世の隣に腰をおろし、

「今夜は章介に呼ばれているから、夕食はいい。俺はどこかで蕎麦《そば》でもたぐっていくから、お前は適当に何かを食べててくれ」

硬い表情でいった。

「行くのか、とうとう。それなら私も」

麻世が強い口調でいった。

「それは駄目だ。もし章介がALSなら、俺と章介は医師対患者ということになる。そこに第三者が入りこむのは許されないし、それに医者には守秘義務というものがある。いってはいけないことは、いくら麻世であっても話せない。それが医療に携わる者の義務だ。それぐらい、人というものは尊く、人の命は重いということだ」

麟太郎はここで言葉を切ってから、

「もし、お前がこの先、看護師になるつもりがあるなら、この言葉を忘れないでほしい。そういうことだ」

麻世に向かって看護師という言葉を初めて出した。

「わかったよ。そうするよ。なら、あのおじさんに頑張ってほしいと私がいってたと、伝えてくれよ」

何か反論してくるかと思ったら、麻世はすんなり麟太郎の言葉を受け入れた。看護師の件をどう取ったかは、わからなかったが。

鱗太郎は八時きっかりに『瀬尾看板店』の前に立った。

ドアノブを回してなかに入りこみ、

「おおい、章介、きたぞう」

と大声をあげると「こっちにきてくれ」という章介の声が鱗太郎を奥に誘《いざな》った。

仕事場の奥の作業机の前に行くと、章介は座っていたパイプイスから立ちあがって鱗太郎を迎えた。笑みが顔に浮んでいた。

「いよいよ完成か。女性の顔はむろんだが、背景の色づかいがどうなっているか、それも楽しみだな」

「まあ慌てずに、そこに座ってちょっと待っててくれ。コーヒーでも淹れるから」

章介は鱗太郎にイスをすすめてから、電子レンジのあるところへゆっくりと歩く。傍らには例のカンバスを載せたイーゼルが白い布をかぶって立っていた。

しばらくすると、トレイにコーヒーカップをのせた章介が戻ってきた。作業机の上に二人分のカップをゆっくり並べる。

「これで、ようやく肩の荷がおりた。彼女に対する気持の整理もついたしな」

機嫌よくいう章介の顔を、鱗太郎は真直ぐ見る。

「絵を見せてもらう前に、俺は章介にひとつだけ訊ねたいことがある。肩の荷がおりた章介に……」

語尾が微かに震えた。

今度は章介が、麟太郎の顔を真直ぐ見た。

「単刀直入に訊く。お前の病気は痛風ではなく、本当はALSじゃないのか」

はっきりした口調で、麟太郎はいった。いや、いうことができた。

「ALS……」

ぽつりと章介がいった。

無言の時間が流れた。

どれほどの時がたったのか。

「よくわかったな。麟ちゃんのいう通り、俺の病名はALS、筋萎縮性側索硬化症だ。痛風なんかじゃないよ」

低くはあったが、よく通る声でいった。

「俺は精神障害だと思っていた。ところが先日ここへきた麻世が、あのおじさんは体の芯がぶれている。筋肉か筋の病気に違いないといい出してな」

「麻世ちゃんか――あれは凄い子だ。綺麗とか美しいとかは問題じゃなく、あの子は文句なしに可愛いんだ。それも、あらゆる人間の心の奥底にある何かを揺さぶる可愛さを持っている。可愛さは美しさを凌駕《りょうが》する――この年になって俺は初めてこの言葉を理解したよ」

　笑いながら一気に章介はいった。

「すると今、お前の頭のなかにある女性の一番は麻世ってことか」

「何をいうか。麻世ちゃんは二番で、一番はやっぱりあの女性だよ」

　章介は目顔で、白い布をかぶったカンバスを指した。

「そうか、そうだったな。じゃあ、その女神様は少しおいといて、まず病気の話をしよう。ちゃんと医者には診てもらったんだな」

　医者の顔で麟太郎は訊いた。

「診てもらった。一年ほど前から腕から手にかけて、つっ張り感が出てきたので、これでは仕事に支障が出ると、都内の病院の神経内科に行った。そしたらまず問診があって、そのあと筋電図やら髄液検査、ＭＲＩやらの画像検査等々、いろんな検査を受けた結果、ＡＬＳと診断された」

　章介は淡々と語った。

「薬は飲んでいるのか」

「よくはわからんが、グルタミン酸とかの神経毒性を抑える薬というのは飲んでいる」

　少し投げやりな口調で章介はいった。

「そうか、いちおうの治療はしているわけだな。それを聞いてちょっとは安心したよ」

麟太郎はほんの少し笑ってみせた。

「だが結局、特効薬はない。何をしようが何を飲もうが、治る術はない――だから麟ちゃんには痛風で通した。相談されても麟ちゃんは困るだけだろうから」

「それはそうだが、手厚い看護を受けられる病院か施設を紹介することぐらいはできる」

掠れた声でいう麟太郎に、

「そうだな、そういうことだな――いずれにしてもALSの宣告を受けて数カ月間、俺は死というものを考えつづけて、苦しみもがいた。このがらんとした家で、俺は文字通り死というものと正面から向き合って、のたうちまわった。その結果――」

演説をするようにいって、ふっと笑った。

「死は平等に誰にでも訪れる。それが早いか遅いかの違いというだけで、死を逃れられた人間というのは誰一人としていない。故に、死は、ごく自然なもの……そういう結論に達した。無理やりかも、しれんがな」

また、ふっと笑った。

「凄いな、お前は」

ぽつんと麟太郎はいった。

「凄くはないよ。そこで思考を止めたんだ。断ち切ったんだ。折り合いをつけて、後戻りを阻止しただけだよ」

「それにしても……」

喉につまった声をあげてあとの言葉を探していると、

「そんなことより、そろそろ絵を見よう。そのためにきてもらったんだから」

章介はそういって立ちあがり、布をかぶったイーゼルの前にゆっくり歩き、麟太郎も慌てて後に従った。

「じゃあ、布を外すよ」

章介は小さく息を吸いこんでから右手を伸ばした。布をつかんで引いた。布の下から光が溢れた。少なくとも麟太郎にはそう見えた。

こだわっていた背景は、明るさそのものだった。白、黄、赤……輝くような色彩が背景に躍っていた。章介は、あの女性を許したのだ。憎しみは消え、愛だけが残った。

そして問題の女性は――。

胸から上の姿で、その女性は白っぽい薄物をまとっていた。むろん夏希ではない。が、綺麗な若い女性には違いない。それに、この女性、どこかで見たような……麟太郎は目を大きく見開いた。

「あっ！」と叫び声をあげた。

「ようやく、気がついたみたいだな」

「この女性は、ひょっとして」

上ずった声を麟太郎は出した。

「そうだよ、八重子さんだよ。麟ちゃんのところで看護師をやっている、飯野八重子さんだよ」

そういえば八重子は若いころ、こんな顔をしていたような。もう半世紀ほども前のことなのでよくは覚えていないが、確かに美人っぽい顔をしていた。

「章介、お前の相手は八重さんだったのか」

ようやく声が出た。驚愕《きようがく》だった。

「その通り。五十年ほど前の十六歳のとき、俺はお前の診療所で当時看護師見習いをしていた二十四歳の八重子さんに恋をした。そして俺と八重子さんは、相思相愛の仲になった」

高校二年の夏だと、章介はいった。

このころ章介は棟方志功《むなかたしこう》に心酔していて、志功が板画と称した作品に夢中になり、鋭い鑿《のみ》を駆使して仏画を彫っていた。彫刻刀ではなく、ひと味違った物をつくろうと鑿を用いたのが間違いの始まりで、思いっきり力を入れたとき手元が狂って鑿は章介の左手の人差指を切り裂いた。血が吹きあがった。

幸い刃先は指の腹のほうに食いこみ、骨への損傷はまぬがれたが傷は深く、五針ほど縫った。その治療をしたのが麟太郎の父親の正次郎《しょうじろう》で、世話をしたのが八重子だった。

十六歳の章介の目に白衣をまとい凛とした、大人っぽい八重子の姿は映画女優のように輝いて見えた。一目惚れだった。端整な顔立ちの章介を八重子も気に入ったようで、親身になって世話をした。

章介の怪我は長引いた。普通なら一週間ほどで抜糸のはずが、傷口が化膿してなかなか治らなかった。理由は章介の細工だった。治りかけた傷に泥などをなすりつけ、わざと傷口が悪化するようにしむけたのだ。

そんな人間がいるなどとは誰も疑わず、正次郎も首を傾げるばかりだったが、結局完治したのは夏休みが終るころ。むろん、章介のその行為は、八重子に逢いたい一心。そのためだった。指などはどうでもよかった。

その章介の細工に八重子だけは気づいたようだった。診療所へくるたびに熱い視線を向けてくるのだから、思い当たる節は充分だったが、八重子はそれを自分一人の胸に秘めた。

「自分の体を粗末にしちゃ、駄目。わかった、章ちゃん」

ただ一言こういって、笑いながら章介の顔を睨んだ。このころから二人の間は急速に縮まった。

八重子は診療所の近くにアパートを借りていたが、章介はそこへも遊びに行くようになった。最初は姉と弟のような関係だったが、ある日、それが突然崩れた。

八重子のアパートの壁に小さな棚をつくろうということになり、章介がそれを手伝って踏み台の上に乗って釘を打っていたとき。バランスを崩して章介が落ちかけた。それを下から八重子が抱きとめようとしたものの、勢いあまって畳の上に重なって倒れこんだ。

章介の顔のすぐ下に八重子の顔があった。

唇を寄せる章介の行為を、八重子は拒まなかった。章介にとって初めてのキスだった。その日、章介と八重子は結ばれた。

二人の関係はそれから半年ほどつづき、そして、ふいに終止符が打たれた。

「もう、章ちゃんのような子供の相手をするのはいや。私はちゃんとした、年上の大人のほうがいい」

八重子がこんなことをいい出した。

年のことをいわれても、章介にはどうにもならない。章介は何度も畳に額をこすりつけて別れないでほしいと頼みこんだが、八重子は首を縦には振らなかった。涙を流して頼みこんでも、そっぽを向かれた。八重子は聞く耳を持たなかった。

「八重子さんを殺して、僕も死ぬ」

一度はナイフを持ってこう迫ったが、

「章ちゃんと一緒に死ぬなんて、絶対に嫌。死ぬなら、章ちゃん一人で死ねばいい。莫迦らしい」

冷たくあしらわれ、鼻で笑われた。

こうして章介の恋は終った。

その数年あと、八重子は年上の男と結婚するが、これは結局うまくいかず五年ほどで離婚という結果になり、八重子は独り身のまま今に至っている。

章介の長い話は終った。

「そんなことが、八重さんと章介の間に……」

絶句する麟太郎は、このときようやくわかった。絵の主を夏希によく似た女性かと訊いたとき、「中らずと雖も遠からず」といった章介の言葉と、先日夏希がいった章介の指定席の意味。あれは八重子が働く診療所への距離だ。章介は診療所へ少しでも近づきたかったのだ。子供のような発想だが、それが瀬尾章介という男なのだ。

「それから章介は、ずっと八重さんを愛しつづけてきたのか」

ぽつりというと、

「愛しつづけるということは、憎みつづけるということでもある――この複雑な二つが絡み合わなければ五十年もの愛はつづかない」

章介は自嘲ぎみにいった。

「しかし章介は、この絵の背景を明るく描いた。つまり憎しみは消えて、純粋な愛だけが残った。そういうことなんだろう」

「そう思いたい。年月は憎しみを希薄にする。しかし、やはり一片の疑問は残る――なぜ八重子さんは俺を急にすてたのか。しかも、鼻であしらうようにして……もっとも俺なりの仮説はひとつあるんだが」

くぐもった声でいった。

「ひょっとしたら八重子さんは、俺の子供を身籠ったんじゃないかと。そして悩みに悩んだあげく、その子を堕《お》ろした。高校生の俺を父親にするわけにもいかず、また、高校生の俺とそんな関係になった自分の罪にも苛《さいな》まれて、八重子さんは俺と別れることに」

腹の底から絞り出すような声だった。

「それだ」

麟太郎は大声をあげた。

「ある女性の不倫の子を、産むか堕ろすかを八重さんと話したことがあったが。そのとき、私も一度だけ子供を堕ろしたことがある、あれは辛いものです、自分の身が砕けちるほど悲しいことですと、号泣したことがあった」

叫ぶようにいった。

とたんに章介が吼えた。

おうっ、おうっと吼えながら、絵の前にしゃがみこんだ。章介の目から大粒の涙がこぼれて床に滴り、黒いシミをつくった。

「章介、おい章介……」

麟太郎も慌ててしゃがみこみ、章介の肩を揺さぶった。

「麟ちゃん。これは俺の嬉し涙だ。八重子さんは決して俺を裏切ってはいなかった。しかし、なぜ俺に本当のことを……いってくれれば、俺はその子の父親に喜んでなったのに。そうすれば子供の命も……それが悲しくて辛い、これは俺の嬉しさと悲しさの混じった涙だよ」

泣きながらいう章介に、

「高校生のお前を父親にするわけにはいかないから、八重さんは泣く泣く子供を堕ろしたんだ。そのことだけは察してやれよ」

できる限りの優しい声でいった。

「わかっている。わかっているけど、やはり涙は出てくる」

「しかし、これでこの絵も生きるんじゃないか。一片の疑問もなくなり、この背景の輝きも本物になったということじゃないか」

「そうだな。俺はALSになって、せめてこの手が動くうちに、あの人の姿を描いておこうと筆を執ったんだが、その甲斐があった。実をいうと俺の手は、そろそろ駄目になりかけてる。そこで麟ちゃんにひとつ頼みがある」

苦しそうにいった。

「この絵をもらってくれないか。医者の前でこんなことをいうのは気が引けるが、俺は早晩死ぬことになる。だから、この絵を」

「わかった。俺が預かる。そして……」

章介はこの絵を八重子に渡してほしいのだ。麟太郎に絵を見せるということは、そういうことなのだ。麟太郎は章介の肩を叩き、手をそえて立ちあがらせる。足腰もかなり弱っているようだ。

「最後にひとつ訊きたいんだが、今までの話から察すると、お前はその出来事以後、八重さんに逢いに行かなかったようだけど、それはなぜなんだ。行けば、八重さんはお前と一緒になってくれたような気もするが」

疑問に思っていたことを口にした。

「行けるわけがない。俺が行けるのは、精々診療所の隣の田園までだ。それも、病気になって切羽つまって……」

章介が叫んだ。

「俺は八重子さんにすてられた身だ。そんな俺が、どうして八重子さんに逢いに行ける。俺は待つのみだ。俺はこの五十年間、ずっと八重子さんが戻ってくるのを、待って待って待ちつづけた。それが俺の義務であり、筋でもあった」

肩を震わせる章介を見ながら、こいつは律義すぎると麟太郎は思った。こんな莫迦正直な男が、まだこの世の中にいたのだと。

「それから、これは麻世からの伝言だ。頑張ってほしいと――麻世は、そういってたぞ」

「そんなことを、麻世ちゃんが」

ぜいぜいと喉を鳴らした。ひょっとしたら症状は、すでに呼吸器のほうにまできているのかも。

「麟ちゃん、あの子は俺によく似ている。切羽つまれば、何をするか予測のつかない子だ。そこのところを気をつけてやってほしい。それから」

章介は大きく深呼吸をして息を整えた。苦しそうな表情が徐々に消えていくのがわかった。ほっとする麟太郎に、

「あの子に伝言だ。だから、楽に生きろと。もっと楽に生きろと――そういってくれ」

はっきりした口調でいった。

「わかった。必ずいっておくから心配するな。ところで、お前は大丈夫か。明日になったら早速、病院を探してみるから。手厚い看護をしてくれる病院を」

麟太郎の言葉を聞きながら章介はイスに腰をおろし、残っていたコーヒーを口に含む。

「見苦しいところを見せてしまった。胸のほうはもう大丈夫だ。病気の進行は思いのほか、早いようだが」

ふわっと笑った。

麟太郎が章介の家を出たのは、それから二十分ほどあとだった。

家に帰ると十時を過ぎていたが、なんとまだ麻世が居間にいた。どうやら麟太郎の帰るのを待っていたようだ。

「麻世、残念だが章介はALSだった。守秘義務のある話だが、いちおう、お前にはな」

首を振りながらこういうと、麻世の表情が曇るのがはっきりわかった。

「それから、お前の伝言は章介に確かに伝えた。そして章介からお前への伝言も聞いてきた。もっと楽に生きろ——章介はこういっていた」

「もっと楽に生きろ……」

独り言のようにいう麻世の目が、麟太郎の提げている白い布に包まれた物を捉えた。

「それは何だ、じいさん」

「これは五十年間、章介が想いつづけてきた女性の肖像画だが、どんな絵なのか、お前に見せるわけにはいかん」

「わかった……でも、五十年間、想いつづけてきた女性の肖像画をじいさんにって」

口のなかで呟いたとたん、麻世の様子がおかしくなった。イスから立ちあがって居間のなかをうろうろと歩き出した。

「じいさん、駄目だ」

麻世がこう叫んだとき、麟太郎のケータイが音を立てた。ポケットから出して慌てて耳にあてると、

「今夜はありがとうな、麟ちゃん」

別れてきたばかりの章介だった。

「死ぬのはみんな平等、ただ早いか遅いかだけの差。こう自分にいい聞かせてきたが、やっぱり怖いな。怖くて怖くてしようがないな。駄目だな、俺ってやつは」

震え声が麟太郎の耳を打った。

「おい、章介、おい」

怒鳴り声をあげる麟太郎に、

「先に逝くことにする。あの人に……」

ぷつりと電話は切れた。

章介はこの夜、頸動脈《けいどうみやく》を剃刀《かみそり》で切って死んだ。

午後の診療が終ったあと、麟太郎は居間につづく自分の書斎に八重子を招き入れた。

八重子を応待用のソファーに座らせ、麟太郎はその前に腰をおろす。悄然《しょうぜん》とした八重子の様子を見て、麟太郎は胸の奥に疼《うず》くものを覚えていた。

八重子は富山の中学を卒業して伝手《つて》を頼りに、この診療所にやってきて住みこんだ。ここで働きながら学び、正看護師の資格を取った。その努力と懸命さを麟太郎は、つぶさにその目で見てきた。そして何よりも、麟太郎にとって八重子は姉のようなものであり、家族同然の大切な存在でもあった。

「折りいって、八重さんに話があってここにきてもらいました」

低い声で話を切り出した。

「章介のことなんだが……俺は章介が自殺する直前まで、あの家にいた。そのことは知っているよね、八重さんも」

小さくうなずく八重子に、

「その夜章介は、高校二年のときの八重さんとの出来事を俺に語ってくれました」

と麟太郎は、その夜章介から聞いたことのすべてをゆっくり話し出した。

八重子の肩が徐々に下がり、やがて体が小刻みに震え出した。八重子は声を出さずに泣いていた。すすり泣いていた。

麟太郎がすべてを話し終えたとき、八重子の体は小さく縮みこみ、体は左右に微かに揺れていた。

「私は――」

顔をあげた八重子が、真直ぐ麟太郎の顔を見た。顔は涙で濡れきっていた。

「今でも章ちゃんが好きです。ずっとずっと、章ちゃんが好きでした。章ちゃんを忘れたことは一度もありませんでした。忘れようとして、そして章ちゃんにも私のことを諦めてもらうつもりもあって一度は結婚しましたが、やはり駄目でした」

最後の言葉は掠れ声だった。

「やっぱり、あの結婚はそういうつもりで」

麟太郎は独り言のようにいい、

「八重さんが章介と別れた理由は――あれは、章介が推測した通りだと思ってもいいんだろうか」

できる限り優しい声で訊いた。

「その通りです。私のお腹のなかには章ちゃんの赤ちゃんができていました。でも、章ちゃんに、それを打ち明けることはできませんでした。いえば章ちゃんは産めというに決まっています。そして結婚しようといい出すに決まっています。章ちゃんの気性は知りぬいていました――まだ高校生の章ちゃんに、そんなことをさせるわけにはいきません。私は悩みました。悩んだ末に……そしてこのとき、私は章ちゃんと別れることを決心しました。私がいないほうが、章ちゃんのためになる。私なんかいないほうが」

八重子の両目から涙がこぼれた。

涙は頬を伝って膝の上に落ちた。

膝の上の手は老女の手だった。

「わかります、八重さんの気持は痛いほどよくわかります」

麟太郎は喉につまった声をあげ、

「そして、もうひとつだけ八重さんに訊きたいことが」

膝の上の手を、ぎゅっと握りしめた。八重子同様、皺の多い老いた手だった。

「なぜ、章介のところに戻ってやらなかったんですか。章介は八重さんが戻るのを待って待って、待ちわびていました。戻れば二人は一緒になることもできたのに」

「それは……」

八重子の声が一瞬高くなった。

「そんなことができるはずは。私は章ちゃんに酷い仕打ちをした女です。そんな私が章ちゃんのところに戻ることは……私も待っていたんです。章ちゃんが迎えにきてくれることを、私もずっと。だから、この診療所に私は……」

私も待っていたと、八重子はいった。この診療所で待っていたと。

麟太郎は愕然《がくぜん》とした。

章介も八重子も、二人とも互いに相手が迎えにくるのを待っていた——逢えるわけがなかった。逢いたいと心を燃やしながら、二人は自分の殻に閉じこもり、相手のくるのをひたすら待ちつづけていた。

麟太郎は大きな吐息をもらした。

目頭が熱くなるのを覚えた。

どちらか一方がほんの少し行動をおこせば、実ることのできた恋だった。それを二人は、五十年近くも。切なかった。あまりに切なかった。切なかったが、途方もなく眩しい恋のようにも思えた。

「さっき話をした、章介が八重さんを描いた絵なんですが」

麟太郎はこういって立ちあがり、机の上に立てかけてあったカンバスを手に取り、八重子の前のテーブルにそっと置いた。

「それが、八重さんに対する憎しみをすべてすて去って、章介が衰える手で描いた絵です」

潤んだ目で八重子が絵を見つめた。

その瞬間、八重子の顔に生気が蘇った。

膝に置いた手が若くなったように感じた。

八重子は絵を見つめつづける。

「章ちゃん……」

言葉が、ほとばしり出た。

八重子の肩が大きく波打った。

号泣した。

泣き声は麟太郎の書斎に、いつまでも響きわたった。

第七章　ひとつの結末

今夜の献立は豚肉の生姜《しょうが》焼《やき》だ。

ちょっと脂っこかったが、麻世にしては上出来の味だった。

「これはなかなか、うまいな」

口をもごもごさせながら麟太郎がいうと、

「そうだろ。肉が軟らかくなるように、ちゃんと酢も使ってあるからな」

得意げな表情を浮べて、麻世は薄い胸を張る。

「肉も軟らかいけど、味のほうも醤油と砂糖の加減が絶妙だ」

お代りした三杯目の飯を口に放りこんで、潤一が感心したような声をあげる。

「まあ、本気になれば私の実力は、こんなもんだよ」

やや上ずってはいるが、鷹揚な口調で答える麻世に、

「実力というか――」

潤一はごくりと飯を飲みこむ。

「ひょっとして、これは冷凍食品だったりして」

潤一にしたら誉め言葉の裏返しのつもりだったようだが、これがいつもの余分な一言になった。

「何だよ、それは。これは私が仕込みからつくったもので、冷凍食品なんかじゃないよ。本物だよ」

疳高い声を麻世があげた。

「あっ、それはわかってるよ。俺はただ、冷凍食品ぐらいうまいということが、いいたかっただけで。近頃の冷凍食品はレストラン並の味を出してるから」

慌てて潤一は弁解の言葉を並べたてるが、麻世は知らん顔だ。

――この二人は、とことん相性が悪い。

麻世と潤一のやりとりを眺めながら、つくづく麟太郎はそう感じ、小さな吐息をもらして首を傾げる。

「そういえば、親父――」

その場をとりつくろうような声を、潤一が出した。

「章介さんの件は、ショックだったな」

とたんに麻世の体から、力がすっと抜けるのがわかった。

麻世は章介に会ってもいたし、章介からの最後の電話を麟太郎が受けたとき、その場にもいた。それにどういう加減か、麻世は章介を気に入っていたようだ。

「驚いた。まさか章介が、あんなことをするとは。もっと気をつけるべきだった。俺の不覚だ」

絞り出すような声でいった。

「じいさんの不覚じゃないよ。あのおじさんは武人《もののふ》だったんだよ。私にはあのおじさんの気持がわかるような気がするよ」

ぼそっという麻世に、

「武人だろうが何だろうが、自分で自分の命を絶ってはいかん。生きて生きて、生き抜くことこそ、ちゃんとした人間というもんだ。たとえ、どんなに辛いことがあったとしても……」

麟太郎が吼えた。が、最後の言葉は掠れ声だった。同時に麟太郎の脳裏に八重子の顔が浮んだ。

八重子は平常心の言葉そのままに、決して自棄《やけ》になることも沈みこむこともなく淡々と看護師の仕事をこなした。しかし心のなかは……それを考えると胸が軋んだ。

今日も午後の診察が終ったあと――。

「大丈夫か、八重さん」

と麟太郎が声をかけてみると、

「大丈夫ですよ、大先生。章ちゃんは私の胸の奥で、いつでも元気に走りまわっていますから」

こんなことをいって泣き笑いの表情を浮べていたが。

時間しかなかった。世の中のすべてのことは時が解決してくれる。それがいつまでかかるかわからなかったが、そう考えて自分を納得させるより仕方がなかった。

むろん、章介の恋の相手が八重子であることは麻世も潤一も知らない。知っているのは麟太郎と、そして当人の八重子のみ。誰からも祝福されることのなかった、永すぎて熱すぎる恋の終りだった。

「ところで、こんなときに何なんだけど。早く知らせたほうがいいと思うから」

四杯目のお代りをよそってきた潤一が、くぐもった声をあげた。

「麻世ちゃんのお母さんの満代さんの面会が、ようやく許されることになった」

何でもない口調を装うように、さらっと潤一がいった。

麟太郎の胸がざわっと騒いだ。麻世のほうを見ると箸が止まっていた。体が硬直していた。

殺人未遂で逮捕された満代は心神耗弱ということから、都内の病院の精神科に措置入院中で、ずっと面会謝絶の状態だったが、どうやらそれが解除されたらしい。

「十日に一度ほど入院先の病院に電話を入れて、担当の医師から容体を確かめていたんだけど。まだ時折り錯乱状態に陥ることはあるが、普段はまともらしき話ができるようになったということだった。それを受けて警察のほうからも、親族に限って面会可能という決定がなされたということだよ」

一気にいう潤一に、

「まともらしき、か」

と麟太郎は独り言のようにいう。

「おじさん、十日に一度ほど連絡をとってくれていたのか」

低い声で麻世はいい、潤一に向かって頭を下げた。

とたんに潤一が狼狽した。

「あっいや。俺も医者の端くれだから。そんなことは当たり前というか、何というか」

「いずれにしても」

厳かな声を出して麟太郎が麻世を見た。

「面会が可能になったということなら……どうする、麻世」

「行くよ、もちろん」

即答した。

「行って、あの包丁が梅村を狙ったのか、それともじいさんを狙ったのか。それをはっきり問い質して答えを聞かなければ、私の心はすっきりしないから」

凛とした声でいった。

「もしあれが、俺を狙った包丁だったら」

と麟太郎は口に出そうとして慌てて言葉をのみこんだ。麻世は以前、こんなことを口にしたのだ。

「もしあれが、じいさんを狙った包丁だとしたら、私は絶対にあの人を許さない。法律が許したとしても、私はあの人を」

目を潤ませながら、麻世はこういったのだ。

「だから……」

潤一が掠れた声を出した。

「入院先の病院には、俺のほうから近々親族の者がお見舞いに行くはずだからと伝えておくから。麻世ちゃんが、いつ病院へ行ってもいいように」

声を落した潤一の言葉に、麻世が小さく「うん」とうなずく。

「いつごろ、行くつもりなんだ、麻世」

優しく麟太郎が訊くと、

「まだ、いつごろかはちょっと。でも近いうちに必ず行くから」

また小さくうなずいた。

「行くのはいいが、そのときはちゃんと俺にいえ。お前一人じゃなく、つきそいで俺も一緒に行くから。これは頼みではなく、厳命だ。わかったな、麻世」

ぴしゃりといった。麻世を一人で行かすわけにはいかなかった。そんなことをして、もし最悪の事態になったら。

「わかったな、麻世」

麟太郎は再び同じ言葉を口にした。

「わかったよ……」

麻世が渋々といったように返事をした。どうやら一人で行くつもりだったらしい。

「じゃあ、まあ。それでこれは一件落着ということで」

潤一がおどけた口調でいい、この場ではそれ以上の会話はなかった。

麻世は近いうちにといっていたが、二日経ち三日経っても麻世の口から病院へ行くという言葉はなかった。その代り、いつもより帰りが遅くなるようになった。それも顔に青痣をつくったりして。

喧嘩ではない。おそらく林田道場だ。麻世は何かの重圧から逃れるため、林田道場に行って凄腕の米倉という男と死物狂いの稽古をしているに違いない。とことん自分の体を苛め抜くために。

午後の診療が終ったとき、こんなことを八重子がいった。

「麻世さん、近頃変ですね。顔から柔らかさが抜けて険が出ているような気がしますけど、これは私の錯覚でしょうか」

何があろうと八重子はやっぱり、見るべきところは見ている。

「錯覚じゃねえよ。八重さんのいう通り、麻世の顔には険が出ていると俺も思うよ。実はな、八重さん」

と麟太郎は麻世の母親の面会謝絶が解かれたことを、八重子にざっと話した。むろん、例の包丁の件だけは伏せて。

「ああ、そういうことだったんですね。いくらあんな事件を起こしても、実の母親ですからねえ。心が揺れるのは仕方がないですね。麻世さんの気持は、よくわかるような気がします。私も似たようなものですから」

私も似たようなものだと、八重子はいった。

「実は私も……」

八重子は少しいい淀んでから、

「近々、あの人の眠っている、お墓へ行ってこようと思っています」

低い声でいった。

「章介の墓か――それは、いいかもしれねえな」

「あの人の前に行って、何をどう話せばいいのかはよくわかりませんが、それでもやっぱり行きたくて。何だか居ても立ってもいられないようなかんじで」

含羞《はにか》んだような口調でいう八重子の顔には、華やかさがあった。

章介の葬儀は、あんな出来事のせいか内輪だけが集まって近所の小さなセレモニー会館で、ひっそりと執り行われた。麟太郎は友人代表ということもあって式には参列したが、八重子には出る名目がなかった。

「谷中霊園でしたね。章ちゃんの家のお墓のあるところは」

ぽつりと八重子がいった。

「そうだな。葬儀のとき、親戚の一人がそんなことを話しているのを聞いたから、確かなことだと思うよ」

麟太郎はそういってから、

「ただ、べらぼうな数の墓が立っているから探すのはけっこう大変かもしれねえな。何なら誰かに訊いて、大体の墓の位置を確かめてみてもいいけどな」

大きくうなずいてみせる。

「いえ――」

即座に否定の言葉が返ってきた。

「そういう楽をするのはやめようと……たとえ何千何万あろうと、自分の足と目で確かめて探してみようと思っています。それが章ちゃんに対する筋のような気がします」

下町男の好きな筋という言葉が、八重子の口から出た。

「そうか、筋か。それが女の心意気ってえもんか」

嬉しそうにいうと、

「そんな、しゃれたもんじゃありません。これは……」

八重子は一瞬押し黙ってから、

「あの人への、愛です」

はっきりした口調でいって、ふっと笑った。八重子の顔が若返った。綺麗な笑顔だった。まるで少女のような……。

「ああっ」と呆気にとられたような表情を見せる麟太郎に、

「すみません。ちょっといいすぎました」

八重子はぺこりと頭を下げて、麟太郎に背中を向けた。ふいに麟太郎の胸に、甘酸っぱさの混じった羨ましさがわきおこった。


その夜――。

スパゲッティのナポリタンで夕食をすませた潤一が、後片づけのためにキッチンに向かった麻世の姿を見計らって麟太郎のそばにイスを寄せた。

「今夜のナポリタンだけど、あれは完全に冷凍食品だよな、親父」

声をひそめていった。

「冷凍食品って、お前。ナポリタンなんぞというものは、とにかく洋麺にケチャップをかけ回せば、それで何とかなる代物のような気が俺にはするがよ。別に冷凍食品なんざあ、買ってこなくてもよ」

首を捻りながら乱暴なことをいう。

「何いってんだ、親父。ナポリタンってやつは、そんなに単純な料理じゃないと俺は思うぜ。何たって下町の王様的な味といってもいいほどの存在なんだから——そのナポリタンを麻世ちゃんが、あんなに上手につくれるとは俺にはちょっと」

「まあ、そうかもしれねえが」

麟太郎には潤一が何をいいたいのか、もうひとつよくわからない。

「それに麻世ちゃんは今、俺たちの夕食どころじゃないだろう。例のお母さんの件で、いろいろと心が揺れ動いて。だから、手軽に食卓に出せる冷凍食品をさ」

ちらっとキッチンのほうを窺ってから、

「それが証拠に、あの目の周りの青痣だよ。あれは心のモヤモヤを吹き飛ばすための荒稽古の痕に違いないと俺は睨んでるんだけど。あの米倉という男との」

さらに声をひそめていった。

何となく話の筋が見えてきた。

「いくら何でも若い女の子を相手に、あの青痣は酷いと思わないか、親父。物には限度っていうやつがあるだろう。人権蹂躙《じゅうりん》もはなはだしい限りだ」

「そう、いわれてもなあ」

鱗太郎は言葉を濁してから、

「麻世のやっているのはスポーツじゃなくて、命のやりとりを主にした武術だからな。それに荒稽古にしたって、それは麻世自身が望んでやっていることでもあるだろうしよ」

噛んで含めるようにいった。

「いくら麻世ちゃん自身が望んだことであったとしても、世の中には常識っていうのがあるはずだから。麻世ちゃんは、俺の目から見たらまだまだ子供だし」

俺にはお前も、まだまだ子供のように見えるがという言葉をのみこんで、

「そういえば以前、林田道場では一年ごとに、稽古の結果、もし命を落とすことがあっても何の文句もありませんという誓文を出しているという話を、麻世から聞いたことがあるが。自分の名前を書いて血判を押して」

鱗太郎は何気なくいう。

「血判を押して、命を落としても文句はないって――いったい今は何時代ですか。戦国の世ですか」

潤一が身を乗り出してきた。

「何時代っていわれても、麻世は小さなころからそういう世界に身を置いてきたことでもあるし。それに今更文句をいっても始まることじゃねえだろう」

困惑ぎみに麟太郎がいうと、

「文句はいいませんけど」

掠れた声で潤一はいう。文句をいえば麻世から滅多打ちにされるのは、潤一がいちばんよくわかっている。

「俺は一度林田道場に行って、麻世ちゃんの稽古の様子を、つぶさにこの目で見てこようと思って」

なるほど、潤一はこれがいいたかったのだ。しかし相変らず理屈っぽいやつだと麟太郎は思う。稽古の様子が見たいのなら、誰に断らなくてもさっさと行けばいいのだが、潤一にはそれができない。背中を押してもらいたい、あるいは誰かからの承諾が得たい――それが潤一の優柔不断さであり、優しさでもあるのだから仕方がない。

「そうか行くのか。以前、お前はそんなことをいってたこともあったし、それはそれでいいと俺は思うぞ。広く世間を知ることでもあるしな」

大げさなことをいうと、

「親父も、そう思うか。じゃあ、近々林田道場を覗いてみることにするよ。俺たちは麻世ちゃんの保護者同然の立場でもあるしな」

嬉しそうにいう潤一の顔を見て、麟太郎も麻世の道場での様子を知りたいと、ふと思った。あの、ひねくれ者の様子を。

「じゃあ、見た様子を俺にも教えてくれ。だから、しっかり見てこい」

発破をかけるようにいうと、

「わかった。腰を据えて、じっくり見定めてくるよ」

決死の表情で潤一はいった。

そのとき、キッチンから麻世の声が飛んだ。

「さっきから二人で、何をこそこそ話してるんだよ」

少しの沈黙のあと、

「今日のナポリタンは絶妙の味で、うまかったという話をね」

潤一が優しすぎるほどの声でいった。

「そりゃあそうだよ。コンビニで買ってきた、極上の冷凍食品だもん」

何でもない調子で、あっさりと麻世はいった。

麻世は近々病院へ行くといい、八重子も近々、章介の墓参りに行くといった。そして最後に潤一が近々、道場見学にと——三人三様それぞれの思惑を抱えた言葉だったが、最初にその行動を実現させたのは、優柔不断で軟弱といわれる潤一だった。

昼休みに麟太郎のケータイに電話が入り、今日の午後に時間ができたから、林田道場のほうに顔を出してみる。帰りは麻世とそれほど違わない時間になるだろうから、どこか外で五時半頃に会おうということだった。

それで麟太郎はテーブルの上に『外で食べてくるから、メシは無用』と書いたメモを残し五時すぎに診療所を出て、潤一との待合せの場所である浅草寺《せんそうじ》の五重塔裏の鰻屋へ向かった。

白焼きをつまみながら、ちびちびとビールを飲んでいると、十五分ほどして潤一がやってきた。

とりあえずビールの追加を頼み、麟太郎と同じ白焼きを潤一は注文する。手酌でコップにビールを満たして乾杯をする。

「ところでどうだった。戦国時代まっただなかの、柳剛流、林田道場の様子は」

面白そうに麟太郎が訊くと、

「親父、俺はもう麻世ちゃんには、ついていけないかもしれない」

開口一番、弱音を吐いた。

心持ち、顔色のほうも青ざめているように見える。どうやら、よほどのものを潤一は林田道場で見てきたようだ。

「どうした。何があった。そのあたりの詳細をありのままに話してみろ」

と麟太郎がいったところで、白焼きが運ばれてきた。

「いくら何でも、ちょっと持ってくるのが早過ぎるんじゃないか、これは」

店の者が奥に消えるのを見定めて、潤一が不満そうにいう。

「事前に俺が頼んでおいた。だから不審なことはひとつもない」

ごくりと麟太郎がビールを飲むと、倣うように潤一もビールで喉を湿す。そして、ぽつぽつと話し出した。

潤一が今戸神社裏の林田道場の前に着いたのは四時頃だった。

古めかしい造りの大きな家で、入口には由緒を感じさせるような門があった。それを恐る恐るくぐり、奥に入ると時代劇に出てくるような式台があり、その向こうには山水を描いた屏風《びょうぶ》が立ててあった。

その奥が板敷の道場になっていて、入口の引戸は開け放たれてあり、なかの様子を垣《かい》間《ま》見ることができた。

数人の門弟が二人一組になって組み合っている。麻世はと目をこらしてみるが、姿は見当たらないようだ。

とにかく上にあがらなければと、以前麻世にいわれたように靴下を脱いで素足になり、式台の上に足をのせる。そろそろと道場内に入って正面にある神棚に一礼し、隅の羽目板の前で胡座《あぐら》にしようか正座にしようか迷ったあげく、無難な正座で座りこむ。

このとき一人の門弟と目が合ったが、相手は目礼してきただけで、すぐに自分の技の練習に専念した。

しばらくすると、道場の奥の廊下を誰かが歩いてくるのがわかった。目をこらして見ると、なんと麻世だった。どうやら奥で稽古衣に着替えていたようだが、その姿を凝視して潤一は息をのんだ。

刺子の白い稽古衣に、下は紺の袴《はかま》姿。

ただそれだけの姿なのだが、麻世の姿は凜として際立っていた。美貌の若武者——そんな言葉にぴったりの立ち姿だった。

麻世が道場に入った瞬間、門弟たちの動きがぴたっと止まった。麻世に向かって頭を下げ、麻世も門弟たちに向かって一礼する。どうやら米倉という男が戻ってくるまで、この道場で一番強かったのは私といった、麻世の言葉は本当のようだ。

そんな思いを胸にして、呆気にとられた顔で見ている潤一の姿を麻世がとらえた。どうせ無視するだろうと決めてかかっていると、何と麻世が近づいてきて、潤一の前に片膝をついた。ぴんと背筋を伸ばして、

「わざわざの見学、ご苦労様です。どうか、ごゆっくりごらんください」

表情も変えずに麻世はそれだけいい、軽く頭を下げて潤一の前を離れていった。

潤一の口から大きな吐息がもれた。

ここには潤一の知っている、いつものヤンキーっぽい麻世はいなかった。いたのは礼儀正しい、凜とした若武者。それが麻世のここでの姿だった。いったいどっちの麻世が本物なのか。いくら考えても答えの出ない問いだった。

そのとき、二十代なかばほどの大きな体の門人が、麻世に頭を下げて何かいっているのが目に入った。何かを頼んでいるようだ。小さく麻世がうなずいて、二人はすっと左右に分かれた。稽古試合が始まるのだ。

胴もつけていないし、木刀も手にしていない。となると、これは組打技だ。投げと逆関節の取り合いだ。

すっと麻世が男に近づいた。

両手を突き出しながらの探り合い。

それがすむと、二人の体がぶつかるようにして組み合った。がちっと組んだかのように見えたが、その瞬間、男の体がふわりと浮きあがって板敷の上に背中から落ちた。

何がどうなったのか武術の心得のない潤一にはまったくわからない。しかし、麻世の左手が男の喉のあたりに伸び、のけぞった男の右腕の肘関節の内側を、喉から滑り降りた麻世の左腕が抱きこむような動きをしたのは見えた。

とにかく男は麻世に投げられたのだ。

男はすぐに立ちあがり、腰を低く落して麻世の隙を窺う。這うようにして麻世に近づく。そろりそろりと。

男が飛びこんだ。

大きな体で麻世にどんと体当たりをして、右腕が麻世の左肢《ひだりあし》をつかまえた。さすがの麻世もこれでは立っていられず、尻餅をついた。すかさず男が麻世の体にかぶさり、左腕を狙って両腕を伸ばしてきた。もつれあった。

「ああっ……」

潤一は悲鳴に近い声を喉の奥であげた。

が、これは麻世の劣勢を心配しての声ではない。男と麻世の体が密着しすぎていた。あれでは抱きあっているのも同然。男同士ならいいとしても、男と女ということになると、やりすぎだ。離れてほしかった。早く離れてほしかった。

潤一の声は嫉妬の悲鳴だ。

同時に、むしょうに悲しくなった。

両の目が潤むのがわかった。

そのとき、もつれあっていた男の体が、ぴくんと跳ねあがるのがわかった。麻世の右手が男の左手の四指を握っていた。落ちついた表情で四指を握ったまま、麻世がゆっくり立ちあがった。

四指を握られた男は、爪先立ちになっている。思いきり背中を反らせて、動くこともできずに立っている。潤一にはわからなかったが、おそらく四指の握り方に何らかの技があるのだ。絶妙な技が。

握っていた麻世の右手が、男の体をとんと突きあげた。そのまま右手を一振りした。男は一回転して板敷の上に落ちた。

麻世は片手で大きな男を投げたのだ。

唸るしかなかった。

男はそのまま左腕の逆を極められ、「参りました」と叫んで、板敷を右手で叩いた。

麻世の圧勝だった。

男が立ちあがると同時に、今度は中肉中背の別の男が麻世に頭を下げた。

麻世と男は道場の隅に歩き、そこに並んでいる胴を身につけ、革製の手袋のようなグラブを手につけた。五指が動くようにできている。特製のグラブだ。

ということは、今度は殴り合い。

潤一の胸がざわっと鳴った。

二人は互いに一礼して対峙した。

麻世がすり足で前に出たと思った瞬間、男の胴が小気味のいい音を立てた。あっというまに、麻世の中段蹴りが決まったのだ。

また二人は元に戻って対峙する。

今度は男のほうが突っかけた。

蹴りをフェイントにして間合いをつめ、左右の連打を麻世の顔に叩きつけた。が、すでに麻世はそこにはいない。男の動きより早く左に回りこみ、右の逆突きを顔面にぶちこんだ。びゅっと風を切る音が聞こえたような気がした。

拳は男の顎を直撃し、男はぐらりと揺れて板敷に崩れ落ちた。一発だった。凄《すさ》まじい一撃だった。潤一は体中に鳥肌が立つのを覚えた。

さっと数人の門弟が駆けより、男を道場の隅に寝かせて手当てを始める。麻世は微動だにせずその場に立っている。すぐに一礼して隅に下がった。

麻世の表情には何の変化もなく、平常心そのもの。やっぱり凜としていた。日頃の麻世は、まったくそこにはいなかった。いるのは別人。潤一のまるで知らない麻世だった。

これが小さいころから、麻世が身を置いていた世界だった。麻世はこの世界で培った技を武器に、暴力の支配する日々を生き抜いてきたのだ。青痣などは序の口だった。

麻世がいつもいうように「命のやりとり」そのままの世界だった。とても潤一が順応できる世界ではなかった。そして、こんなことを毎日つづけていて、いったい何になるのかという疑問が体全部を支配していた。

「いったい麻世は何を見据えて、こんな熾烈《しれつ》なことを」

小さく口のなかで呟くようにいったとき、道場のなかが、ほんの少し騒めいた。

奥の廊下から男が一人、歩いてくる。

黒の刺子の稽古衣に、黒の袴姿。

これがおそらく、米倉彰吾だ。

背は百七十五センチほどで、それほど大きくは感じられなかったが、稽古衣の上からでも筋肉の鎧《よろい》をまとった体つきが想像された。髪は短く刈られ、浅黒い顔は男っぽく引き締まっていた。

潤一とはまったく対極の位置にいる、男に見えた。


『田園』の扉を押してなかに入ると、客はほんの数人。すぐに夏希がやってきて、睨むような目で麟太郎を見た。

「大先生、遅い。章介さんがあんなことになって……それならすぐに私のところへくるのが筋でしょ」

まくしたてるようにいった。

筋といわれれば、そうともいえた。章介はこの店に通う理由として、夏希に惚れたからという言葉を公言して憚《はばか》らなかった。夏希も麟太郎もその言葉は何度も聞いていた。

しかしそれは——。

「章介さんが亡くなってから、大先生がここに顔を出すのは今日が初めてですよ。それではあまりに、薄情がすぎるんじゃないですか。情けないんじゃないですか」

夏希は麟太郎を押しこめるようにして店の奥に座らせ、自分もその前に腰をおろした。

章介がいつも座る席だ。隣の診療所にいちばん近い場所だった。

「章介さんはその席に座って、いつも静かに私の顔を見てたんですよ。ただひたすら、私の顔を」

それは何ともいえないが、この席で章介が物思いに耽《ふけ》っていたのは確かだ。

「噂によると、章介さんが亡くなる直前に会っていたのは大先生だそうですが。そのとき、章介さん――」

と夏希は麟太郎の顔を真直ぐ見てから、

「大先生はビールで、よかったですね」

すっと席を立ってカウンターのほうに戻っていった。

「噂によると、か。まったく下町ってとこは、プライバシーも何もあったものじゃねえな」

口のなかだけで呟いていると、トレイの上にオシボリやらお通しやらビールやらをのせて、夏希が戻ってきた。

手際よくテーブルの上に並べて、麟太郎のコップにビールを注ぐ。そっと手を伸ばし

て一息で半分ほど飲んで、ふっと麟太郎が吐息をつくと、

「章介さん、そのとき、私のこと何かいってませんでしたか」

珍しく、妙に恥ずかしそうな素振りで夏希は訊いた。心なしか、潤んでいるような目で麟太郎に視線を向けた。

「そういう話は別段……」

夏希の目はまだ、麟太郎の顔に張りついたままだ。

「あいつは、そういう話は極力しない男だったから」

掠れた声を出すと、

「なんだ、つまんない」

夏希は少女のような可愛い声をあげた。

麟太郎の飲み残しのコップにさっと手を伸ばして、一気に喉の奥に流しこんだ。小さな吐息をもらして、とんとコップをテーブルに戻した。

「ひょっとして夏希ママは、章介のことを――」

麟太郎が湿った声をあげたとき、新しい客が入ってきた。

「よしっ、じゃあ頑張るか」

夏希は男の子のような声をあげ「じゃあね、大先生」と勢いよく立ちあがって、麟太郎の前を離れていった。

麟太郎は章介の指定席に体をあずけながら、あいつはいったい何を考えながら無理をしてここに座り、酒を飲んでいたのだろうと考える。むろん、八重子のことなのだろうが、それにしてもこんなところにまできて……。

歯痒《はがゆ》かった。

口惜しかった。

だが、あいつは精一杯生きた。章介なりに一生懸命生きたはずだ。それならそれで、いいじゃないか。自分にしても誰にしても悔いのない人生なんてあるはずが。いや、悔いがあるからこそ、人生に輝きが……などと、とりとめのないことを考えていると、潤一と麻世の顔が浮んだ。

あの林田道場のことだ。

師範代である米倉が道場に現れて──。

さすがにみんなの動きが、ぴたりと止まった。弟子たちが直立不動で米倉に頭を下げると、米倉も一礼して、言葉をかける。門下生たちはすぐに、それまでの稽古に戻った。

麻世が口を開いて何かをいい、それを聞いた米倉は道場の隅に行って胴をつけ出した。手には革製の手袋のようなグラブだ。麻世は米倉を相手に殴り合いの乱取りをするつもりだ。

潤一は膝の上の手を強く握りしめた。

いったいどんな展開になるのか。

稽古をしていた門人たちが一斉に壁際に走って正座した。どうやら二人の稽古試合を見学するようだ。

一礼をしてから、道場の中央で二人は対峙した。

数瞬の睨み合いの後、麻世が動いた。

すり足で米倉に近づき、フェイントに見せかけた左の強烈な逆蹴りを放った。が、米倉はその攻撃を完全に読んでいて、麻世の右側に回りこみ軸足を払った。仰向けに倒れる麻世の顔面に、腰を落した米倉の拳が突きおろされた。

潤一の腰が思わず浮きあがる。

拳は顔面の一寸ほど前で、ぴたりと止まった。

ふうっと、安堵の吐息が潤一の口からもれた。

下は硬い板敷だ。あのまま拳が顔面に炸裂《さくれつ》すれば骨が砕ける……それぐらいの常識は、さすがにここにもあるようだ。

起きあがった麻世は、再び米倉と対峙する。

慎重に米倉との間合いをつめる。

一気に動いた。

左右の連打を米倉の顔面に叩きこむ。

米倉は右手でそれを払い、そのままその手は掌拳《しょうけん》となって麻世の右顎に飛んだ。今度は寸止めではなくまともに当たった。麻世はその場に尻餅をつくが、失神はしていない。どうやら米倉は手加減をしているようだ。

また向かい合った。

麻世の目が米倉を睨みつけていた。

初めて見る麻世の憤怒《ふんぬ》の形相だった。獣の顔だ。潤一の背筋がすうっと冷えた。

その顔で米倉につっかけた。

左右の連打、右の回し蹴り、左の逆蹴り……次々と攻撃を仕掛けるが、そのすべてを米倉は捌《さば》いて前に出る。

押された麻世が叫び声をあげた。獣の声だ。

麻世が飛んだ。左右の二段蹴りが米倉の顔面を襲った。米倉はさっと上体を反らせてそれを受け流す。

そして麻世が着地した瞬間、麻世の胴に向かって米倉の足刀が走った。麻世の体が浮いた。文字通り吹っ飛んだ。吹っ飛んだ麻世の体は道場の羽目板にぶち当たって落ちた。すさまじい威力だった。

麻世はその場にうずくまって、すぐには立てないようだった。潤一はよほど救《たす》けに行こうかと腰を浮せかけたが、むろんそんなことができるはずはない。苛々しながら見ていると、ようやく麻世は息を整え、両手をついてゆっくり体を起こした。道場の真中で待っている米倉に向かって歩いた。

さらに試合を続行するのかと思って見ていると米倉に深く頭を下げ、

「参りました。ありがとうございました」

と、はっきりした口調で声を出した。

その顔にはもう獣の表情はなく、いつもの麻世の顔に戻っていた。そのあと麻世は米倉に近づき、潤一のほうを目顔で指して何かをいっている。

軽くうなずいた米倉が、潤一の座っている道場の隅に歩いてきて、すぐ目の前で腰を落し、きちんと正座した。

「この道場を預かっている者で、米倉彰吾といいます。麻世君がお世話になっている、うちの方だとお聞きしましたので、まずはお礼のご挨拶を」

米倉はそういって潤一に向かい、深々と頭を下げた。

「あっ、いえ。世話になっているのはこちらのほうといいますか。麻世ちゃんのいるおかげで、うちの親父がどれほど助かっているか」

潤一は慌てて頭を下げ返してから、

「それにしても、凄い稽古ですねえ。見ていてひやひやしました。特に女の子の麻世ちゃんにとっては。正直いって、最後はどうなることかと肝を冷やしました」

皮肉をこめて口に出す。

「あの子は、あれくらいのことをしなければ納得しませんので。すぐに頭に血が上るたちですから、それを冷やすためにも荒療治がいちばん効果的なんです」

微笑を浮べながらいう米倉に、

「それにしても、相手は女の子ですから。もう少しやりようが」

少し、むきになったように潤一は言葉を出す。

「確かに女の子ではありますが、あの子の体は、あれくらいの衝撃にはびくともしません。私たちとはちょっと違いますから」

妙なことをいい出した。

「あの子の体は柔らかいんです。そして、それを支えているのが、あの子の途方もなくしなやかで強靭《きょうじん》な筋肉です。筋肉の質をいえば、百年に一人の逸材。それがあるからこそ、女の身でありながら、あれだけの力を発揮できるのです」

淡々と米倉は語った。

「百年に一人の逸材って、そんなことが――女の身で」

唸るようにいうと、

「この段階になれば、女も男も関係ありません。ただ、あの子はまだまだ技が未熟です。

それを補っているのが、あの類いない良質の筋肉なんですが」

ふっと米倉は言葉を切った。

「実に羨ましい限りです」

ぽつりといった。

「羨ましいって、米倉さんこそ筋肉の鎧を着ているような、ばきばきの体じゃないですか。それこそ殴られても蹴られても、びくともしないような」

怪訝な思いで口に出すと、

「確かに、分厚くて強い筋肉を私は持っています。力仕事をさせれば麻世君の数倍役に立つでしょうが、ことは武術。残念ながら私には、麻世君の持っているような武術に適した、しなやかな筋肉の持ち合せはありません。もし、麻世君が――」

真直ぐ潤一の顔を見た。

「両腕と両肢の筋肉量を今の一・五倍増量させ、技の未熟さを克服できれば、私を超えることになると思っています」

とんでもないことを口にした。

「そんな莫迦な。素人の僕が見ても、めちゃくちゃ強い米倉さんを麻世が超えるなどとは、そんなことはとても」

上ずった声を潤一はあげた。

「私は小学生のころに麻世君がここに入門してきたときから、ずっとその体の動きを見てきています。その私がいうんですから、間違いはありません」

米倉は薄く笑ったようだ。

「あの、もしそうだとして、そのことを麻世ちゃんは知ってるんですか」

喉につまった声で訊いた。

「知りません。そんなことをいおうものならあの子は、すぐに天狗《てんぐ》になって何をやり出すかわかったものでは――」

見るべきところは、ちゃんと見ているのだ、この米倉という男は。

「じゃあ、なぜそれを、僕に」

「あなたが、あの子のことを、心の底から本当に心配しているように見受けられましたから。それでつい、お節介を」

いかつい顔を綻ばせた。

「あっ、それはどうも」

潤一は瞬間耳のつけ根を赤くし、

「お話はよくわかりました。でも麻世ちゃんはやっぱり女の子ですから。それも若い女の子ですから荒療治のほうは、ほどほどに。その点をひとつ」

素直に頭を下げた。

「もちろんわかっています。しかし、私たちはスポーツをやっているわけではなく、武術をやっています。綺麗事を取り払えば、武術の到達点は殺し合いです。そのことだけは忘れないでください」

米倉は真顔に戻ってはっきりいい、

「それでは私は、このへんで失礼します」

潤一に頭を下げた。

「あっ、それなら僕もそろそろ帰りますから。稽古の様子は、充分に見学させてもらいましたので」

そういって潤一も頭を下げ、ゆっくりと立ちあがった。ゆっくりでなければ、痺《しび》れた足が疼いて転倒するような気がした。

「じゃあ、お見送りをさせていただきます」

米倉はこう口にして、潤一をうながした。

痺れる足でちらっと道場の奥を見ると、麻世は若い門弟を相手に逆技に熱中しているようで、潤一のほうを見てくることはなかった。そんな様子にちょっと失望感を抱きながら、よろよろと式台まで歩き、何とか靴下をはいて靴に足を入れる。ほっとした思いで式台のほうを振り向くと……。

米倉が潤一に向かって平伏していた。

両手をついて頭を床にこすりつけ、背中をぴんと真直ぐ平らにして。こんな頭の下げ方を見たのは初めてだった。文字通り平伏だった。正直驚いた。

「あっ、どうもありがとうございました」

甲高い声をかけるが、米倉はぴくりとも動かない。ひれ伏したままだ。

「じゃあ、失礼します」

恐る恐るといったかんじで声をあげ、そろそろとその場を離れる。しばらく歩いて振り返ってみると、なんと米倉はまだ、ひれ伏したままだった。何だか背筋が寒くなった。不思議な物でも見るような気持で、潤一は急いでその場を離れた。

これが鰻屋での、潤一の話のすべてだった。

「そうか、米倉さんという人は、お前に対して平伏したのか。そして、そこまで話をしてくれたのか」

話を聞き終えた麟太郎も、さすがに唸った。

「俺は、あんな頭の下げ方を初めて見たよ。あれは将軍様の前でやる、時代劇のワンシーンだよ。正直、びっくりしたよ。これを親父はどう思う」

ビールで唇を湿して潤一がいう。

「その米倉さんという、お人。よほど人間ができているのか、それともハッタリ屋か」

宙を睨んで麟太郎がいうと、

「親父は、そのどっちだと思うんだ」

身を乗り出して訊いてきた。

「そんなことはわからん。俺は実際に米倉という人と会ったこともねえし、稽古の様子も見てはいねえ――ただひとついえることは、お前同様、麻世のことを大切にしているというのだけは確かだ。だから、いくら平伏したからといって、お前のライバルという枠から外すことはできねえかもしれん。しかし、お前はもう麻世にはついていけんかもしれんということだから、どうでもいいだろうが」

ちょっと意地悪くいってやる。

「いや、それは言葉の綾《あや》というか、麻世ちゃんのあの、獣の顔のせいというか」

おろおろ声でいって、潤一は麟太郎の顔を見た。

「獣の顔か……それは弱ったことだが」

麟太郎は独り言のようにいい、

「しかし、あの麻世が特別な筋肉の持主で、百年に一人の逸材とはなあ」

胸前で太い腕を組んで天井を見上げる。

「そこだよ、問題は。獣の顔を持った、百年に一人の逸材といわれる危ない人間が、事の真相を質すためにお母さんの満代さんに会いに行くんだぜ。しかも麻世ちゃんは米倉さんさえ危惧する、頭に血が上る性格だ。もし、お母さんの満代さんが、とんでもないことを口走りでもしたら、そのとき麻世ちゃんがどう動くのか。俺の見た限りでは、麻世ちゃんは一瞬で相手を殺すことも可能な気がして」

そうか、それがいいたかったのか、こいつは。潤一はそれなりに、麻世と母親との対面を心底心配しているのだ。

「心配するな。そのときは俺が、体を擲《なげう》ってでも麻世を阻止する。絶対にそんなことはさせん。絶対にだ」

力強く麟太郎はいい放った。

しかし自分の力で、あの麻世を止めることが本当にできるものなのか。麟太郎の胸を一抹の不安がよぎっていった。

最後の患者は、風鈴屋の徳三だった。

「おや、徳三さん。今日はまた、例の風邪のつづきですか」

優しく声をかけると、

「そうだよ、風邪。先日、大先生にもらった漢方薬を飲んでるんだが、ちっともよくならねえ。鼻汁がしょっちゅう出てきやがって、仕事にも何にもならねえ。もう少し、よく効く薬はねえもんですかねえ」

立板に水で徳三は、まくしたてる。

「鼻水は濃いほうですか、薄いほうですか。どんなものですか」

「薄くはねえよ。かといって濃いともいえねえが——まあ、とにかく鼻汁だよ。とにかくこいつが、うっとうしいんだよ」

と徳三がいったところで、

「体温は三十六度五分です。咳のほうもないようですね」

と傍らの八重子が口をそえる。

「すると問題は、鼻水だけということか」

独り言のようにいう麟太郎に、

「おい麟太郎。おめえ、さっきからの俺のいってることを聞いてねえのか。鼻汁は薄くねえといってるじゃねえか。鼻水じゃなくて、やや濃いめの鼻汁だってよ」

徳三が吼えた。すると、すかさず麟太郎が勝ち誇ったような声をあげた。

「あのねえ、徳三さん。濃くても薄くても、鼻から出る汁は鼻水。医学用語では、そういうんですよ」

「えっ——そんなこといわれても、俺は知らねえ。素人の俺に、そんな医者言葉がわかるわけがねえだろ。そんな言葉で俺をやりこめようとするなんざ、医者の風上にもおけねえ。そりゃあ、詐欺のようなもんだ」

唇を尖らせていう徳三に、

「詐欺のようなもんだといわれても、現実がそういうことなんだから、仕方がないでしょ、徳三さん」

大きくうなずきながら、麟太郎はいう。

「じゃあ、大先生。あんた、ガラスの風鈴と陶器の風鈴との音の差を、きちんと説明できるかね」

上目遣いに麟太郎を見た。

「そんなこたあ……俺は風鈴屋じゃねえから、わかるわけがねえ。それこそ専門職を笠に着た、詐欺も同然だ」

と麟太郎が下町口調で情けない声を出したところで、

「まあまあ、大先生も徳三さんも。ここでそんな意地の張り合いをしていても、何の得にもならないんじゃありませんか。ここは徳三さんの鼻風邪――それを何とかするのがお互いのためなんじゃありませんか」

八重子が割って入った。

「そりゃあ、まあな」

麟太郎は悔しそうにいい、

「じゃあ、別の漢方を出しておきますから。いいですか徳三さん。くどいようだけど、漢方薬は食後じゃなくて、食前だからね」

念を押すようにいう。

「わかってるよ、そんなこたあ。俺は大先生と違って、まだまだ耄碌《もうろく》にはほど遠い身だからな」

皺だらけの顔をくしゃっと崩して、

「ところで、この有難い薬を飲めば、花見のころまでには俺の鼻風邪も治るんだろうな、大先生。何たって、大川堤でのドンチャン騒ぎが待ってるからな」

機嫌よく、まくしたてた。

「残念だが、それは何ともいえねえな。どっからどう眺めても、徳三さんはご老体。風邪というのは体力勝負もついてまわりますからねえ」

麟太郎も負けじと、顔中に笑みを浮べて答える。

「なら、大丈夫だ。俺は大先生と違って、毎日飲んだくれる生活はしてねえから、体力にはとことん自信があるからよ」

にまっと徳三は笑って、

「ということで、今日も俺の勝ちということで。じゃあな、やぶさか先生」

右手をひらひらさせて、さっさと徳三は診察室を出ていった。

「あの野郎。俺の目の前で、ぬけぬけとまた、やぶさか先生などと――」

いまいましげにいう麟太郎に、

「大先生、少しは大人に」

八重子がやんわりと、たしなめる。

「でも、大先生と徳三さん。二人が顔を合せると意地の張り合いというか、揚げ足の取り合いというか。どうして、そうなってしまうんでしょうねえ」

呆れたようにつけ加えた。

「そりゃあ、八重さん。俺も徳三さんも下町育ちの意地っ張り。やっぱり、大事なところは、ぴしっと押えておかねえとよ」

「大事なところですか。そうなんでしょうねえ。お二人にとっては、それが大事なところなんでしょうねえ」

首を振りながらいう八重子に、

「徳三さんの顔を見ると、どうにも子供のころというか、若いころというか。そんなガキの時分に返ったような気分になっちまうというか」

弁解がましく麟太郎はいう。

「要するに、高倉健さんの歌う『意地でささえる　夢ひとつ』という、『唐獅子牡丹』の世界なんでしょうね。でもまあ、お年寄りの娯楽だと思えば、それで良しということにしましょうか」

一刀両断にする八重子の言葉に、

「おいおい、八重さん」

麟太郎が抗議の言葉をあげようとすると、

「そんなことより、大先生。私、章ちゃんの眠っている、谷中霊園へ先週の日曜日、行って参りましたよ」

みごとに話題を変えてきた。

「いえ、本当に驚きました。見渡す限り、墓石がぎっしり。これでは一日で探しあてるのは到底無理だろうと諦めかけたんですけど、それがですね」

読みとれない文字や、消えかけた文字。そんな墓石をひとつひとつ丁寧に、八重子は萎える気持を奮い立たせて、あっちこっちと見てまわったという。

そんな思いで三時間ほど、さすがにこれでは一年がかりになるかもしれないと諦めかけたとき、ある一画が光り輝いているような鮮やかな色を放っているように見えた。

ひょっとしたらと、八重子がその一画に行ってみると、そこに立っている墓石のなかに、なんと『瀬尾家代々の墓』の文字が。そして裏にまわってみると、確かに瀬尾章介の文字――。

「奇跡でしたよ、大先生、奇跡」

上ずった声を出す八重子に、それは単なる運のいい偶然だと麟太郎は思いつつも、

「そりゃあ、確かに奇跡かもしれねえなあ。章介もきっと、八重さんがきてくれるのを

待ちわびてたんですよ」

しみじみとした調子でいった。

「はい。それで私、お花とお線香を供えて、じっくり章ちゃんとお話をして参りました。じっくりと」

「じっくりと、何をいったい、章介と話してきたんですか」

できる限り優しい声を麟太郎が出すと、

「いかに大先生でも、それはいえません。口に出してしまうと、折角の愛の奇跡が粉々になってしまいそうで――」

恥ずかしそうに八重子はいった。

「愛の奇跡ですか」

確かめるように麟太郎は口にする。

「すみません、はしゃぎすぎました。前置きなしの奇跡だと思います。でも……」

八重子は少しいい淀んだ。

「たとえ実体はなくても、愛というのは存在しつづけるものだと確信しました。私が生きている限り、この胸のなかに。私と一緒に章ちゃんに対する思いは、ずっと片時も離れることなく生きつづけるものだと」

真面目そのものの顔でいってから、

「子供のようなことを、いってしまいました」

泣き出しそうな声を出した。

そしてすぐに顔を両手でおおい、

「すみません、ちょっと失礼します」

八重子は診察室を出ていった。

「愛の奇跡か——あながち、そうでないとはいいきれないかもしれん。いずれにしても墓参りが叶ったことはいいことだ」

独り言のように呟きながら診察室の外に出て待合室を覗くと、隅のイスに一人で麻世が座っていた。何やら難しい顔をして。

潤一が道場見学をし、八重子が墓参りに行って、そのあとは。そろそろ麻世の番かもしれないなと思いつつ、麟太郎は隅のイスに向かって歩く。

「どうした、麻世。やけに難しい顔をしているが」

さりげなく声をかけて、隣に座る。

「うん、ようやく」

麻世は喉につまった声をあげた。

「ようやく、どうした」

「行くことにした。お母さんのところへ」

ぽつりといった。

「そうか、決心したか。で、いつごろだ」

「いつでもいいよ。じいさんの都合のいいときで」

「じゃあ、今度の日曜日でどうだ。先方にはそれで連絡を取っておくが」

「いいよ、それで」

短く答える麻世に、

「どんな話になったとしても、決して暴れるんじゃねえぞ、麻世。相手はまだ、ほんの病みあがりの病人なんだからよ」

諭すように麟太郎はいう。

が、答えは返ってこない。

「麻世っ」

催促の言葉を出す麟太郎に、

「うん」

麻世はこれだけ答え、すっと立ちあがって母屋のほうに歩いていった。

日曜日の朝九時。

麟太郎は麻世と一緒に、満代の病室にいた。

八畳ほどの広さの個室の窓には鉄格子がはまっていたが、これは逃亡防止のためのものではなく、自殺を防ぐためのものだ。満代の病室は四階にあった。

その窓の下にベッドが置かれ、満代はそこに体を横たえている。つきそいは誰もおらず、病室のなかには三人だけ。まだ体が本調子ではないため、面会時間は三十分のみ。そのころに担当の看護師が様子を見にくるということだった。

満代の顔はまだ青白く、寝ているせいか頬がこけて随分老けた印象を与えた。両目はしっかり閉じられていたが、案内をしてくれた看護師の話では眠ってはいないはずだとのことだった。

麻世は五分ほど無言で、満代の顔を見つめていた。

「お母さん……」

ようやく声をかけた。

満代の瞼が微かに動いたように見えた。

「お母さん」

前より通る声を麻世がかけた。

うっすらと満代の目が開いた。

麻世の顔に視線がいき、両目を大きく見開いた。

「お母さん、教えてほしいことがあって、私はここにきたの。私のいってること、わかる。わかるのなら返事をして」

　耳許でいう麻世に、満代は返事をする代りに顎をわずかに引いた。

「あのとき――」

　麻世の言葉に満代の唇が、ぴくっと震えた。

「あのとき、お母さんは包丁を持って梅村の野郎を刺したけど、あれは本当に梅村を狙ったの。それとも、やぶさか先生を狙ったの」

　麻世は、やぶさか先生といった。

「どっちなの、本当のことを教えて」

　耳許に向かって低い声でいった。

　が、満代の反応はない。

　ただ、目だけは麻世の顔を凝視していた。

「お母さんは、やぶさか先生と梅村、どっちを刺したかったの」

　再び麻世が耳許で声を出した。今度はかなり大きな声だった。

「あれは……」

　満代が反応した。

　麟太郎は耳に神経を集中する。満代の答え如何《いかん》によっては、麻世に飛びつかなければならない。腰をほんの少し落した。

しかし、それ以上、満代の口から言葉は出なかった。無言だった。そのまま、じりじりと時が流れた。

「本当のことを教えて。私のために、そしてお母さんのためにも」

叫ぶような声を麻世は出した。

「麻世のために、私のために」

低い声がもれた。

とたんに満代の両目から涙が溢れた。目尻を伝ってシーツを濡らした。微かな泣き声が周囲をつつんだ。どれほど満代は泣いていたのか。

「お母さん、はっきりと本当のことを教えて、お願いだから」

麻世の声が哀願に変った。

満代の目が真直ぐ麻世を見た。

「あれは……」

一瞬、言葉が途切れた。

「どっちでも、よかった」

絞り出すようにいった。

微妙な答えだった。

麻世が、どんな行動に出るか。

麟太郎は息を殺して麻世の動きを窺う。

麻世は満代の顔を凝視している。

そのとき部屋がノックされ、ドアが開いて看護師が姿を見せた。

「あの、そろそろ時間ですので」

看護師の言葉に「わかりました。お手数をおかけしました」と麟太郎は答え、麻世の肩をそっと叩いた。

一時間後――。

麟太郎は麻世と並んで、隅田川堤を歩いていた。

堤には沢山の桜の木が立ち並んでいたが、まだ花は咲いておらず、蕾《つぼみ》のままだ。当然、人も出ていない。ただ、抜けるような青空が桜の木の上には広がっていた。

「どっちでも、よかった……」

それまで何を話しかけても無言だった麻世が、ようやく口を開いた。

「そういうことだ。まあ、それで良しとしないとな。少なくとも、やぶさか先生目がけての刃じゃなかったんだからよ」

おどけたように麟太郎がいうと、

「そういうことだな。よかったなじいさん。恨まれてなくて」

妙に澄んだ声を麻世は出し、

「この桜、いつ咲くんだろう」

両目を細めた。

「そうさな。あと半月といったところか。そうなりゃここで、みんな揃《そろ》って、ドンチャン騒ぎの花見だな」

徳三と同じことを麟太郎は口にした。

「へえっ、そんなことをするのか」

「下町っ子は花見が大好きだからな。料理と酒を持ちこんで大宴会の始まりだ」

嬉しそうに麟太郎がいうと、

「楽しそうだな。早く桜が咲くといいな」

蕾を見上げて麻世がいった。

何かが吹っ切れたような顔だった。

「よく考えてみたら」

ぽつりと麻世が言葉を出した。

「どっちでもよかったということは、要するに、お母さんは梅村の野郎から逃げたかったということだよな。決して、あの野郎と一緒にいたかったということじゃないんだよな」

迂闊だった。

気がつかなかったが、麻世のいう通りだった。満代はとにかく、事をおこしてでも梅村の許から逃げたかったのだ。あの暮しに終止符を打ちたかったのだ。そういうことなのだ。

「麻世のいう通りだ。満代さんは梅村から逃げたかった。ということは梅村の暴力を恐れて、それまでは逃げるに逃げられなかった。そういうことなんだろうな。お母さんも、苦労はしていたんだ」

頭を振りながらいう麟太郎に、

「それにしたって、どっちでもよかったという言葉は――もう少し、いいようがあると思うんだけど」

愚痴るように麻世はいった。

「満代さんは正直なんだ。だからもう、許してやれよ、麻世」

さりげない口調でいって、麟太郎は麻世を見る。

「そうだな。あの絵描きのおじさんも、もっと楽に生きろっていってたことだし」

立ち止まった麻世は、大きく伸びをした。

そのとき、それが見えた。

桜の花びらが一枚、風に舞ってひらひらと飛んでいた。綺麗だった。

「おい、麻世、桜の花びらだ。花びらが一枚宙に舞っているぞ」

大声をあげて指差す方向に、麻世も慌てて視線を向ける。が、花びらは青空に溶けこんだように消えていた。

「じいさん。桜はまだ蕾だというのに、花びらが舞うわけがないだろう」

文句をいう麻世に、

「いや、確かに一枚飛んでいたんだ。綺麗な花びらが」

狐につままれたような声を、麟太郎は出した。

「老眼だ、じいさん。そろそろメガネをかけたほうがいいぞ」

笑いながら麻世はいうが、麟太郎は確かに花びらを見たと思った。あれが何かの見まちがいだとは到底、と考えてみて……ひとつの言葉が頭に浮んだ。

「奇跡だ、麻世――時として奇跡はおきるんだ、愛の奇跡が。お前を祝福して」

青空を見ながら、叫ぶように麟太郎はいった。

「何だよ、それ」

いいつつ麻世も青空に目を向ける。

早春にしては珍しく、綺麗に澄みきった青空だった。

解　説

吉田伸子

本書は、二〇一八年に刊行された『下町やぶさか診療所』の続編である。前作を読まれていない方は少ないと思うのだが、前作より先に本書を手にとられた方のために、ざっとおさらいをしておくと、本書の舞台は、浅草警察署のすぐ近く、という下町情緒あふれる場所。そこにある診療所――正式には、真野浅草診療所というのだが、診療所の前が緩い坂道になっているところから、近隣の人たちからは親しみを込めて「やぶさか診療所」と呼ばれている――を営む医師・真野麟太郎を軸にして、麟太郎をめぐる人々のドラマを描いたのが、この「下町やぶさか診療所」シリーズだ。

麟太郎には大学病院に勤務する息子・潤一がいるため、診療所では「大先生」と呼ばれている（イケメンな潤一は、「若先生」と呼ばれ、彼が診療所を手伝いにくる日は患者数が多いことを、麟太郎はほんの少し癪《しやく》に感じている）。ひょんなことから、元ヤンキーの女子高生・麻世を居候のような形で引き受けることになり、二人は、祖父と孫のような二人暮らしを続けている。

この麻世は、シリーズのキーパーソンでもある。彼女には母親の愛人に力ずくで犯されて以来、家を飛び出し、自殺をしようとまで思い詰めていた、という過去がある。喧《けん》嘩《か》の強さから近隣では名を知られた存在だったのだが、その出来事以来、頑《かたく》なに心を閉ざしていた。初めて麟太郎の前に現れた時は、手負いの狼《おおかみ》のような風情だった麻世だが、麟太郎には徐々に心を開いていく。

前作の最終章では、この麻世が、自分を犯した男・梅村に決闘を申し込む。彼の脳天に麻世が特殊警棒を振り下ろそうとしたその時、麟太郎は身を挺《てい》して庇《かば》うのだが、そこに麻世の母である満代が突進してくる。満代が手にしていた包丁は梅村の腹に突き刺さる……。

と、ここまでが前作。梅村は傷は深かったものの、一命はとりとめ入院中。心を病んだ満代もまた入院している。麻世は相変わらず道場での武術修行に打ち込んでいる。第一章の冒頭に登場するのは、前作にも出てきた江戸風鈴職人で、麟太郎の喧嘩友達でもある徳三だ。

胃の不調を訴える徳三に、「正月休みで、ろくに働きもしないで、食っちゃ寝を繰り返していたため、胃腸がストライキをおこしたんですよ」と麟太郎。「年寄りは年寄りらしい地道な毎日を送らないとね」と嗜《たしな》める麟太郎に、徳三は「年寄りが年寄りらしい毎日を送ってたら気が滅《め》入《い》っちまって、三途の川がすぐそこに見えてくらあ。だから俺は無理をして大飯を食らってんだよ。それが道理というもんじゃねえですかい」と、負けてはいない。ね、このやりとりだけで、「やぶさか診療所」の雰囲気が伝わってきませんか？ 麟太郎は、近隣の人々から信頼され、慕われているのだ。

この一章では、後の六章のドラマの主人公となる、麟太郎の幼馴《おさなな》染《じみ》で同級生の章介も登場する。章介は町内では「変わった人間」で通っていた。家業は父親の代からの手書きの看板屋だったが、章介は芸大の油絵学科を卒業。卒業後十年ほど油絵に専念していたものの、芽が出ずに、看板屋を継ぐことになった、という経緯がある。十年ほど前に相次いで両親がこの世を去り、まだ独り身の章介は、一人こつこつと看板製作をしている。

この章介、油絵を描くことを断念して以来、絵を描くことはなかったのだが、彼の手がける看板は、丁寧な仕事ぶりと斬新なデザインで客から称賛されている。章介は、麟太郎が想《おも》いを寄せている、スナック「田園」（昼は喫茶店になる）の夏希ママに一目《ひとめ》惚《ぼ》れした、と言い、麟太郎をやきもきさせるのだが……。

一章のタイトルは「疑惑」なのだが、それは麻世が母親に対して抱くものだ。梅村との決闘の時、満代が刃を向けたのは、もしかして麟太郎だったのでは、という「疑惑」が拭えずにいるのだ。事実、麟太郎自身も、あの時、とっさに「ひょっとしたら」と思ったのだ。麻世は言う。「もしあれが、じいさんを狙った包丁だとしたら、私は絶対にあの人を許さない」と。この麻世の気持ちの痛々しさは、読んでいてひりひりする。

第二章では、道ならぬ恋に落ち、相手の男の子どもを宿した恭子が主人公だ。甘味処「笹屋」の入婿である横井と恭子は、横井が恭子を見染める形で関係ができるも、恐妻家の横井にとって、人目を忍ぶ恭子との逢瀬《おうせ》は、ままならない。苦肉の作が、「やぶさか診療所」の待合室での逢瀬だった。

しかし、ここにきて、恭子の妊娠が発覚。恭子は、自分の覚悟を決めた上で、横井に妊娠の事実を告げることを決意する。

横井に告白する前に、恭子は麻世と話をするのだが、そのくだりがいいんです。恭子は横井との席に、麟太郎に同席を求める。そして、さっき麻世と何を話していたのか、と水を向けられ、恭子は麟太郎に答える。麻世が梅村に無理やり犯された事件のことを語り、その時に自分が妊娠したのではないか、と夜も眠れない思いだったことを話してくれたのだ、と。麻世が言うには、自分は一番嫌な男が相手だったけど、恭子の場合は、一番好きな人が相手だった、と。その言葉を聞いた時の気持ちを、恭子は麟太郎に、こう語る。

「嫌な人間です、私は……世の中には下には下がいる。麻世さんに較《くら》べて私は幸せ者、落ちこんでいたら罰があたる。そんな気持になりました。本当に嫌な人間です」

この恭子の言葉に、はっとなる。そうなのだ、人はつい、自分と何かを、誰かを較べてしまう。悩み、苦しんでいる時は殊更。自分よりも更なる苦しみにいる人を見て、ほんの少し、気持ちを持ち直す。そう、恭子が言うように、「下には下がいる」のだ、と。恭子はそのことを自覚している分、上等だ。そうではなくて、無自覚にそんなふうに勝手に優越感を持ち、自分を慰める人は、この世の中には大勢いる。それは、昨今問題になっている「ヘイト」につながることでもある、と私は思う。こういう場面をさらりと描く池永さんの、人間描写の確かさ、痺《しび》れるじゃないですか。加えて、そんな恭子に、「恭子さんは嫌な人間じゃねえよ」と麟太郎がかける言葉。

　本書には、こういう場面が随所に出てきて、それがこのシリーズを読む楽しみでもある。同時に、下町という、人と人との関係が細やかだからこそ起こりうる、人生の煌《きら》めきもまた、本書にはちりばめられている。

　前作でも出てきた老老介護の問題は、本作の第三章「カレーの味」にも出てくるのだが、池永さんが焦点を当てるのは、老老介護の過酷な現実、ではなく、長い年月で育まれてきた、老夫婦の愛、だ。その愛のルーツを描くことで、義務としての介護、ではなく、惜しみない愛からの世話、というケースもあるのだ、ということが読者に伝わってくる。そして、その惜しみない愛が、ささやかな奇跡を起こすことも。

　章を読み継いでいくと見えてくるのは、様々な愛の形、だ。若い時分の燃えるような愛もあれば、年月を経てなお、輝きを失わない愛もある。実らなかった想い、まだ先の見えない想い、不器用な想い。人を愛するということの光と影。それらが読み進めていくうちに、胸の中に積み重なっていく。

最終章では、冒頭の第一章「疑惑」に呼応する形で決着がつくのだが、果たして、満代が刃を向けたのは、麟太郎なのか、梅村なのか。ここでも、池永さんの生きとし生けるものへの、眼差《まなざ》しの確かさと暖かさが出ている。

本書を読んで気づいたのは、このシリーズは、麻世という元ヤン女子の成長物語でもある、ということ。相変わらず口は悪いし、嘘《うそ》のつけない一本気だし、とびきりの容姿にもかかわらず、そのことを称賛されても意に介さないどころか、機嫌が悪くなるような偏屈さだし、とちょっと癖のあるヒロインではあるけれど、麻世の真《ま》っ直《す》ぐさは読んでいて心地良い。一方的に熱を上げている若先生・潤一と、今後どうなっていくのかも楽しみである。


（よしだ・のぶこ　文芸評論家）

本書は、「ｗｅｂ集英社文庫」二〇一九年四月～二〇二〇年五月に
配信されたものを加筆・修正したオリジナル文庫です。

ＪＡＳＲＡＣ　出２００７７０３-００２

池永　陽の本

コンビニ・ララバイ

妻子を亡くした幹郎が経営するコンビニ・ミユキマート。店には傷ついた人が集まり、そこでの交流を通していつしか癒されていく。「本の雑誌」が選ぶ二〇〇二年上半期ベスト1作品。

水のなかの螢

堕胎した子に捧げるような文章を書いた少女。同様の経験を持つ僕は、彼女に惹かれてゆくが、ダイナマイトでの心中を持ちかけられ……。心やさしき人々の、哀切で純粋な愛の物語。

池永　陽の本

北の麦酒《ビール》ザムライ

日本初に挑戦した薩摩藩士

幕末の薩摩藩に生まれた村橋久成。超エリートの薩英留学生になり、日本初のビール製造を成功させるも、やがて行方不明に。誇り高き男の数奇な人生を描く。書き下ろし傑作歴史小説。

下町やぶさか診療所

東京浅草の診療所。真野麟太郎は大先生と呼ばれ、近所の人々から慕われている。ある日、型破りな女子高生・麻世が現れて……。患者の問題に真摯に向き合う二人の下町人情物語。

集英社文庫

集英社文庫

下町《したまち》やぶさか診療所《しんりょうじょ》　いのちの約束《やくそく》

2020年10月30日　第1刷
2020年11月17日　第2刷

定価はカバーに表示してあります。

著　者　池永《いけなが》　陽《よう》

発行者　徳永　真

発行所　株式会社　集英社
東京都千代田区一ツ橋2-5-10　〒101-8050
電話　【編集部】03-3230-6095
【読者係】03-3230-6080
【販売部】03-3230-6393（書店専用）

印　刷　大日本印刷株式会社

製　本　大日本印刷株式会社

フォーマットデザイン　アリヤマデザインストア　　マークデザイン　居山浩二

ISBN978-4-08-744169-7 C0193